APRÈS HIER, POUR DEMAIN

LA VILLE

RENÉ KOECHLIN

APRÈS HIER, POUR DEMAIN

LA VILLE

Éditions Slatkine
GENÈVE
2003

ISBN 2-8321-0089-9

Réimpression de l'édition de Lausanne, 1988.

Aucune théorie ne remplacera jamais la poésie,
quelle qu'en soit l'expression.
De le déclarer constitue déjà l'amorce d'une théorie...
Tant pis!

PRÉFACE

Qui vit sans folie n'est pas aussi sage qu'il croit.
(La Rochefoucauld)

L'utopie est revitalisante. L'introduire comme système dans un raisonnement qui concerne l'urbanisme et l'architecture est constitutif d'un paramètre qui, utilisé avec discernement, permet de bâtir des scénarios au contenu très riche. L'analyse rigoureuse de ces scénarios, qui intègre à son tour des données objectives, vérifiées, produit un enchaînement de situations qui se laissent alors planifier et construire.

L'auteur s'attarde sur la notion de complexité qui lui permet d'imaginer comment communiquer dans une situation spatiale donnée, qui elle-même est issue d'une combinatoire dont l'élément de base est une trame — urbaine, dans ce cas.

Mais grâce à la systémique mise en œuvre, les échelles peuvent changer.

Les significations alors se rapprochent de la vision architecturale, vont jusqu'au détail volumétrique, constituant ainsi un enchaînement, un cycle; celui-ci peut faire naître des déviations qui enrichissent l'élément de base, le point de départ.

Revenons encore à la complexité. Elle est, dans le raisonnement mis en place par l'auteur, fonctionnelle et formelle; ainsi se constituent des tissus urbains, où les notions de plein et de vide trouvent leurs racines, où la rythmique structurale s'approprie tous les aspects constitutifs de la ville, sans que l'inconvénient de la juxtaposition des «objets architecturaux» s'affirme. Cela est très important!

Ce livre est la cristallisation d'une démarche intellectuelle variée, mais d'une rythmique imposée.

Il faut le lire de deux manières : entre les lignes, ou avec l'assiduité d'un chroniqueur. Dans les deux cas, on se rend compte que le processus créatif contenu dans ce volume est global, riche d'audaces, vivant.

Ionel Schein

AVANT-PROPOS

L'urbanisation consiste davantage à gérer la disparité qu'à imposer l'uniformité sous prétexte d'unité ou de vérité. A cet égard, nous nous distançons d'Aldo Rossi et de certains adeptes du post-modernisme; car il est utopique de croire que la vérité est simple. Elle est toujours relative et chargée de complexité. La simplicité n'est qu'une apparence.

L'humane est à la fois solitaire et solidaire. On ne peut lui imposer d'être l'un ou l'autre. Car s'il s'avère qu'il n'est que l'un ou l'autre, il est comme amputé ou hémiplégique.

Cette dualité met une fois de plus en évidence le caractère binaire de l'esprit humain. Est-ce parce que l'être qu'il anime possède deux yeux, deux oreilles, deux narines, deux jambes, deux pieds et deux bras que prolongent deux mains?

Soit dit entre parenthèses, l'intelligence artificielle est également binaire.

Pour ce motif structural, l'humane s'avère très fréquemment manichéen. C'est probablement pour cette raison que les systèmes complexes échappent généralement à son entendement. Il ne parvient jamais à les maîtriser véritablement, ne serait-ce qu'intellectuellement.

Cela explique aussi pourquoi nul ne domine des sujets comme celui que nous tentons de traiter dans cet ouvrage.

Du fonctionnement de la ville comme du corps humain, on ne saisit que des bribes. L'erreur méthodologique la plus répandue consiste à isoler une ou plusieurs de ces bribes, et à les mettre en évidence au mépris de tous les autres aspects ou facteurs.

En matière de création, ce risque est plus grand encore, car à l'effort de synthèse s'ajoute celui d'entreprendre. C'est pourquoi le résultat concret tend plus ou moins vers une perfection qu'il n'atteint jamais, ou qui n'est que relative.

Ainsi la ville, de par sa complexité, est-elle perpétuellement imparfaite. Pour d'aucuns la solution consiste à imposer l'ordre par nivellement de la collectivité. A cette tendance, d'autres opposent le respect absolu de l'individu en dépit du chaos que cette philosophie engendre.

La sagesse consiste à gérer le désordre, autrement dit à l'insérer dans un canevas dont les mailles se prêtent tant à la circulation et à la libre expression des agents du désordre qu'à leur insertion dans l'ordre d'un système intelligent.

Le titre de cet ouvrage rappelle que le phénomène urbain est diachronique. Parce qu'il se déroule dans le temps et parce qu'il évolue et ne cesse de se modifier, il est erroné de vouloir le figer dans une expression, si belle ou si parfaite soit-elle. On ne peut que le canaliser, l'inscrire dans une trame régulatrice ou ordonnatrice.

L'étude de la ville et des règles qui la régissent peut survenir à tous moments, à tous les instants de son évolution. Elle se situe au présent; mais elle ne peut s'y cantonner. Ce que l'observateur perçoit est éphémère, à des degrés divers. Ainsi le stationnement des véhicules dans une rue, l'architecture de celle-ci et son existence propre ont-ils des durées très différentes, par exemple.

L'approche théorique et ses applications pratiques se situent à un moment donné, au jour d'hui; elles sondent le passé dont elles extrapolent l'avenir.

L'on urbanise après et d'après hier, avant et pour demain. Le titre de ce livre évoque cette évidence.

INTRODUCTION

1. Le modèle cybernétique

Avant d'entreprendre l'étude d'un système complexe comme celui de la ville, il est nécessaire d'en clarifier la terminologie et d'en fixer le cadre.

Contrairement aux sciences attachées au principe de causalité comme la chimie ou l'astronomie, la «poléonomie»[1] répond à la fois au principe de finalité et à celui d'auto-organisation.

Plutôt que de rechercher la cause qui détermine les effets que nous observons, plutôt que de répondre à la question : «comment ça marche?», l'étude de la ville analyse les moyens que détermine un but. Elle répond à la question : «à quoi ça sert?», car la ville évolue et se développe afin d'assurer sa propre survie et celle de ses habitants.

Permettre à des êtres vivants et complexes, les humanes, de vivre groupés et en grand nombre dans un site déterminé. Ainsi pourrions-nous formuler l'objectif.

Quelle que soit la définition de la finalité, la poléonomie ne peut en être détachée. Elle n'existe qu'en fonction d'un but. Elle est d'abord téléonomique. Mais elle répond aussi au principe d'auto-organisation

---

1 Du grec πολις, ville, et νομος, usage, règle, coutume, loi.

qu'après Rousseau et Hobbes, Durkheim s'efforce d'établir dans «Les Formes élémentaires de la vie religieuse» (Paris, P.U.F., 1979).

L'auto-institution de la société est le résultat conscient de l'activité consciente des sociétaires, relèvent Jean-Pierre Dupuy et Paul Dumouchel dans leur synthèse des 29es Rencontres internationales de Genève (1983). Ils décrivent *la capacité qu'ont les organisations vivantes de se modifier et de se complexifier. Leur environnement participe à leur auto-organisation sans que pour autant il les informe en quoi que ce soit. Les formes nouvelles qui émergent, n'étant contenues ni dans un programme interne ni dans un programme externe, sont de pures créations résultant du jeu des perturbations aléatoires de l'environnement sur les mécanismes de l'auto-organisation*[2].

Ainsi les mécanismes de la ville s'attachent-ils à la fois au modèle téléonomique de la cybernétique, dans la mesure où elle traite les «machines naturelles» autorégulées, et à celui plus général de l'auto-organisation dès lors que le système définit lui-même ses propres buts, ses propres structures, son propre programme. Certains auteurs présentent ce principe d'auto-référence comme une alternative à celui de la finalité. Ces principes sont en l'occurrence complémentaires. Les fonctions qui en découlent comportent en outre une série de variables qui, le plus souvent, perturbent l'ordre vers lequel tend la gestion dont nous venons de faire état. A ces considérations générales s'en ajoute une autre plus technique : hormis des observations synchroniques nécessaires à la réflexion, les schèmes[3] de la ville sont essentiellement diachroniques. Il serait en effet absurde et dangereux de se borner à n'observer le phénomène urbain qu'à une époque déterminée. Il est aisé de comprendre à quel point l'étude en serait ainsi tronquée. La ville existe et se développe dans l'espace et dans le temps.

Le lecteur nous pardonnera ce truisme qui a pour seul objet de fixer les idées.

2 *Ordre et désordre,* XXIXes Rencontres internationales de Genève, Neuchâtel, La Baconnière, 1983, pp. 254-255.

3 Schème : notion intermédiaire entre le concept et la perception.

Notions de cybernétique

Avant d'appliquer à la ville un modèle épistémologique, il nous paraît utile d'en rappeler les caractéristiques afin déviter autant que possible toute erreur d'interprétation.

Dans l'introduction de son cours, le professeur Guy Cellérier donne une définition assez complète de la cybernétique, tirée des archives de Jean Piaget[4].

En bref, la cybernétique est la science qui étudie les systèmes complexes, téléonomiques et autorégulés. Les principaux facteurs de régulation ou de déréglement en sont les boucles de rétroaction ou feed-back, dont les effets sont tantôt négatifs, tantôt positifs. Les premiers agissent comme des correcteurs qui rapprochent le système du but visé; les autres exercent une influence inverse qui éloigne de l'objectif.

Norbert Wiener, considéré à juste titre comme l'un des pères de cette science, décrit ainsi les boucles de rétroaction ou feed-back : *action critique dont dépend la poursuite de l'action téléonomique. Le «feed-back» (...) est aussi l'information indiquant que ladite action critique est achevée ou accomplie.*

Il convient de compléter cette réflexion introductive en précisant que depuis quelque temps, la systémique, issue de la théorie générale des systèmes, chapeaute la cybernétique. Elle est une méthodologie permettant de rassembler et d'organiser les connaissances en vue d'une plus grande efficacité de l'action[5].

L'approche systémique implique une série de mesures parmi lesquelles nous citons notamment :

- préserver la variété (loi de la variété requise),
- collecter et traiter les boucles de rétroaction,

4 Université de Genève, 1972. Le lecteur peut aussi se référer à l'*Introduction à la cybernétique,* de W. Ross Ashby, Paris, Dunod, 1958.

5 L'approche systémique se distingue de la *Théorie générale des systèmes,* de L. von Bertalanffy, 1954, dont le but ultime consiste à décrire et à englober dans un formalisme mathématique l'ensemble des systèmes rencontrés dans la nature.

- maintenir les contraintes,
- différencier pour mieux intégrer,
- traiter les conflits et les agressions sans les rejeter,
- préserver les objectifs,
- planifier dans le temps et appliquer avec souplesse et discernement le programme ainsi constitué (respecter le temps de réponse),
- etc.

L'exposé de cette méthode indique sa parenté avec celles que devraient appliquer les urbanistes. Car la ville est un système complexe, variable dans le temps et dans l'espace, que régissent des règles de même nature.

2. Quelques rétroactions en matière d'architecture et d'urbanisme Résumé critique des cent dernières années

Bon nombre des théoriciens les plus marquants des années vingt, comme Hilberseimer, Gropius et d'autres Allemands, ou encore Le Corbusier, considèrent l'objet architectural comme le chaînon d'un vaste programme de production industrielle dont l'objectif est la ville planifiée, fonctionnelle, unitaire.

Manfredo Tafuri observe que dans cette perspective, l'architecte aurait désormais pour mission *d'identifier dans la ville l'unité réelle du cycle de production et d'organiser ce cycle*. Il constate que dans cette hypothèse, *le seul impératif resterait celui que dictent les lois de l'organisation*. Il conclut en disant que *toutes les tentatives de rationalisation entreprises par les architectes d'Europe centrale se révèlent incapables de modifier le caractère improbable, polyfonctionnel, multiple et non organique de la métropole tertiaire moderne, dans tous les aspects contradictoires qui peuvent être les siens*[6].

Selon Tafuri, Le Corbusier dépasse ces théories réductionnistes en

6 Manfredo TAFURI, *Projet et utopie*, Paris, Dunod, 1979, p. 103.

considérant que l'architecture non seulement est organisation de la production, mais obéit encore aux lois de la distribution et de la consommation qui comptent parmi les facteurs déterminants du cycle.

Mais la «vision» de Le Corbusier est totalitaire et univoque en ce sens qu'elle implique un pouvoir de décision centralisé qui impose le plan et en surveille l'application rigoureuse.

C'est dans ce caractère impérialiste, inhérent à la théorie, que réside l'échec des grands projets tels que le plan «Obus» pour Alger, le plan «Voisin» à Paris, etc.

L'alternative qu'offrent Marcuse, qui pense récupérer la dimension du futur par l'imagination, et les sémiologues, qui croient dépasser les problèmes par l'analyse critique du langage et de la forme, n'est pas moins utopique ni restrictive.

Cette approche de l'architecture a toutefois la vertu d'ouvrir le champ à la poésie qui est *un langage dans le langage,* si l'on en croit Valéry. Nous en reparlerons plus loin.

«Poïèsis», au sens étymologique[7], possède un pouvoir beaucoup plus étendu qui permet d'atteindre un objectif universel, sans contorsions, avec des moyens simples. Les finalités, complexes, vers lesquelles elle tend confèrent à la «poïèsis» un caractère cybernétique.

Tafuri ne parvient pas à dissocier l'architecture de l'idéologie. Cette sorte de «tic» intellectuel est réductionniste.

En effet, pas plus qu'on ne peut la limiter à la production ou à la technologie, on ne peut attacher l'architecture à la seule idéologie.

De même qu'on peut appliquer le modèle cybernétique à la «poïèsis» parce qu'elle procède par auto-corrections successives, on peut aussi l'utiliser dans le domaine de l'architecture et de l'urbanisme. Nous reviendrons sur cette hypothèse par la suite.

Un bâtiment — et a fortiori une ville — peuvent être considérés comme des systèmes complexes, vivants, en perpétuelle mutation,

7 Du grec ποιησις, action de faire, réaction, création. Seulement depuis Hésiode (VIIIe s. av. J.C.) et Pindare (VIe s. av. J.C.) signifie aussi «poésie». Parfois utilisé dans le sens d'invention imagée.

que maintient une autorégulation évolutive qui s'adapte à mesure que l'organisme se modifie dans le temps et dans l'espace. A défaut, l'objet est menacé d'entropie.

Comme dans tout système cybernétique, les corrections successives sont provoquées par des boucles de rétroaction dont il est vital de déceler l'importance et le niveau d'intervention, faute de quoi l'on risque de provoquer l'asphyxie ou la mort.

Pour illustrer ce qui vient d'être dit, prenons l'exemple des vaccins. La dose que l'on inocule est déterminante : si elle est trop faible, elle est inopérante, le sujet ne produit pas d'anticorps; si elle est trop forte, elle provoque la maladie et peut-être la mort.

La réaction au vaccin est un bon exemple de feed-back dans un complexe cybernétique tel que le corps humain.

Les planifications radicales et totalitaires, du genre de celles que proposent Le Corbusier, pour Paris (plan Voisin) ou Alger (plan Obus), ou les avant-gardistes des années 20-30, sont parfaitement étrangères au modèle cybernétique. Elles en sont aussi éloignées que l'ablation du bras pour soigner un panari l'est de la médecine.

Chaque usager de la ville en est une cellule vivante; ses comportements sont multiples et variés, et la ville doit s'y prêter de la façon la plus adaptée. Cette perpétuelle adéquation rencontre sans cesse des obstacles qu'il faut franchir ou résorber à mesure qu'ils se présentent. Il est bon de les prévenir, quand cela est possible.

Mais l'expérience a montré qu'il est erroné, voire dangereux, de les prévoir trop longtemps à l'avance. La planification à très long terme est généralement paralysante par son déterminisme impératif.

Ainsi, par exemple, cette voie de circulation à grand trafic pour le passage de laquelle des terrains sont expropriés, des immeubles acquis par les pouvoirs publics, des constructions interdites dans la zone, jusqu'au moment où l'artère projetée est jugée superflue et son élargissement inopérant.

L'une des difficultés, et non la moindre, en matière d'urbanisme, réside en ce qu'il est généralement impossible de savoir si durant le temps nécessaire à l'adaptation d'une situation, les conditions de celle-ci se maintiendront telles quelles ou si elles changeront au point de rendre caduques les mesures d'adéquation.

Le perpétuel dosage des interventions urbaines, ainsi que leur organisation dans le temps et dans l'espace physique, économique, social et politique, constituent l'essentiel de la gestion et de la planification d'une ville.

Le modèle cybernétique place l'urbaniste à des lieues du rêve hégémoniste et romantique des théoriciens de la «Grosse Stadt», partisans de la table rase, que même un pouvoir totalitaire ne pourrait réaliser, faute de temps.

Nous ne sommes pas de ceux qui se lamentent du sort de l'architecte réduit à des contorsions formelles et idéologiques sous prétexte qu'il est mis à l'écart du processus de production du domaine bâti. Car ce dernier se poursuit et c'est la manière dont il prospère qui nous intéresse. Quels en sont les protagonistes? Quelle dimension confèrent-ils à ce qu'ils conçoivent et réalisent? Est-elle spéculative, commerciale, économique, sociale, politique, idéaliste, névrotique, poétique? Elle est tout cela, à des des degrés divers.

Faut-il concerter les actions des constructeurs afin de les intégrer en un tout cohérent? Une telle intervention ne peut être autrement qu'autoritaire. On l'a vu, elle serait contraire à l'essence même de la ville, à sa complexité, à sa variabilité, à sa capacité de s'auto-adapter de l'intérieur.

Le modèle cybernétique indique au contraire qu'il faut inciter le pouvoir et les constructeurs à percevoir et analyser les pulsations de la ville, ses feed-back, et moyennant quoi, les laisser libres d'agir.

Les idéocrates et autres politocrates hurleront en lisant ces lignes, car un tel système s'inscrit dans n'importe quelle idéologie capitaliste ou marxiste. Pourvu que l'autorité en respecte les règles subtiles.

Or, le problème réside en ce qu'aucun pouvoir n'en est réellement et totalement capable, car la plupart des structures politiques sont inadéquates.

Nous reviendrons sur cette question et sur la notion de pouvoir en regard de la théorie des systèmes.

Un bâtiment vit cent ans ou plus. Une ville, des siècles, sinon un ou plusieurs millénaires. L'amplitude et le cycle des pulsations d'un tel organisme sont donc extrêmement variés.

Voici quelques exemples :

- Le démarrage simultané de plusieurs véhicules à un carrefour dont le trafic est réglé par des feux se produit toutes les 20 ou 30 secondes.
- Le passage pendulaire massif de la population active est semi-journalier.
- L'interruption générale du travail pendant 24 ou 48 heures est hebdomadaire.
- En revanche, la nuit implique une interruption quotidienne.
- Les vacances sont annuelles.
- Les chantiers de construction durent des mois ou des années selon leur importance.
- La mise sur pied d'une opération immobilière prend, elle aussi, plusieurs années.
- Le pouvoir politique est le plus souvent quadriennal.
- Les «booms» économiques, de même que les récessions, se mesurent par décennies. On parle de la crise des années 30, du boom des années 60 ou de celui de la fin du XIXe siècle.
- Une ville change de visage en plusieurs décennies. Elle se renouvelle complètement, ou presque, en plusieurs siècles. L'on mesure bien ce dernier cycle à Rome ou à Istamboul qui sont des villes de plusieurs millénaires.

L'autorégulation des problèmes soulevés par le fonctionnement de chaque cycle implique des interventions qui soient à l'échelle de ce dernier. Mais l'interdépendance des composantes nécessite en outre que l'on tienne aussi compte des autres, d'une autre échelle. Il reste à adapter celles-ci, à leur tour, aux conditions nouvelles créées par l'adéquation des premières, qui ne sont qu'une partie du système.

Ainsi, par exemple, la régulation de la circulation à un croisement tient compte de celle d'autres carrefours, de la densité du trafic aux heures de pointe et, par conséquent, des mouvements pendulaires, de l'organisation des transports publics, et, depuis quelque temps dans certaines villes, de l'opinion des habitants du lieu.

Il convient de noter à cet égard que la voix de ceux qu'une modification concerne à d'autres titres que ceux qui motivent l'intervention est désormais plus fréquemment écoutée qu'il y a quelques décennies. Les événements de 1968 sont probablement à l'origine de ce changement d'attitude des autorités. Nous reviendrons aussi sur cette question.

Examinons maintenant le cycle et l'amplitude des pulsations idéologiques rythmant l'évolution des villes depuis une centaine d'années.

Au XIXe siècle, les cités se développent selon un canevas de voies publiques plus ou moins larges qui délimitent les secteurs privés propres à la construction d'immeubles implantés en bordure des trottoirs, ouverts sur les rues ou avenues ainsi créées, et accessibles depuis celles-ci.

Les espaces publics extérieurs sont des lieux où l'on circule autant à pied qu'en voiture, où l'on se rend, où se déroule une partie de la vie sociale.

Dans les zones plus fréquentées, les commerces occupent les rez-de-chaussée des bâtiments et offrent leurs vitrines aux regards des passants.

Ce concept, ici schématiquement exposé, se prête à un développement rapide, conformément aux besoins de l'époque.

L'apparition et l'essor démesuré des véhicules à moteur, ainsi que l'extension des industries, ont remis en question le modèle urbanistique du XIXe siècle. Dès le début du XXe siècle, les villes sont menacées d'asphyxie.

En termes cybernétiques, les rétroactions informent les citadins par une série de malaises dont la perception ne peut leur échapper : carrefours embouteillés, circulation engorgée, industries bruyantes et nauséabondes, suies et autres nuisances, recrudescence du désordre et de la délinquance, etc. Un certain nombre de coexistences devient insupportable.

Dénonçant cette crise des villes, les théoriciens de l'architecture et de l'urbanisme proposent les solutions radicales que nous avons évoquées plus haut. Au désordre provoqué par le développement rapide de certaines composantes, ils opposent l'ordre.

A ce danger de chaos qui menace les cités s'ajoute le risque d'asphyxie économique auquel sont exposées l'architecture et la construction dès le début du XXe siècle.

Le goût et le romantisme des monarchies européennes, qui entonnent leur chant du cygne, et de la bourgeoisie en plein essor mettent en exergue chaque personne. L'une des caractéristiques du romantisme consiste, en effet, à valoriser l'individu. Le groupe et toute forme de collectivité ne le concernent pas. Cette tendance a pour effet de diversifier à souhait le langage et les expressions, favorisant le développement de l'ornementation et son exubérance. Cette mode confine les moyens de production du domaine bâti dans un artisanat coûteux et dépassé.

Adolf Loos, notamment, en 1908, et d'autres penseurs d'avant-garde dénoncent cet anachronisme. Ils proposent d'appliquer au bâtiment des modes de production industrielle dont l'efficacité garantit l'économie. Cette révolution des moyens doit bouleverser l'architecture, en rationaliser la structure, en simplifier les formes, la dépouiller de toute la décoration jugée superflue, bref, abolir tout ce qui n'est pas strictement nécessaire, utilitaire.

Ce courant de pensée mûrit entre les deux guerres mondiales et s'épanouit à la faveur de l'extraordinaire essor que prend la construction dès le début des années cinquante.

Le bilan de cette éclosion présente des objets dépouillés qui expriment, de la façon la plus simple et la plus directe, le contenu, la structure et les matériaux mis en œuvre.

Ce concept «libérateur» permet de rationaliser la construction selon des méthodes industrielles et d'en réduire partiellement et relativement le coût. L'avantage économique est une des causes de son succès.

Mais la sorte d'iconoclasme qu'il implique appauvrit l'architecture. Selon le modèle systémique, la correction apportée grâce aux boucles de rétroaction et qui se manifeste dès le début du XXe siècle provoque d'autres défauts qui menacent l'équilibre et la vie des villes.

Ces dangers, Marcuse et les contestataires de 1968 les dénoncent. Nous les considérons comme un nouveau feed-back, indiquant qu'il convient d'apporter des correctifs.

A ce point de la réflexion, nous ne partageons pas l'opinion de Manfredo Tafuri qui considère comme vain l'apport des sémiologues, car nous leur sommes reconnaissant de tenter, depuis une quinzaine d'années, de rendre au langage architectural son rôle historique. Nous comprenons, en revanche, son scepticisme à l'égard de ceux qui prétendent résoudre la problématique de l'architecture par la seule voie de la sémantique.

Mais revenons aux contestataires de 1968 et analysons la nature de ce qu'ils dénoncent.

Quelles sont les causes historiques de cette crise?

Dès le début des années quarante, le C.I.A.M. (Congrès International d'Architectes Modernes) et la Charte d'Athènes fixent les règles de l'urbanisme moderne. Ils distinguent et séparent les principales fonctions physiques de la vie quotidienne : habiter, circuler, travailler, se divertir. Ils les répartissent par zones dont ils couvrent le territoire selon un schéma et des critères analytiques de distribution.

Les plans directeurs d'aménagement ainsi élaborés comportent des zones dont les titres indiquent les affectations : commerciale, industrielle, d'habitation, agricole, verte, d'utilité publique, etc. Les voies de circulation sont soigneusement hiérarchisées selon le rôle et l'importance.

Cette division des fonctions a, notamment, pour effet de clarifier par hypothèse la problématique de l'urbanisation.

Il reste à en démontrer l'universalité.

Ces concepts inspirent les constructeurs durant les deux ou trois décennies qui suivent la deuxième guerre mondiale. Ces derniers édifient de grands ensembles résidentiels, des centres commerciaux, des quartiers d'affaires, d'immenses complexes industriels, de larges espaces réservés aux sports et aux loisirs, et pour lier entre elles les pièces de ce grand puzzle, ils réalisent d'importants réseaux routiers.

Les bâtiments sont relativement hauts et distants les uns des autres, mais à des degrés divers selon la densité fixée par le plan d'aménagement.

Des parcs plantés, des voies de circulation et des parkings, quelques commerces et constructions d'utilité publique occupent les «espaces intermédiaires».

Si l'homme se bornait à n'accomplir qu'une fonction à la fois, sans empiéter sur les autres, et cela pendant plusieurs heures d'affilée, le schéma d'organisation de la ville proposé par la Charte d'Athènes serait applicable. Mais la conclusion infirme cette hypothèse.

Ce sont les usagers qui formulent les premières critiques par quelques slogans qui font du chemin : selon la vox populi, un quartier d'habitation n'est qu'une «cité dortoir», les espaces verts sont des «zones résiduelles»; l'on qualifie de «ghettos industriels» les zones de même nom.

L'on appelle «caisses à savon», «clapiers» et autres «boîtes d'allumettes» les bâtiments réalisés selon des processus industriels et dont le caractère très répétitif explique les connotations péjoratives dont ils sont l'objet.

A ces jugements qualitatifs s'en ajoutent d'autres, qui sont aussi quantitatifs : «halte au béton», «la construction, c'est la destruction de l'environnement», etc.

La pureté des lignes et des matériaux devient dans la bouche de l'homme de la rue : «pauvreté de l'architecture».

A ces réactions populaires succèdent les propositions des censeurs.

En 1968, Marcuse suggère de substituer l'imagination au rationalisme des fonctionnalistes de la première moitié du XXe siècle. Davantage que le «radicalisme» qui l'a précédée, cette philosophie s'inscrit dans l'approche systémique dont Joël de Rosnay dit qu'*elle catalyse l'imagination, la créativité, l'invention. Elle est le support de la pensée inventive*. Tandis que l'approche analytique est le support de la *pensée connaissante*[8].

Jean Piaget, les cybernéticiens et autres systémiciens s'entendent généralement pour faire cette distinction entre finalité et causalité. Elle constitue l'un des fondements de leur forme de pensée.

Dans le courant des années septante, les sémiologues emboîtent le pas des contestataires, en rappelant ou redéfinissant le rôle sémantique de l'architecture.

D'autres théoriciens, tels Robert Venturi en 1962 déjà, soulignent l'enrichissante ambiguïté de cette discipline et sa continuité dans le temps. Ils rendent à l'histoire son rôle didactique et condamnent les adeptes de la table rase.

La tradition, c'est l'audace, disait Le Corbusier. *La tradition, c'est le respect*, rétorque Venturi.

Ce bref aperçu historique des cent dernières années de l'architecture et de l'urbanisme en Occident révèle par le raccourci qu'il franchit la complexité de ces deux disciplines ou la diversité des interactions qui les orientent.

Nous tenterons maintenant d'en clarifier les schèmes et d'en analyser les structures et le fonctionnement selon le modèle systémique. Car ce dernier paraît être le seul capable d'inspirer l'approche épistémologique d'un sujet aussi complexe.

8 Joël de ROSNAY, *Le Macroscope*, coll. «Points», Paris, Seuil, 1966, p. 126.

SOCIOGÉNÈSE

La ville et l'architecture sont à l'image de la société qui les fait et y vit.

Ce truisme a pour objet de rappeler les liens qui unissent les humanes et le cadre qu'ils se façonnent. On ne peut dissocier la maison ou la cité de ses habitants. L'organisation sociale de ces derniers transparaît dans leurs constructions parce qu'elle modèle celles-ci et leur confère leur caractère.

Il est, par conséquent, nécessaire d'étudier la nature et la structure de la société urbaine pour comprendre le phénomène qui en dépend. Nous ne nous substituons pas aux psychologues, sociologues et autres systémiciens qui ont beaucoup mieux écrit à propos de sociogenèse. Nous nous contentons de décrire succinctement, références à l'appui, les facteurs qui, de cette discipline, nous paraissent essentiels à la compréhension des mécanismes qui composent la ville.

A l'instar de la psychogenèse qui est la construction des esprits pensants, selon Jean Piaget, la sociogenèse est la construction des sociétés cohérentes (cf. archives Jean Piaget).

Ce phénomène s'inscrit dans les deux univers qui caractérisent les êtres vivants :

1) l'univers psychique dans lequel sont inclues les notions de sujet, signification, fonction, cadre d'interprétation psychologique, science cognitive, cybernétique, logiciel, etc.;

2) l'univers physique qui contient les notions de matière, énergie, espace, temps, machine, hardware, etc.

A ces deux domaines correspondent deux systèmes de description : l'un en termes logiciels ou psychologiques, l'autre en termes matériels ou physiques.

Comme Guy Cellérier le souligne, ces descriptions ne sont pas contradictoires en matière de cybernétique, dès lors qu'une loi d'organisation ne peut contredire la physique, pas plus qu'elle ne constitue une physique de niveau supérieur.

Pour clarifier les idées, nous appliquerons à la sociogenèse quatre groupes de schèmes :

1) politiques,

2) sociaux,

3) économiques,

4) culturels.

Ils constituent le balast de la société que conglomère un cinquième groupe : celui de la communication, qui agit comme un liant.

Si l'on prend le bateau pour modèle cybernétique, ces schèmes seraient ainsi substitués :

1) politiques : le pilote, le capitaine, l'équipage;

2) sociaux : les sujets concernés par le but, à savoir les passagers;

3) économiques : les objets concernés par le but, comme la cargaison, et les moyens matériels et techniques, tels que la coque du navire, la machinerie, l'appareil de pilotage, les outils de repérage, les valeurs marchandes, etc;

4) culturels : les moyens intellectuels tels que la science de la navigation, le savoir acquis, la connaissance;

5) les moyens de communication : tels que la parole, le télégramme, la radio, les signaux visuels et sonores, la musique, etc.

1. Les schèmes politiques

Les schèmes politiques sont les organes décisionnels qui tiennent les commandes. Ils ne sont pas les seuls; comme nous le verrons, les schèmes socio-économiques participent aussi aux décisions. Mais les schèmes politiques structurent l'exercice du pouvoir suprême. Les systèmes qu'ils décrivent ont pour objet de fixer les buts et de définir les moyens de les atteindre.

L'on peut ici se référer au concept sensori-moteur élaboré par Jean Piaget : *La perception sert à l'action, et l'action sert à satisfaire les besoins*. Ces trois éléments permettent de construire les «boucles majorantes». Autrement dit, de *fixer les priorités*. Cette fonction appartient au pouvoir.

Par ailleurs, lorsque Minski écrit que *les besoins biologiques et psychologiques sont liés à des paramètres spacio-temporels et exploitent le plus souvent le schème du tâtonnement,* il fait allusion au contrôle parallèle par activation et inhibition.

Cette alternance caractérise le «jeu» politique dans certaines démocraties. Lorsqu'un système inhibe les autres, il contrôle pendant une séquence, jusqu'à ce que le «display» change et qu'un autre prenne le pouvoir. Cette façon de voir est illustrée par le va-et-vient entre gauche et droite auquel certains pays nous ont habitués, par exemple.

Notion de pouvoir

On ne peut dissocier les schèmes politiques de la notion de pouvoir, en dépit de ce qu'en dit Jean Rostand : *Le moins que l'on puisse dire du pouvoir, c'est que la vocation en est suspecte*[9]. Selon Henri Laborit, *le pouvoir est à celui qui décide*[10]. Nous ajouterons : et à ceux qui exercent une influence déterminante sur celui qui décide. Ainsi, selon les cas, le pouvoir est-il plus ou moins largement partagé[11].

9 Jean ROSTAND, *Nouvelles pensées d'un biologiste,* Paris, Stock, 1947.

10 Henri LABORIT, *L'homme et la ville,* Paris, Flammarion, 1971.

11 Outre Platon, Machiavel et Shakespeare, d'innombrables auteurs ont écrit à propos du pouvoir, et encore tout récemment. Parmi eux, citons : Robert A. DAHL, *Who governs?*

La démocratie directe du type helvétique, riche de sept cents ans d'expérience, est probablement la structure politique dans laquelle aujourd'hui le pouvoir est le plus partagé ou le mieux réparti. A tel point qu'en Suisse, il n'existe pratiquement pas un «pouvoir à prendre» comme dans la plupart des pays du monde.

Le Conseil Fédéral, qui constitue l'autorité politique exécutive de la Confédération, *administre* plutôt qu'il gouverne. Il partage avec l'autorité judiciaire une part importante du pouvoir exécutif. L'autorité des chambres fédérales, qui sont les assemblées législatives, la relative autonomie des cantons et des communes qui sont structurés selon le modèle de la confédération, et le droit qu'exerce le peuple d'intervenir directement et en tout temps dans les affaires publiques par le référendum ou l'initiative, sont autant de parcelles du pouvoir politique dont le moins qu'on puisse dire est que nul ne le détient entièrement.

Contrairement à ce qu'affirmait Glucksmann lors d'une émission télévisée, cette conception fédéraliste de la démocratie est applicable à des pays beaucoup plus grands que la Suisse, aussi bien que toute autre forme de structure politique, et en tout cas mieux que le schème centralisé auquel s'attache la France, par exemple, depuis des siècles, sans parvenir à s'en distancer.

L'objection qui consiste à dire que le fédéralisme et la démocratie directe du type helvétique ne sont applicables qu'à des petits pays n'est pas démontrée. Significatif est le fait que l'Organisation des Etats Africains ait récemment délégué en Suisse des observateurs pour

Democracy and Power in an American city, New Haven, Yale University Press, 1961; Edmond C. BANFIELD, *Political Influence,* New York, The Free Press, 1964; H. JAMOUS, *Sociologie de la décision,* Paris, C.N.R.S., 1969; Floyd HUNTER, *Community, Power, Structure,* Chapel Hill, University of North Carolina Press, 1952; P. GREMION, *La structuration du pouvoir au niveau départemental,* Paris, Groupe de sociologie des organisations, 1969. Nous ajouterons à cette liste très succincte l'ouvrage de Michel BASSAND, *Urbanisation et pouvoir politique,* Genève, Georg, Librairie de l'Université, 1974, et celui de Claude RAFFESTIN, *Pour une géographie de pouvoir,* Paris, Librairies techniques (LITEC), 1980.

étudier la structure fédéraliste politique et économique de ce pays afin de s'en inspirer.

La France, quant à elle, n'est pas encore débarassée du «virus» napoléonien, hégémoniste et impérialiste, qui comporte la notion de pouvoir absolu, ne pouvant être ni réparti ni véritablement partagé.

L'énorme majorité des démocraties demeure structurée sur le modèle monarchique. Le peuple n'intervient *que pour élire* celui ou ceux qui exerceront le pouvoir. Et ce dernier est le plus souvent centralisé.

Le concept fédéraliste est encore peu répandu et souvent limité dans son application. Ainsi, l'U.R.S.S., la R.F.A. et l'Italie sont-elles organisées selon ce principe. Mais il est inconcevable qu'une république soviétique ait un gouvernement libéral non bolchevique, politiquement différent du modèle imposé par Moscou. En Allemagne occidentale, par contre, il est possible qu'un Etat soit dirigé par des communistes, quand bien même le pouvoir fédéral serait détenu par des socio-démocrates.

Significatif est encore le fait que l'Italie ait récemment rendu à ses anciennes provinces une autonomie politique à l'instar de certaines régions qui bénéficiaient déjà de ce statut, comme le Val d'Aoste, le Trentin, la Sardaigne, la Sicile. Désormais, les provinces telles que le Piémont, la Lombardie, la Toscane, possèdent une assemblée qui élabore et vote des lois, et un gouvernement qui les exécute. Ces lois doivent évidemment s'inscrire dans le cadre de la constitution et de la législation nationales (fédérales).

Ainsi, Turin, Milan, Florence, par exemple, redeviennent-elles les capitales de leurs provinces d'origine. Les «provincie» créées par Mussolini subsistent en tant que fractions administratives, ce qu'elles furent d'emblée.

Cette généralisation de la structure fédérale est probablement trop récente pour que l'on puisse en mesurer les effets et conclure hâtivement, par exemple, qu'elle est une des causes du renouveau économique italien. Ce dernier a de multiples sources qui n'ont qu'un rapport très indirect et lointain avec l'organisation politique du pays.

L'Italie avait le choix entre le centralisme à la française et le fédéralisme. Elle a opté pour le second, non seulement parce qu'il respecte mieux la diversité historique de la nation, mais aussi parce qu'il est conforme à l'une des conceptions les plus évoluées de la démocratie.

L'ouverture aux différences, l'intégration dans un même gouvernement de toutes les tendances politiques et la dilution du pouvoir ne sont possibles que dans une démocratie directe à structure fédérative. Car, mieux que toute autre, elle permet de décentraliser les boucles de régulation (feed-back) qui rétablissent les équilibres, règle d'or de l'approche systémique. Ce concept répand et morcelle le pouvoir, non seulement de haut en bas, mais, inversement, de bas en haut grâce aux référendums et initiatives. Ces derniers sont les véhicules des rétroactions.

La démocratie du type helvétique réalise *l'union dans la diversité* chère à Teilhard de Chardin. Elle applique la *loi de la variété requise* qui conditionne non seulement la survie des organismes complexes, mais aussi la mise en place des mécanismes cybernétiques de régulation en temps réel des systèmes sociaux. Or, ces mécanismes, qui, selon Joël de Rosnay, *constituent le fondement des systèmes biologiques,* doivent aussi être intégrés aux structures politiques, si l'on veut qu'elles fonctionnent sans heurts et sans à-coups.

Car une des fonctions du pouvoir politique, et non des moindres, consiste à mettre en place les organes de régulation au fur et à mesure des besoins, ceux que provoquent notamment les tensions, les contradictions ou les conflits.

La structure politique de la ville est le plus souvent à l'image de celle du pays auquel elle appartient. On conçoit mal, en effet, que des citadins disposent du droit de référendum dans leur commune si celui-ci n'est pas inscrit dans la constitution de la nation. Il est aussi impensable qu'un maire s'érige en monarque dans une confédération à démocratie directe.

Si l'on considère la ville comme un système complexe, il convient de lui appliquer le modèle systémique. Dès lors, les schèmes politiques de la démocratie directe, qui diversifient, diluent et répartissent le pouvoir, sont les plus adéquats. Car ils se prêtent mieux que tous les autres aux autorégulations par rétroactions, pour autant que l'information circule. Nous reviendrons plus loin sur cette question.

Nous citerons pour terminer la critique de l'autorité que formule Joël de Rosnay dans son *Macroscope* : *La nouvelle pensée s'élève contre toute forme d'abus de pouvoir. Pour tenter de l'éviter, elle cherche à opposer, au respect de la hiérarchie institutionnelle et à la centralisation des pouvoirs, l'évaluation permanente d'une hiérarchie fondée sur les compétences et sur la décentralisation des responsabilités. La pyramide traditionnelle de l'autorité, de la hiérarchie, de la discipline et de la domination, se transforme en une organisation plus «horizontale» ressemblant à une cellule vivante. Dans ce type d'organisation, la puissance, l'élitisme, le sens du devoir, les relations de force, sont remplacés par le rayonnement, la participation, la motivation intérieure, les relations d'association. C'est le renversement des pouvoirs et de l'autorité traditionnelle, la gestion par la base, au niveau de communautés inter-dépendantes. Ce renversement est préfiguré par la prolifération de mots précédés de «auto» ou de «co» dont le pouvoir d'attraction traduit la force d'évocation : autodétermination, autogestion, autodiscipline; ou copropriété, coresponsabilité, codépendance, et codécision*[12].

2. Les schèmes sociaux

Les schèmes sociaux sont le sujet du système. Ils en déterminent le logiciel. Ils en sont le matériel complexe et diversifié parce que vivant.

Les supports conceptuels sont essentiellement psychologiques. Leur construction s'inspire donc principalement de la psychogenèse.

Selon Jean Piaget, *la psychogenèse est une sorte d'auto-enginee-*

12 Joël de ROSNAY, *Le Macroscope*, coll. «Points», Paris, Seuil, 1966, p. 279.

ring, la construction mentale autonome. Elle consiste à développer l'intelligence : réaliser davantage d'objectifs actuels et inventer plus de buts nouveaux.

Mais tant que nos descriptions ne sont pas adaptées à nos actions et nos actions à nos buts, nous ne pouvons que nous débattre.

La méthode consiste à décrire d'abord le but, puis les moyens de l'atteindre. Mais, comme le relève Minski, ce qui compte, c'est *la différence* entre la situation actuelle et l'objectif que nous nous sommes fixé. On ne pense pas tant à ce qu'on veut, mais à la différence entre ce qu'on veut et ce qu'on a. Ainsi se pose le problème de l'innovation et de la progression (ou du progrès).

Le raisonnement ne se fait plus en termes de marcher vers un but, mais de réduire la différence. Il ne s'agit pas de décrire toutes les différences possibles, mais seulement celles qui sont pertinentes quant au but principal. Ainsi, selon Cellérier, l'organisme établit son répertoire moteur qui détermine ce qui doit être perçu fonctionnellement.

L'intelligence est capable de tâtonnements exhaustifs et contrôlés par l'erreur ou réglés par boucles de rétroaction.

A ce stade de la réflexion, nous nous demandons si la société, à l'image de l'intelligence, s'inscrit aussi dans cette dynamique du changement. Les faits tendent à le démontrer.

Les boucles de rétroactions positives, telles que l'accroissement de la population, le développement de la connaissance et des techniques, celui des communications et des transports, obligent la société à s'adapter.

La question reste de savoir si l'homme s'adapte après avoir innové ou s'il innove pour s'adapter. Peu importe qui, de l'œuf ou de la poule, est né le premier. Toujours est-il que toute régulation implique des échanges avec le milieu, soit par erreurs, soit par anticipations.

Selon Piaget, les fonctions cognitives comportent deux régulations des échanges : 1) interne, par la coordination des appareils physiologiques; 2) externe, par l'orchestration des échanges avec le milieu.

Le comportement est exposé à tous les déséquilibres, puisqu'il dépend sans cesse d'un milieu fluctuant et illimité, à la merci duquel il se trouve.

La fonction autorégulatrice des mécanismes cognitifs, leurs facteurs d'équilibration débouchent sur la notion d'adaptation par assimilation et accommodation chère à Piaget qui conclut : *Le degré d'adaptation définit la stabilité d'un système.*

Cette sorte de postulat — ou de conclusion — n'est pas seulement applicable à l'humane, mais aussi au groupe, à la société, à la communauté urbaine.

Avant la ville, ses habitants constituent un système complexe, homéostatique, à croissance variable. Or, l'autorégulation d'un tel organisme est optimale dans la mesure où toutes les composantes concernées y participent. L'analogie avec les êtres vivants conduit à penser qu'une collectivité, qui ne donne pas à tous ses membres le droit de s'exprimer librement et de participer aux décisions qui les regardent, se prive des mécanismes essentiels d'autorégulation. Elle est ainsi vouée aux déséquilibres dont les conséquences politiques et sociales sont le plus souvent très douloureuses : coup d'état, révolution, guerre civile, ou dans une moindre mesure : contestation, manifestation de masse, attentat, terrorisme, etc.

La société en général, urbaine en particulier, doit être structurée socialement et politiquement de manière que chacune de ses composantes puisse non seulement faire librement valoir son opinion, mais participer aux décisions qui la concernent. Ce schème sociologique rejoint la notion de partage du pouvoir dont nous avons fait état précédemment.

Nous ouvrons ici une parenthèse afin d'effacer tout malentendu qui pourrait résulter de la lecture de ce qui précède. Un homme politique a récemment déclaré que *dans une démocratie digne de ce nom, il est éminemment souhaitable de tenir compte de l'avis d'une majorité de la population dans le domaine si important qu'est l'architecture.* Nous pensons au contraire qu'il est extrêmement heureux et salutaire pour le développement de la culture et de la civilisation que, dans l'histoire, on n'ait jamais suivi cet avis-là. Tant il est vrai que les vertus de la démocratie ont des limites que les intentions les plus louables n'autorisent pas à dépasser.

Innombrables sont les exemples d'architecture ancienne, aujourd'hui admirés et conservés à grands frais, qui provoquèrent à l'époque de leur construction la réprobation de la majorité de la population. Heureusement, celle-ci n'empêcha pas la réalisation de ces projets que maintenant cette même majorité défend à corps et à cris.

La tradition, c'est l'audace, disait Le Corbusier. Cette audace des constructeurs de cathédrales et de ceux qui ont eu le courage de braver le sens commun ou l'opinion la plus répandue.

Si l'on avait écouté, il y a cent ans, la grande majorité de la population de Paris, on n'aurait pas édifié la tour Eiffel. Proposez actuellement aux Parisiens de détruire cette construction dont ils s'enorgueillissent, vous provoqueriez un refus probablement unanime, et sans doute un scandale.

Cette versatilité du peuple au fil du temps et son impéritie dans sa majorité à juger de l'architecture contemporaine ne sont pas récentes : les habitants de Saint-Malo ne se sont-ils pas, à l'époque, dressés contre l'édification de l'abbaye du Mont-Saint-Michel?

Dans les banlieues et les faubourgs, les lotissements de villas et autres constructions hétéroclites reflètent, de manière édifiante, le désordre des goûts et l'incohérence des choix de la plupart de nos concitoyens en matière d'architecture. Est-ce donc bien à eux qu'il convient de confier la responsabilité de toutes options en cette matière?

L'architecture est du domaine de l'art et ce dernier implique d'innover. Or, cette fonction éminemment créatrice ne peut subir la loi démocratique de la majorité. Car celle-ci est conservatrice et «compromettante» en ce sens qu'elle donne généralement la préférence aux compromis. Ces derniers engendrent la banalité qui, répétée, provoque la monotonie et l'ennui. Autre issue : le pastiche, que l'homme de la rue choisit le plus souvent en dépit du faux qu'il constitue, parce que ce genre d'imitation offre une image rassurante par son conformisme.

L'histoire d'une ville est une constante progression. Elle est progressiste. Sans un perpétuel renouveau, la cité stagne ou meurt petit à petit. Or, l'art et l'architecture sont précisément l'expression de ce renouveau. Ils ne tolèrent pas le compromis. Les freiner, en prenant l'avis d'une majorité, en l'occurrence incompétente comme le démontre l'histoire, revient à scléroser davantage encore le domaine bâti que tant de lois, de règlements et autres instances étouffent déjà sous prétexte de le contenir.

L'architecture, comme tout art, pour vivre et se développer a besoin d'une certaine liberté. A défaut de cela, elle sombre dans le pastiche et la monotonie. Et ces derniers ne sont déjà que trop fréquents.

En cette matière, les rétroactions démocratiques informent les agents factoriels de la manière dont leurs ouvrages sont vécus et perçus. Elles critiquent et obligent à l'autocritique. Elles peuvent influencer la décision. Mais elles ne sauraient être décisives. Dans les domaines législatif et budgétaire, l'avis du peuple est péremptoire; dans celui de l'art, il est facultatif.

Ces nuances sont nombreuses et variées. Elles conditionnent l'organisation génétique de la collectivité. Quelle est-elle? Quelles motivations poussent les humanes à se grouper en société?

La genèse

Nous ne partageons pas le point de vue d'Henri Laborit qui cherche à démontrer que la ville est un des moyens utilisés par un groupe social pour maintenir sa structure, accroître sa puissance technique, et permettre la domination d'une classe d'individus privilégiés sur une autre, défavorisée. Cette polarisation manichéenne donne une vision limitée et tendancieuse de la sociogenèse.

En vérité, si l'on admet cette distinction entre classes dominante et dominée, force est de constater que, dans une démocratie directe, la majorité des citoyens appartient aux deux ou, du moins, fait le jeu tantôt de l'une, tantôt de l'autre.

De quelle classe est l'employé d'une entreprise privée qui est également maire de sa commune, par exemple? En tant qu'employé, à la classe dirigée; en tant que maire, à la classe politique dirigeante. S'il est chef d'équipe dans l'entreprise, il fait le jeu de la classe dominante; quand il prend part à une action syndicale, celui de la classe dominée.

Dans une véritable démocratie, chaque citoyen possède une parcelle de pouvoir. Chaque humane est tantôt dominant, tantôt dominé, qu'il choisisse ou non. S'il opte pour le premier, il suit son instinct de domination, tel que C. G. Jung et A. Adler l'ont très largement décrit. S'il se complaît dans l'autre, il satisfait davantage son besoin de sécurité qui, selon S. Freud, inspire la plupart des comportements humains.

Le dominé refuse la responsabilité de la décision : il la laisse à l'autre, dominant, parce qu'elle l'angoisse. Elle l'insécurise. Il préfère l'attitude irresponsable ou la responsabilité limitée.

Le dominant, à l'inverse, aime décider pour lui et pour les autres. Ça le rassure, en quelque sorte.

L'extrême richesse de la nature humaine est telle que chaque personne, dans sa vie, revêt tantôt l'une tantôt l'autre de ces attitudes, selon les opportunités, les circonstances, les aspirations du moment, son état psychique, son degré de compétence en la matière, etc.

Durant sa vie d'adulte, l'humane recherche les substituts du père et de la mère, qui le sécurisent. Il se «satellise» à ces figures que, le plus souvent, il se façonne rassurantes. Il en accepte la domination parce qu'elles le confortent et le réconfortent.

La plus répandue d'entre elles est Dieu. Il est écrit qu'*Il a conçu l'homme à son image*. En vérité, c'est exactement l'inverse qui s'est produit; c'est l'homme qui a fait Dieu à son image.

Ce substitut suprême, invisible et insaisissable, le roseau pensant le concrétise par des expressions perceptibles, l'incarne dans des êtres tantôt mythiques, tels que les prophètes, les saints, le messie, tantôt vivants, comme le pape, le seigneur, le roi.

La récente «chute» de la monarchie en Occident, de ses structures et de ses leaders a laissé un vide que l'humane s'est empressé de combler par une multitude d'autres substituts, tels que l'Etat-providence, l'Etat-vache-à-lait, la compagnie employeuse nourricière, le chef hiérarchique, la vedette, la «star», le champion.

Tantôt l'homme de la rue s'identifie à ces figures et se constitue en être dominé par elles et relativement à elles, tantôt il les incarne lui-même et se comporte en seigneur.

Henri Laborit écrit à propos de sociologie quelque chose de plus universel : *La finalité d'un groupe social n'est ni la technique, ni le bien-être matériel, ni l'expansion, ni le profit, ni la production, mais se situe en lui-même dans l'harmonie des rapports entre les individus qui le composent; et cette harmonie n'est réalisable que si chacun d'eux est conscient de ses motivations instinctives, des automatismes que la société lui a imposés et de ses possibilités de création. La finalité n'est plus mystique ou idéologique. Elle est la connaissance scientifique, expérimentale de nous-mêmes*[13].

Ainsi l'auteur fonde son espoir dans la force de persuasion des faits scientifiques.

Dans *Le Macroscope*, Joël de Rosnay confirme cette émergence des nouvelles finalités qui pourraient être celles de la société du XXIe siècle.

Connaître la nature profonde de l'humane permet d'en comprendre les comportements et leurs apparentes contradictions.

A l'origine, c'est probablement le besoin de sécurité que nous avons évoqué plus haut qui a poussé les êtres humains à se grouper. L'instinct de sùrvie les a induits au fil des siècles dans le progrès, dans le développement des relations internes et externes, dans l'élaboration toujours plus sophistiquée de leur système social.

Cette évolution vers la complexité s'inscrit dans le phénomène darwinien que d'aucuns désignent par le terme de «néguentropie» : ten-

13 Henri LABORIT, *L'Homme et la ville*, Paris, Flammarion, 1971, p. 103.

dance qu'ont les être vivants, dans l'univers, de compenser l'entropie. Dans la mesure où le village, puis la cité antique, la ville de la renaissance, le bourg et, aujourd'hui, la métropole reflètent cette tendance, ils participent à ce phénomène universel.

L'organisation des villes et de la société n'ira pas en se simplifiant. Leurs structures évolueront par assimilations et accommodations successives. Nous mesurerons leur stabilité à leur capacité d'adaptation. Et celle-ci dépend du degré d'évolution des constitutions, des institutions et des mentalités.

L'avenir est à la démocratisation directe des structures politiques, sociales et économiques. D'esprit «libéraliste», ou libéral progressiste, nous ne partageons pas l'opinion de certains libéraux qui dissocient ces structures et pensent que l'on peut longtemps promouvoir une économie sur le modèle oligarchique dans une démocratie directe. La dissonance ne les gêne pas.

Le monde socio-économico-politique est actuellement et schématiquement divisé en deux camps : l'un est dit capitaliste, l'autre est dit communiste.

Dans le premier, le concept de profit, lié à celui de propriété, est valorisé. La classe possédante dirige et s'oppose, tantôt en négociant, tantôt par un conflit, à la classe exécutante dite des travailleurs, qui est organisée en syndicats. Cette bi-polarisation fonctionne tant bien que mal en dépit des succès concrets du système que précisément le profit dynamise.

Dans le monde communiste, on a voulu donner le pouvoir aux travailleurs sous le contrôle suprême de l'Etat, ou d'un parti unique, au détriment du profit. Du point de vue de l'Economie, le résultat fut un échec.

D'un côté les capitalistes valorisent la propriété en conférant le pouvoir de décision à ceux qui la possèdent, prioritairement à ceux qui exécutent les tâches. En cas de crise, ces derniers s'opposent aux premiers, ce qui provoque des conflits.

De l'autre côté, les communistes bannissent profit et propriété, sources de litiges, et tentent de valoriser le travail, de gré ou de force.

L'échec de cette vaste entreprise a récemment conduit à des réformes dans les deux pays les plus représentatifs du système, à savoir la Chine et l'U.R.S.S.

Mais les restructurations auxquelles ces dernières se livrent n'aboutiraient que si elles revalorisaient vraiment le profit et la propriété individuels qui sont les facteurs essentiels du dynamisme économique.

A l'inverse, les capitalistes seront définitivement débarrassés des conflits sociaux lorsqu'ils auront su intégrer les travailleurs dans les structures de décision.

Le modèle que nous proposons, quoiqu'encore schématique, s'inspire du système politique fédéraliste qui comprend deux assemblées législatives, l'une représentant les Etats, l'autre la population.

Transposée dans l'économie, cette structure comprendrait également deux organes qui devraient ratifier l'un et l'autre toute décision pour qu'elle soit réputée valable. Le premier rassemblerait les actionnaires-propriétaires, le second, les employés-travailleurs.

Chaque entreprise comporterait ces deux assemblées en tant qu'instance suprême, qui désignerait les dirigeants exécutifs et prendrait toutes les décisions statutaires ou réglementaires qui concernent la société.

Les inconvénients du système en sont d'une part la lourdeur intrinsèque que peut atténuer l'étendue du pouvoir que l'on confère à l'organe exécutif, et le fait d'autre part qu'il appartient à ce dernier d'engager et de licencier du personnel dont l'assemblée constitue l'un des organes décisionnels.

Le hiatus qui consiste à confier à un groupe le soin de désigner ceux qui auront le pouvoir de le dissoudre n'est pas la moindre des difficultés qu'il faut surmonter pour que la proposition passe la rampe.

Ce genre de décision pourrait statutairement être soumis à ratification des deux assemblées. Mais la procédure serait interminable et risquerait d'apesantir le système.

Quels qu'en soient les obstacles, seule une structure de ce type a des chances, à long terme, non seulement de sauvegarder les avantages du capitalisme, sans ses inconvénients, mais encore de propulser l'économie de marché, de concept libéral, dans une dynamique plus étendue dès lors qu'elle implique les intérêts de tous en intégrant leurs différences et leurs contradictions plutôt qu'en les opposant conflictuellement.

L'histoire nous montre que les quatre schèmes que nous avons choisis comme têtes de chapitre suivent progressivement, au fil des siècles, en Occident, un processus d'intégration de plus en plus complexe qui les rend sans cesse davantage interdépendants.

Ainsi, nous verrons que les schèmes économiques progresseront à l'image de leurs correspondants politiques et sociaux.

Il est probable que le XXIe siècle sera le témoin d'une véritable démocratisation de l'économie.

Nous croyons dans ce libéralisme intégral où la gestion des entreprises et celle de la société obéiront aux mêmes règles d'équité, selon la même éthique.

3. Les schèmes économiques

Les schèmes économiques représentent la plupart des moyens que la société se donne pour atteindre les objectifs qu'elle s'est fixés. Ils sont le «hardware» du système. Le plus souvent, comme le dit Jean Piaget, *c'est ce qu'il est possible de faire qui détermine l'action.*

Les supports conceptuels des schèmes économiques sont physicotechniques et mathématiques.

L'économie couvre une quantité de domaines : primaire, secondaire ou tertiaire, alimentation, habillement, chimie, métallurgie, construction, etc.

Les buts, plus ou moins avoués, sont toujours au service de l'humane. Mais quels qu'ils soient et quels qu'en soient les secteurs d'application, ils impliquent la notion de propriété.

Si Henri Laborit ne l'accepte qu'en ce qui concerne les idées neuves, Le Corbusier, lui, l'étend aux vêtements, si l'on en croit cette boutade prononcée à Moscou : *L'homme chez lui doit pouvoir penser ce qu'il veut; il doit aussi avoir le droit de posséder au moins son manteau.*

Les conflits d'idées à propos de la notion de propriété portent généralement sur ses limites plutôt que sur sa raison d'être. Lorsque Karl Marx dénonce le capital, il combat le pouvoir que confère le surplus d'argent à celui qui le possède. Depuis un siècle, la gauche se révolte contre l'arrogante puissance du fric. Celui qui en dispose peut dominer ses semblables.

La question reste ouverte de savoir où fixer les limites de la propriété : quelque part entre le manteau et les multinationales. Mais faut-il fixer des limites?

On sait combien stimulants pour l'économie sont le profit et l'appât du gain. A partir de quand ces facteurs cessent-ils d'agir? A quel moment sont-ils purement spéculatifs ou froidement mathématiques?

La plupart des réponses à ces questions sont tendancieuses. Tantôt elles visent la suppression pure et simple du profit et de la propriété, tantôt elles en défendent le maintien sans réserve autre que les prélèvements fiscaux.

Un diététicien à qui ma fille demandait un régime pour maigrir lui répondit : *Mangez de tout, mais avec mesure. Car l'homme est omnivore et ne saurait se priver de quoi que ce soit sans mettre en péril sa santé.*

C'est de cette sagesse que toute société devrait s'inspirer en matière de propriété. Car à l'inverse, dans ce domaine, c'est la démesure qui provoque l'envie, la jalousie, la frustration, la révolte. Reste à savoir comment fixer la mesure.

Paradoxalement, c'est dans les pays riches, comme les Etats-Unis, le Japon, la Suisse, que l'écart entre ceux qui possèdent le plus et ceux qui possèdent le moins est le plus faible; tandis que dans les pays pauvres, comme le Brésil ou le Pakistan, il est le plus grand.

Significatif est le fait que les trois pays cités comme étant riches sont aussi les plus performants en matière d'économie, si l'on en croit les rapports que l'E.M.F. Foundation ou World Economic Forum publie à ce propos depuis quelques années. Le tableau ci-après (fig. 1) indique, pour 1985, l'indice de performance économique, établi notamment selon des critères d'efficacité industrielle, de dynamisme financier, de ressources humaines, de consensus et de stabilité socio-politique, de l'intervention de l'Etat, de ressources naturelles, d'ouverture vers l'extérieur, etc[14].

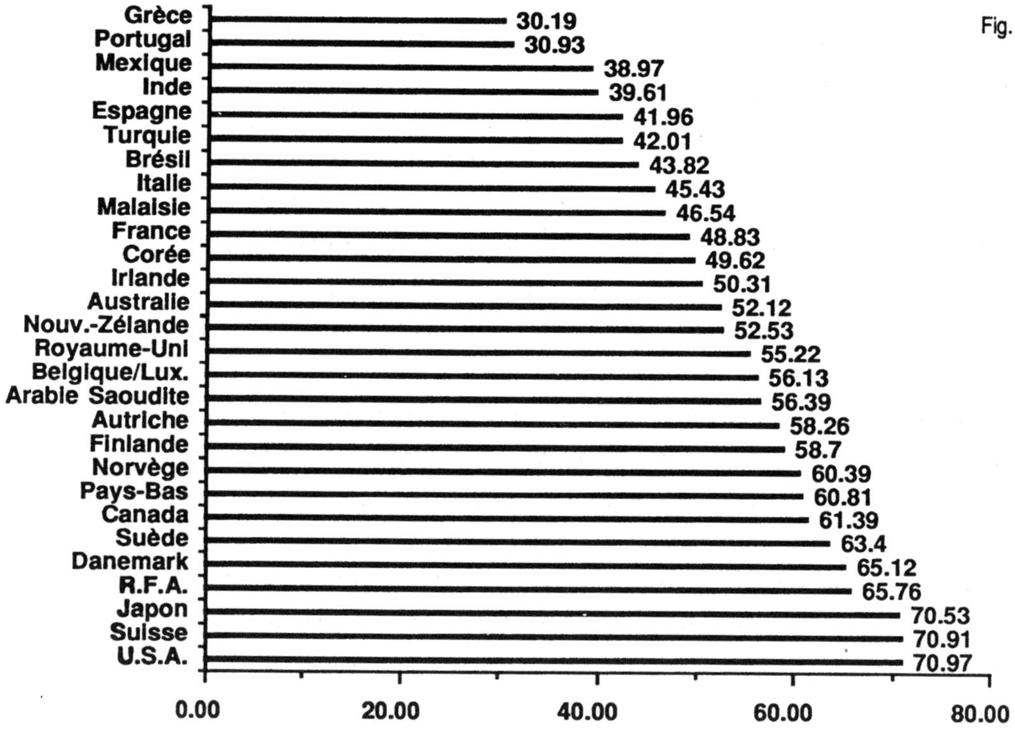

Fig. 1

14 Archives d'E.M.F. Foundation, World Economic Forum, Cologny, Genève.

Ce n'est pas une coïncidence due au hasard si la structure politique des pays dont l'économie est la plus efficace est *démocratiquement la plus évoluée* en ce sens que les composantes socio-économiques du système participent aux décisions. Elles possèdent une parcelle du pouvoir qui est suffisamment dissout pour être étendu à pratiquement toutes les couches de la population.

Les schèmes sociaux et économiques sont à l'image de la structure politique : dans les pays démocratiquement évolués, les écarts diminuent, les extrêmes tendent à se rapprocher. A l'image du pouvoir, le profit est mieux réparti que dans les pays moins performants, il est plus dilué, mieux diffusé.

Survol historique de la genèse économique

Historiquement, à mesure que le secteur primaire cède à l'artisanat et au commerce, puis à l'administration et à l'industrie, la ville prend le pas sur le village.

Elle est, à l'origine, le lieu de rencontres et d'échanges. C'est pourquoi elle s'implante sur les passages des humanes et des marchandises : les ports, les confluents, les ponts, qui prennent aussitôt une valeur stratégique. Ceux qui les possèdent les exploitent. Ils les fortifient aussi jusqu'au moment où les techniques martiales rendent vaine cette précaution.

En même temps qu'ils se développent et se diversifient, les schèmes économiques dépassent le cadre de la ville. Ils se régionalisent avant de devenir les monopoles des pays et de groupes importants, dont certains étendent leur influence au-delà des frontières nationales.

Cette «planétisation» de l'économie devrait se poursuivre et s'étendre durant le XXIe siècle, en même temps que le développement des échanges et des communications.

Que deviendra la ville dans cet étalage du tissu économique? Va-t-elle éclater à l'image de ce dernier? Va-t-elle subsister en tant que résidu historique d'époques révolues? Sa fonction culturelle sera-t-elle assez puissante pour la maintenir dans ses structures traditionnelles? Ou les cités, désormais antiques, deviendront-elles de vastes musées que nous visiterons avec un intérêt nostalgique un peu comme Pompéi, le forum romain ou Venise?

Les moyens de transport et de communication des informations pourraient bouleverser l'implantation des fonctions quotidiennes. Ils l'ont, du reste, déjà passablement modifiée au XXe siècle et dès la fin du XIXe siècle.

Le mouvement pendulaire entre habitation et lieu de travail en est une illustration. Nous reviendrons sur cette question.

Il y a longtemps que l'on ne conclut plus les marchés au marché. Récemment encore, on les traitait en ville. Aujourd'hui, l'on négocie à son bureau, par téléphone ou par téléfax, en train, en avion, dans le salon d'un hôtel, au restaurant. Peu importe qu'il soit en ville ou non.

L'automation aidant, le terme de manufacture a déjà perdu son sens propre. C'est de moins en moins la main qui façonne. Les doigts se forment à manipuler des claviers. Ce sont les machines qui fabriquent.

Le secondaire se tertiarise. Le XXIe siècle achèvera ce processus. Quelle sera la civilisation du tertiaire généralisé, informatisé et téléconnecté, autrement dit : du quaternaire? Comment ce dernier occupera-t-il le territoire? Les villes seront-elles encore des villes?

Si nous reconnaissons que les schèmes économiques traditionnellement contribuent à structurer la société, quelle sera celle-ci demain, sous l'influence des nouveaux schèmes que nous venons d'évoquer?

Les futurologues décrivent la civilisation des loisirs et l'exode hors de la ville vers la campagne. Dès lors se pose la question de savoir quelle influence — que nous qualifions déjà de régulatrice — auront sur les humanes la tradition, l'histoire et tous les schèmes culturels.

4. Les schèmes culturels

Les schèmes culturels sont la mémoire de l'organisme social, et à la fois le modèle. De concept philogénétique, ils constituent l'image homéostatique du système, la référence diachronique ou, en termes «pop» : l'histoire structurante.

Piaget affirme qu'*aucune construction du moi n'est possible sans modèle.* C'est cette fonction que remplissent les schèmes culturels dans la construction de la «société cohérente». Et cette dernière opération, nous l'avons vu, n'exclut pas les changements, les innovations, les contradictions et — pourquoi pas? — les conflits. Toute action s'inscrit dans une autre ou à la suite. Elle comporte le plus souvent des facteurs novateurs qui modifient la trajectoire.

L'analyse du chemin parcouru permet, par analogie ou extrapolation, de déterminer la voie qu'il convient de suivre. Par ailleurs, l'étude du passé ouvre les yeux sur les règles de comportement, l'éthique à respecter — le cas échéant, à transformer ou ajuster.

La religion, la morale ou l'idéologie déterminent ces règles qui structurent toute société humaine. Contenues dans des recueils-clés, elles constituent la référence universelle d'une civilisation.

Ainsi en est-il de la Bible pour les chrétiens, du Coran pour les musulmans, du Talmud pour les israélites, du Capital pour les marxistes.

A la connaissance de ces fondements éthiques du comportement social s'ajoutent celle des faits et celle des objets construits ou institutionalisés qui jalonnent l'histoire et en témoignent.

Toutes les actions, diachroniques par essence, ont des durées très inégales. De quelques secondes, comme le démarrage des véhicules à un carrefour, à plusieurs générations, comme le développement des transports fluviaux ou la conquête de l'espace, par exemple. Cette variation du «temps nécessaire» selon la nature de ce qui est entrepris empêche d'établir une règle universelle de la continuité. L'observateur détermine a priori l'étendue chronologique de la description en fonction des caractéristiques du phénomène qu'il étudie. La finale de la coupe d'Angleterre dure 90 minutes; la bataille de Stalingrad, plusieurs mois. L'histoire des fusées interplanétaires couvre quelques décennies, celle de l'antique Egypte environ 3 000 ans, et l'évolution des systèmes sidéraux se mesure en années-lumière.

La variété diachronique des schèmes culturels est pratiquement infinie. Leur étude implique le choix approprié de l'échelle chronologique. La justesse de ce choix est particulièrement importante en matière d'urbanisme. Car, dans ce domaine, l'ampleur d'un phénomène se mesure dans le temps autant que dans l'espace. On a construit Brasilia, qui compte 350'000 habitants, en dix ans; Berne, ville de moins de 200'000 habitants, en dix siècles. Construire un immeuble ou un quartier dans l'une ou l'autre de ces capitales n'implique pas la même démarche, bien que l'opération en soi demeure identique. Les contextes historiques sont différents et l'architecte ne peut les ignorer. Il en subit l'influence structurante et inspiratrice.

A cette influence, non seulement le constructeur, mais la population entière est sensible.

Toute société est à l'image de son histoire. Ce déterminisme que l'on tire de Montesquieu tente celui qui l'adopte de prédire l'avenir. A tort quand il se trompe. Mais aussi quelquefois avec raison.

En 1969, on pouvait aisément prévoir que les Français, imbus de leur «centralisme» historique, refuseraient la régionalisation de leur pays. La structure traditionnelle de la France n'est pas fédéraliste. Il faudra probablement que plusieurs générations soient instruites et préparées à ce concept pour que le pays s'y adapte. Une des difficultés — et non des moindres — réside en ce que trop de Français croient encore aujourd'hui que leur démocratie est exemplaire.

Une des Rencontres internationales de Genève, dans les années cinquante, avait pour thème : «La culture est-elle en péril?» Un des conférenciers, professeur à l'université de Rome, commença son exposé en déclarant : *La culture est en péril? Tant mieux*. Ce n'était pas une boutade. L'orateur évoqua par la suite les dangers de la culture et d'un certain «culturisme» paralysant.

Il arrive un moment où l'esprit novateur doit poser son bagage pour être libre de ses mouvements. Ceci pose le problème de l'incidence de l'acquis sur le comportement en général, créateur en particulier.

Selon Piaget, *chaque objet provoque chez le sujet une auto-*

interprétation des significations. Cette transformation adaptative exercée par l'esprit résulte d'une connaissance basée sur l'expérience propre à chacun. Piaget dit en effet que *l'action dont un organisme est capable engendre l'espace même dans lequel il vit et les problèmes auxquels il peut se heurter.* Ce sur quoi nous pouvons agir ou avec quoi nous pouvons interagir détermine ce qu'il est adaptativement utile de percevoir. *Les observables sont agissables.*

Ce concept sensori-moteur est applicable non seulement à l'individu, mais au groupe. L'acquis de chaque humane enrichit l'auto-interprétation des significations entreprise à son tour par la collectivité.

Le phénomène étendu à la société est excessivement complexe. A tel point qu'il est extrêmement difficile à maîtriser autrement qu'en procédant par simplification.

L'histoire des communautés humaines est une succession de perpétuelles réductions du processus aux expressions les plus rudimentaires. On attribue au «monarque», élu ou héréditaire, le pouvoir de se substituer à la collectivité et de déterminer à sa place l'action dont elle est capable ou ce qu'il est pour elle adaptativement utile de percevoir.

En démocratie, la simplification consiste à poser les problèmes en termes alternatifs : répondez par oui ou par non. Compte tenu de la complexité que nous venons d'évoquer, cette manière de faire n'est guère plus satisfaisante que la précédente, par délégation du pouvoir. L'ordinateur devrait permettre à l'avenir de dépouiller des réponses plus circonstanciées. La votation ne consisterait plus à choisir entre les deux termes d'une alternative, mais à se prononcer sur telle ou telle solution prise parmi un nombre de possibilités aussi étendu que nécessaire. Dès lors, l'impact des schèmes culturels de chaque citoyen agirait sur le système social de façon beaucoup plus nuancée. Le résultat serait à la mesure de la complexité.

Prenons pour exemple la votation populaire à propos de la construction d'une usine hydro-électrique[15]. Au lieu de se prononcer pour

15 Il s'agit de la consultation fédérale, dans les années cinquante, à propos de l'usine hydro-électrique de Rheinau, en Suisse.

ou contre, le citoyen aurait dû pouvoir répondre :

- oui, à condition de préserver le site par des plantations adéquates;
- oui, à condition de maintenir le niveau du lac artificiel au-dessous de la cote Y;
- non, présentez un autre projet qui respecte davantage le site;
- non, aucune construction ne doit endommager ces lieux;
- oui, le projet est très bien ainsi;
- etc.

Cette procédure confère une valeur supérieure à la fonction d'adaptation qui lie entre eux le sujet et l'objet. Elle possède intrinsèque la vertu autorégulatrice de l'organisme social que ne lui offre aucune de ses émanations traditionnelles, telles que le prince, le chef d'Etat, les pouvoirs publics ou le vote alternatif.

Plus l'échange d'informations est plurifonctionnel et polysémiologique, plus les interactions à l'intérieur du système sont riches. Et plus celles-ci sont nombreuses, plus la description et la coordination en sont nécessaires. Cette coordination des composantes, interne et externe, aboutit au comportement adapté de la société entière.

Ce comportement psychosocial autorégulé et auto-reprogrammable constitue l'un des objectifs les plus sophistiqués vers lequel toute collectivité humaine devrait tendre. Ainsi se développerait la construction de la société cohérente, finalité de la sociogenèse.

Reste posé le problème de la participation ou du degré de contribution de toutes les composantes sociales du système. A cette question essentielle s'est notamment attaché Shant J. Sigman, dans son approche de «l'ethnographie de la communication». Sa recherche débouche sur les règles qui régissent la vie en société.

Dans *The Silent Language*, Edward Hall, dans un autre ordre d'idées, considère la culture comme un système de communication décomposable en trois niveaux de complexité : les notes («isolates»), les séries («sets»), les schémas («patterns»). Il compare la culture à la musique, et voudrait la codifier et la traduire en signes comme cette dernière, disant que l'homme n'a exploité le potentiel musical que lorsqu'il a su l'écrire.

Ed. Hall, dans *The Hidden Dimension*, propose une échelle des distances interpersonnelles comportant quatre mesures : intime, personnelle, sociale, publique. Chacune comporte deux modalités : proche et lointaine.

Hall a entrepris une analyse critique de l'architecture et de l'urbanisme contemporains dans deux ouvrages intitulés *Fourth Dimension in Architecture* et *Beyond Culture*. Ces considérations impliquent la relation — intime selon Hall — entre les schèmes culturels et ceux de l'information et de la communication. Ceux-ci font l'objet du sous-chapitre qui suit.

5. L'information et la communication

Introduction

Les schèmes de l'information sont comparables aux molécules d'ADN et d'ARN en biologie, avec les agents d'exécution que sont les enzymes et qui figurent la communication. Sans cette dernière, aucune forme de société ne pourrait exister. C'est le sens profond que contient la légende de la tour de Babel.

Le développement des civilisations est étroitement lié à l'évolution de la communication entre les humanes et au perfectionnement des outils y relatifs : des manuscrits sur papyrus aux mémoires électroniques, des signaux sonores ou visuels directs (cris, feux) à la radio et la télévision.

Joël de Rosnay entrevoit idéalement la société du XXIe siècle dans l'intégration de plus en plus étroite des cerveaux des hommes, des réseaux de télécommunications et des ordinateurs. Un tel processus pourrait être, selon cet auteur, le support d'une nouvelle forme d'organisation sociale.

La ville est une machine à communiquer, dit-il. Que signifie communiquer?

Le mot latin *communio,* qui donne en français «communion», désigne l'acte de partager, de mettre en commun; l'adjectif *communis* désigne ce qui est partagé, mis en commun. C'est sur cette racine qu'est construit le mot *communication,* terme identique en français et en anglais. Dès la fin du XVe siècle, la communication est l'objet mis en commun. Beaucoup plus tard, elle devient le moyen de transmettre une information. Depuis 1970, le Robert ajoute au mot le sens que lui confère la cybernétique : *Toute relation dynamique qui intervient dans un fonctionnement.*

Beaucoup de chercheurs et autres théoriciens ont écrit à propos de la communication. Citons, parmi eux, Lévi-Strauss, Bateson, Hall, Watzlawick, etc. Yves Winkin a recueilli, dans un ouvrage intitulé *La nouvelle communication* (coll. «Points» aux éditions du Seuil), certains propos de ces divers auteurs.

Nous ne prétendons pas résumer en quelques paragraphes une matière aussi abondante; nous espérons plutôt par quelques «flashes» rappeler au lecteur le rôle essentiel de cette discipline dans la construction de toute société.

Les travaux les plus récents d'éthologie montrent que la communication remplit cette fonction génétique du groupe autant chez certaines espèces d'animaux que chez les êtres humains.

Les chercheurs du Collège invisible[16] reprennent un certain nombre de paramètres permettant de déterminer cette relation dynamique, ce *véhicule intégré de l'information* qui se mesure en termes de degré de complexité, de multiplicité des contextes et de systèmes circulaires.

Contrairement à Shannon, ces chercheurs rejettent l'approche linéaire pour adopter une méthode qui s'inspire davantage de la cybernétique ou de la théorie générale des systèmes. Ils développent des thèses selon lesquelles la communication est la matrice dans

16 Le Collège invisible : nom donné par son fondateur aux groupes de chercheurs en matière de communication et de cybernétique dans les universités de Palo Alto, Philadelphie, Chicago, Columbia et au MIT.

laquelle sont enchassées toutes les activités humaines[17].

Ray Birdwhistell considère la communication comme *le processus* de représentation de l'interrelation humaine, tandis que la culture en est *la structure*.

Dès le début des années soixante, sous l'impulsion de Margaret Mead, le terme de «sémiotique» est utilisé par les chercheurs en matière de linguistique, de psychiatrie et d'anthropologie. Il signifie l'étude de toutes les modalités de communication structurée. Depuis, l'expression a fait du chemin à travers la langue, la parole, l'architecture, la peinture, la musique et la mode. Aujourd'hui, la sémiotique ou sémiologie est devenue la théorie des symboles, ou la science des signes au sens le plus large.

Mais les recherches des membres du «Collège invisible» vont audelà des signes. Elles portent sur leur signification, la manière dont ils sont perçus, et l'incidence qu'ils ont sur le comportement.

Ainsi, selon Albert E. Scheflen, la communication est le système de comportement intégré qui calibre, régularise, entretient et rend possible les relations entre les hommes. Elle est le mécanisme de l'organisation sociale, tout comme la transmission de l'information est le mécanisme du comportement communicatif[18].

Edward T. Hall, dans ses recherches en proxémique[19], étudie la perception et l'usage de l'espace par l'homme. Ce thème intéresse particulièrement les architectes. Hall s'étend sur la notion de «territorialité» développée par les éthologistes. Il pose par ailleurs le problème de la prise de conscience, par le sujet, de sa propre culture. Il constate que l'usage de l'espace diffère d'une culture à l'autre, car *tout homme est prisonnier de la langue qu'il parle,* comme le dit Benjamin Whorf.

---

17 Paul WATZLAWICK, Janet H. BEAVIN et Don JACKSON, *Pragmatics of Human Communication.*

18 Communication personnelle de R. Birdwhistell, en 1965, extraite de Y. WINKIN, *La nouvelle communication,* coll. «Points», Paris, Seuil, 1981.

19 Proxémique : étude de la perception et de l'usage de l'espace par l'être humain.

Hall développe la notion de code secret et complexe, écrit nulle part, connu de personne mais compris de tous, notion jadis énoncée par Edward Sapir. Il relève que les hommes de cultures différentes vivent dans des mondes sensoriels différents. Ils structurent et expérimentent l'espace différemment.

Cette dernière hypothèse a une influence explicite sur l'architecture. Celle-ci reflète ainsi la «dimension culturelle» qui maintient l'humane en état d'équilibre dynamique et le conduit, lui et son environnement, à se façonner réciproquement.

L'idée que par cette règle sociogénétique, l'humane crée différents types de sujets dans ses taudis, ses bidonvilles, ses asiles, ses villes et ses faubourgs, préoccupe Edward T. Hall à propos de l'avenir des sociétés humaines.

Hockett, pour sa part, pousse à l'extrême le concept considérant la communication comme un phénomène de transmission de l'information, qui déclenche une réaction de la part d'un organisme. Parvenus à cette limite d'interprétation, les schèmes de l'information et ses véhicules seraient à l'origine de toute action, à condition toutefois de faire abstraction des sources dont à leur tour ils émanent. Or, aucun théoricien de la communication n'en décrit l'origine. Appartient-elle au sujet ou à l'objet? Sans répondre catégoriquement à cette question, Jean Piaget paraît avoir mieux que beaucoup d'autres décrit cette genèse de l'information et de ses agents : *Ce sur quoi nous pouvons agir ou avec quoi nous pouvons interagir détermine ce qu'il est adaptativement utile de percevoir*.

Ainsi la communication est-elle subordonnée à la réceptivité du sujet. Elle n'existe qu'en fonction non seulement de sa capacité, mais aussi de sa volonté de perception.

L'émetteur déclenche le phénomène. Mais pour que ce dernier ait un effet quelconque, encore faut-il que le récepteur le capte, l'accepte et le comprenne.

Cette dernière condition provoque ce que Ray Birdwhistell appelle la «relation de réciprocité», de laquelle dépend le fonctionnement du système. Cela dit, Birdwhistell rappelle qu'on ne peut se borner à comparer deux choses. Les relations entre les personnes sont ce que les fibres sont à la trame. Il en faut un très grand nombre pour découvrir non seulement comment elles diffèrent les unes des autres, mais aussi comment ces différences sont utilisées pour organiser le comportement. *Le corps social, comme le corps humain, n'est pas fait d'un ensemble de parties; il est fait de systèmes interdépendants.*

Nous terminerons ce survol théorique par cette boutade :

— *Veux-tu que je te dise franchement?*

— *Non, parle-moi comme d'habitude.*

Paul Watzlawick s'en sert pour dénoncer les «idéalistes simplificateurs» qui pensent que la sincérité totale ou l'ouverture absolue est le but ultime de la communication. Or, dans cette perspective, *elle deviendra au mieux totalitaire,* dit-il.

De la perpétuelle ambiguïté du langage et des signes relevés par Watzlawick naît la poésie sublimante que nous développerons bientôt.

Les types de communication appliqués à la ville

Dans *La Présentation de soi*, Erwing Goffman fait le parallèle entre le jeu des acteurs sur la scène d'un théâtre et la vie sociale quotidienne. Il étaye cette approche par des observations sur le terrain, dans les rues de Chicago notamment. Ses travaux d'écologie urbaine, menés durant les années vingt et trente, l'ont rendu célèbre (*Behavior in Public Places* et *Relations in Public*). C'est à Goffman que l'on doit la phrase *nothing never happens* (il n'arrive jamais que rien ne se passe).

Les recherches de Goffman sont à mettre en parallèle avec les expériences que Calhoun a faites sur la problématique de la surpopulation et de ses conséquences : stress provenant d'une surcharge sensorielle, notamment.

Ces chercheurs, avec Edward T. Hall, nous conduisent au sujet qui nous intéresse plus particulièrement, celui de la communication dans la ville.

A l'instar de Hall[20] et pour clarifier les idées, nous distinguerons quatre sortes ou degrés de relations : intime, personnelle, sociale et publique, que nous développerons séparément.

Toute la construction de la ville est conçue en fonction de ces relations et de manière qu'elles puissent s'établir et exister sans gênes mutuelles. Il nous paraît donc nécessaire de nous y attarder. La division proposée ne signifie pas que l'on puisse ainsi cloisonner la communication dans le temps et dans l'espace. Des rapports intimes, personnels et sociaux peuvent, par exemple, se développer simultanément et au même endroit. La distinction porte davantage sur le caractère que sur le déroulement spatio-temporel.

Ainsi avons-nous observé la concierge quand elle nous parlait de ses problèmes conjugaux devant la porte de l'immeuble où nous habitions : le sujet de la conversation avait un caractère intime, notre relation était personnelle et notre attitude était sociale. Notre habillement, nos gestes et notre comportement en général étaient adaptés à la situation et au lieu : nous nous trouvions sur le trottoir, devant l'entrée du bâtiment. La concierge saluait au passage les locataires qui entraient et sortaient, leur adressant parfois une phrase les concernant, du genre : *Votre fille m'a rendu les clés de la buanderie, merci!* ou *La régie passera chez vous cet après-midi*. Les messages étaient personnels, mais la manière de les adresser était sociale. Ces phrases lancées à voix haute entrecoupaient la conversation confidentielle qu'elle avait engagée avec nous presqu'à mi-voix. En même temps qu'elle nous parlait, elle prenait des poses et faisait des gestes, qui étaient autant destinés aux passants et autres observateurs éventuels qu'à nous-même. Son attitude était à la fois personnelle et sociale, tandis que son esprit était préoccupé par un problème intime.

Cette considération préliminaire n'empêche pas de constater que l'organisation spatio-temporelle de la ville implique la distinction proposée dans la mesure où la vie sociale est structurée selon cet éche-

20 Cfr Edward T. HALL, *The Hidden Dimension.*

lonnement des relations. Ce dernier facilite l'approche proxémique qu'Edward Hall a longuement développée à l'instar de Sapir et de Whorf.

5.1. Les relations intimes

«Intime» vient du latin *intimus* qui est le superlatif d'*interior,* «intérieur». L'adjectif «intime» signifie donc : du plus profond de l'intérieur.

Il est à peine nécessaire de traduire l'expression en langage spatial ou architectural qui, à l'évidence, exprime cette fonction contenue au-dedans des limites perceptibles d'un corps.

Le caractère intime des relations implique un contexte fermé dont l'accès est difficile et réservé. L'espace qui préserve ce contexte en prend le caractère.

Au cours de l'histoire, la ville ménage des lieux publics et privés qui remplissent cette fonction. Ainsi en est-il des endroits de recueillement, par exemple, tels les cloîtres, les chapelles ou les cryptes, et de certaines pièces d'habitation, comme la chambre à coucher et la salle de bains.

Les cabines d'essayage dans un magasin et les cabines de téléphone illustrent la nécessité de lieux isolés permettant une activité ou une relation intime de courte durée.

Des chercheurs parisiens ont récemment étudié les phénomènes sociologiques que provoquent les cabines de téléphone public. Nous ignorons à quoi ont abouti ces travaux en dehors de la problématique du vandalisme qu'ils décrivent.

Les agressions et le sabotage dont ces lieux sont l'objet pourraient être mis en relation avec l'ambiguïté de leur affectation, à la fois publique et accessoirement ou temporairement intime.

Hormis ces exemples que le caractère alternatif rend ambigus, l'espace intime est le plus souvent physiquement isolé. Car il accueille les activités que l'humane — ou le couple — entreprend seul, en s'impliquant en profondeur spirituellement, affectivement et physiquement : méditer, penser, rêver, dormir, aimer, s'accoupler. Cette dernière fonction est aussi solitaire dans la mesure où, comme le dit Platon, elle reconstitue l'être archaïque unisexué.

L'intimité est de plusieurs sortes : physique, psycho-affective, spirituelle. Les lieux adéquats varient selon qu'ils se prêtent à l'une ou l'autre de ces catégories ou à plusieurs d'entre elles à la fois.

Ainsi, une salle de bains ou un W.C. préservent-ils l'intimité physique; la chambre à coucher, le boudoir aux XVIIIe et XIXe siècles, et, dans une certaine mesure, le banc dans un parc public et l'intérieur d'une voiture, l'intimité psycho-affective. La chambre à coucher se prête aussi aux relations intimes de caractère physique et spirituel. Sa polyvalence est, du reste, plus étendue encore, car elle sert de cadre aux activités interpersonnelles et parfois même, quoique plus rarement, aux relations sociales.

Selon son type ou son caractère, l'intimité réclame différentes sortes d'isolement que la personnalité du sujet peut modifier encore. L'humane est généralement enclin à méditer dans un cloître, dans une église, dans le désert ou en pleine nature. Mais d'aucuns sont aussi capables d'isoler leur esprit sur une place publique en dépit de l'animation et du tumulte.

L'intimité physique exige, en revanche, un isolement de même nature, quoique variable selon les sens. Le plus souvent, il est visuel et tactile, puis acoustique et olfactif. Ainsi l'isolation d'une cabine de déshabillage est-elle essentiellement visuelle, tandis que celle d'un W.C. concerne tous les sens.

A ces considérations synchroniques s'ajoutent toutes les observations diachroniques qui déterminent la fréquence et la durée d'utilisation d'un lieu, le nombre et la variété des usagers, etc. L'analyse diachronique demeure nécessaire, quel que soit le type de relation que l'on étudie.

L'humane a quotidiennement besoin d'espaces lui permettant de vivre ses relations intimes. Les grandes villes qui ne préservent pas suffisamment ces lieux en démontrent par défaut la vitale nécessité.

5.2. Les relations personnelles

Ou «interpersonnelles», comme les désigne Edward Hall. Leur véhicule est le dialogue écrit, verbal, gestuel ou autrement conventionnel. Elles sont l'unité de base ou le fondement de la vie sociale dont la nature et la qualité dépendent.

Hall a beaucoup observé la distance que respectent les sujets, animaux ou humains, dans leurs relations. Cette distance a des répercussions sur le dimensionnement des espaces.

Ainsi, par exemple, la distance nécessaire à la conversation directe entre deux personnes fixe-t-elle les dimensions d'un parloir. Le téléphone rend possible ce même dialogue entre des interlocuteurs très éloignés. Dès lors, l'espace minimal que l'on réserve à la personne est réduit aux dimensions d'une cabine phoniquement isolée.

La communication gestuelle implique la vue et le toucher. Les espaces qu'elle détermine sont très variés. La vue a une longue portée qui dépasse largement celle de la voix, tandis que le toucher réduit au minimum la distance que nécessite le contact physique.

La relation personnelle à travers le toucher varie, par exemple, d'une culture à l'autre : les Arabes et les Italiens s'embrassent, les Français se serrent la main, les Anglais et les Japonais ne se touchent pas. Ces derniers font une révérence.

La fréquence des contacts interpersonnels influence l'équilibre psychique et nerveux. La ville, parce qu'elle facilite ces contacts, provoque une rétroaction d'isolement. La proportion de sujets qui souffrent de solitude est ainsi paradoxalement beaucoup plus importante dans les grandes villes que dans les milieux ruraux.

Cette constatation doit inciter l'architecte qui construit en ville à «personnaliser» chaque objet de manière à faciliter le processus d'identification de l'habitant à son cadre de vie. Car ce processus conditionne les relations personnelles.

L'humane communique avec un autre dans la mesure où il l'a préalablement identifié et dès lors qu'il se sent lui-même identifiable. A défaut de cette condition, le contact a de la peine à s'établir.

L'originalité du cadre, comme de l'habillement, liée au juste dimensionnement de l'espace vital minimal, contribue à faire de l'humane une personne plutôt qu'un numéro.

Les relations entre numéros sont arithmétiques : elles sont inhumaines. Entre personnes, elles engendrent et conditionnent la vie commune à tous les échelons de la société.

D'une manière générale et non absolue, et sans pouvoir énoncer des raisons clairement établies ou fixer des règles, Venise et Sienne se prêtent mieux aux contacts interpersonnels que Manhattan.

Ainsi, le tissu médiéval d'une ville est-il plus propice à ces relations que le canevas urbain du XIXe siècle engorgé par les apports du XXe.

Le caractère très serré du premier et son adaptation à des topographies souvent accidentées l'ont préservé des bouleversements structuraux et technologiques des cent dernières années. Cela ne signifie pas qu'il soit le seul à sauvegarder les distances ou l'échelle des personnes.

Le concept urbain du XIXe siècle, que nous avons brièvement décrit au début de cet ouvrage, ménage cette dimension des rapports entre habitants. Mais il se prête à l'inflation de la circulation automobile et des constructions quand des lois ne les limitent pas. Manhattan est partiellement une ville du XXe siècle construite sur un tracé du XIXe.

Nous avons dit «partiellement», car, par endroits, des «îlots» ont conservé l'échelle que leur confère le canevas. L'adéquation subsiste. Les habitants entretiennent des relations personnelles. Ainsi en est-il de Greenwich Village. Pendant un an, nous avons pu y observer le phénomène que nous avons retrouvé, en partie, dans le quartier chinois (Chinatown) et, plus récemment, à SoHo (South of Houston Street). Dans la plupart des autres quartiers de Manhattan, l'anonymat du grand et du nombre étouffe les contacts individuels. Il efface la dimension personnelle. Il enferme les humanes dans leur solitude parce qu'il les serre trop les uns contre les autres. Il les empêche de respecter la distance. Cette distance qui, selon Hall, *conditionne la vie sociale*.

5.3. Les relations sociales

En écrivant ce titre, comme plusieurs autres, nous mesurons avec effroi l'étendue du sujet et de notre ignorance, et le vertige nous prend. Tant d'esprits plus brillants et plus savants ont traité cette question avec tant de compétence que nous nous demandons si nous ne devrions tout simplement pas leur céder la plume et nous taire.

Bateson, Hall, Lévi-Strauss et tant d'autres, ainsi que le lecteur, nous pardonneront l'outrecuidance qui nous pousse à continuer d'écrire ce que nous voyons et ce que nous pensons plutôt que citer ce que d'aucuns conçoivent, si exemplaire cela soit-il. La bibliographie qui clôt ce livre renvoie aux textes de quelques-uns de ces remarquables auteurs.

Lorsque nous parlons de relations sociales, nous entendons les rapports que chaque humane entretient avec la communauté de ses semblables, et leurs façons de communiquer entre eux.

Dès lors se pose la question du groupe, de son caractère, de son importance numérique, de sa qualité.

Nous avons observé, mon épouse et moi, que les «meilleures» soirées entre amis, nous les passons le plus souvent avec un seul couple, plus rarement à cinq ou six.

A quatre, nous entretenons des relations personnelles, parfois intimes, et traitons les sujets en profondeur. Même les plaisanteries sont dites et perçues dans un climat plus authentique et détendu que lorsque les participants sont plus nombreux.

A plus de six, le paraître l'emporte généralement sur l'être. Les propos et les attitudes se conforment à des stéréotypes. Les extravertis parlent, gesticulent, s'expriment, discutent, se disputent. Les introvertis ou les plus timides se taisent, écoutent, acquiescent ou font semblant, rient ou sourient, parfois pensent à autre chose tout en montrant une figure attentive.

Cette dernière attitude nous rappelle une maxime de La Rochefoucauld que nous citons pour en faire profiter le lecteur : *Une des choses qui fait que l'on trouve si peu de gens qui paraissent agréables et raisonnables dans la conversation, c'est qu'il n'y a presque personne qui ne pense plutôt à ce qu'il veut dire qu'à répondre précisément à ce qu'on lui dit. Les plus habiles et les plus complaisants se contentent de montrer une mine attentive en même temps que l'on voit dans leurs yeux et dans leur esprit un égarement pour ce qu'on leur dit et une précipitation pour retourner à ce qu'ils veulent dire. Au lieu de considérer que c'est un mauvais moyen de plaire aux autres que de chercher si fort à se plaire à soi-même. Et que bien écouter et bien répondre est une des plus grandes qualités que l'on puisse trouver dans la conversation.*

Cette magistrale observation est universelle. Elle établit par la satire les règles élémentaires de la communication entre humanes ou l'ABC des relations sociales. Ces dernières trouvent leur fondement, comme le dit Rilke, dans le «respect mutuel».

Lorsque les rapports entre les personnes qui constituent un groupe sont réglés ou coordonnés par un président ou un animateur, non seulement les messages passent mieux et la compréhension est meilleure, mais chacun peut davantage s'exprimer; les plus timides ont une chance de prendre la parole et d'être écoutés.

Ainsi les relations sociales obéissent-elles à des règles qui les organisent et régissent la vie en société.

Les différences qui existent entre les communautés, les peuples, les civilisations, résultent, en partie, des applications particulières de principes généraux semblables.

Nous avons cité plus haut les diverses manières de se saluer selon les pays. Elles sont toutes motivées par la même intention d'entrer en matière.

Autre exemple : nous avons observé la façon dont les adolescents en groupe ou de sexes différents font connaissance. En termes succincts, les garçons plaisantent entre eux à haute voix pour que les filles réunies entendent. Ils montrent en rivalisant leur force physique et, à défaut, leur esprit. Les filles rient et font des manières qui visent à mettre en évidence leur charme et leurs attraits.

Nous avons constaté ces mêmes comportements, à travers des expressions diverses, à New York parmi les Noirs, en France, en Suisse, en Italie, dans les milieux tant bourgeois que populaires, à Tokyo, à Helsinki. Les seuls pays où nous n'avons pu voir ces mœurs sont musulmans. Probablement parce que dans ces pays, la religion et les coutumes interdisent aux adolescents de sexes différents de se réunir librement en groupe.

Tout cela est connu et reconnu. Il nous paraît toutefois utile de le rappeler, car la communication quotidienne dépend intimement des opportunités. Provoquez les rencontres, par exemple, et les personnes établiront des relations entre elles. Cloisonnez-les au contraire : elles se refermeront sur elles-mêmes.

Le cadre de vie contemporain ne favorise pas assez les contacts entre les humanes. Il les isole trop fréquemment, les enferme dans leur solitude.

Tous les jours, arrêté au volant de notre voiture au feu rouge d'un carrefour, nous observons nos contemporains semblablement installés : chacun dans son véhicule, seul. Si l'un d'eux nous regarde, le plus souvent il ne nous voit pas, tant ses yeux paraissent vides de toute expression. D'aucuns, persuadés que personne ne prend garde à eux, se curent le nez, se pressent un bouton du visage, les yeux rivés sur le rétroviseur, se rongent les ongles, se parlent à eux-mêmes.

En ville, dans la rue, dans les lieux publics, l'absence de relations entre les citadins l'emporte sur les contacts les plus élémentaires. Les passants coexistent. Leur communication se réduit à l'échange des regards.

Les relations sociales se développent au foyer, dans la famille, à l'école, au lieu de travail, au bistrot, un peu au restaurant, dans les clubs, les salles de réunions, au sein d'associations amicales et autres groupements, mais pas dans la rue, pas sur les places publiques, et de plus en plus rarement dans les magasins que remplacent les grandes surfaces anonymes, plus propices aux frictions qu'aux vrais contacts.

L'immeuble urbain lui-même se prête mal aux relations sociales. Prenons l'exemple d'un bâtiment d'habitation. Sorti de son appartement, le sujet traverse un palier aveugle, emprunte un boyau vertical opaque dans une cabine d'ascenseur hermétiquement close. Parvenu au rez-de-chaussée, il traverse un hall ou vestibule sans fenêtre et souvent mal éclairé, avant de parvenir sur le trottoir où déambule une foule indifférente et apparemment inaccessible. Les visages sont fermés, les regards distraits, le son des voix couvert par le brouhaha du trafic automobile.

L'habitant passe pratiquement sans transition de son logement à la rue. L'opportunité d'une rencontre est rare; la possibilité de communiquer avec les autres occupants de l'immeuble, presque inexistante.

Les espaces communs de circulation ne se prêtent pas au dialogue ni même à l'échange de quelques signes.

Les pièces les moins intimes des appartements, comme le vestibule ou la cuisine, devraient comporter une fenêtre ouvrant sur le palier d'étage, facilitant l'échange, ne serait-ce que de coups d'œil ou de signes. Les ascenseurs devraient, dans la règle, être largement vitrés. Les entrées, bien éclairées, devraient être ouvertes sur les locaux alentour, communs ou commerciaux..

Les surfaces de circulation susmentionnées devraient comporter des excroissances ou lieux de rencontres et d'échanges.

A l'échelle de la ville, nombreuses sont les tentatives de réhabiliter la rue et la place en tant que lieux de communication où sont rétablies les conditions propices aux relations sociales. Mais ces cas sont encore trop rares et aussi trop ponctuels, trop isolés dans un contexte urbain stressant et exerçant un conditionnement «isolateur». Les piétons coiffés d'écouteurs ne font qu'illustrer cette tendance. Il ne suffit pas de fermer quelques rues au trafic pour «sauver» la ville de l'asphyxie.

Des quartiers entiers devront être interdits aux voitures. Comme certains îlots médiévaux ou quelques villes comme Venise ou Sienne, qui sont inaccessibles aux véhicules, par la force des choses. Ces secteurs étendus retrouveront peu à peu leur identité perdue et offriront les conditions et le cadre propices aux contacts, aux échanges, à la communication, au dialogue et à toutes les relations sociales.

Nous verrons plus loin quelles solutions techniques peuvent contribuer à cette réhabilitation de l'une des fonctions essentielles de la ville, telle que nous pourrions la reformuler : *Permettre à des êtres vivants et complexes, les humanes, de vivre groupés et en grand nombre, et de communiquer, dans un site déterminé.*

Le cadre adéquat de cette fonction multiple ne peut obéir à un principe unique d'ordre suprême. Il relève davantage du «tétragramme incompressible» et transdisciplinaire énoncé par Edgar Morin : ordre — désordre — interactions — organisation, dont le jeu combinatoire permet de concevoir le monde des phénomènes.

On peut associer la ville à l'«organisation vivante» dont parle cet auteur, qui tolère, produit et combat le désordre et se régénère dans ce processus.

Toute la sociogenèse et ses résultantes matérielles s'inscrivent au travers des relations sociales et par leur fonctionnement, entre le hasard et la nécessité, entre le cristal et la fumée, pour reprendre respectivement les termes de Jacques Monod et d'Henri Atlan.

L'histoire de l'humanité oscille entre la notion d'ordre politico-mythologique et le désordre des guerres, des famines et des massacres. Selon Edgar Morin, l'humanité concilie ces deux notions apparemment contradictoires par ses interactions et l'organisation qu'elles nécessitent.

Parvenus à ce point de la réflexion, nous pourrions considérer la ville comme une partition d'orchestre que les musiciens modifient à mesure qu'ils l'interprètent. On imagine les désordres que produirait une telle façon de procéder en dépit de l'intention partagée de conférer à l'ensemble une ordonnance. Dès lors est-il nécessaire que chacun délègue son pouvoir à celui ou ceux qui coordonnent.

5.4. Les relations publiques

Lorsque des personnes se groupent ou agissent individuellement afin de participer ouvertement au pouvoir ou d'influencer ostensiblement la vie, la gestion ou la structure de la communauté ou de la société à laquelle elles appartiennent, elles développent des relations publiques.

Les rapports demeurent sociaux tant qu'ils ne concernent que ceux qui les entretiennent. Ils deviennent publics dès lors qu'ils dépassent le cadre de leurs protagonistes pour toucher l'ensemble, qu'il s'agisse d'un groupe, d'une foule anonyme ou de la population d'une commune, d'une région, d'un pays entier.

Les mass media, les agents d'information, y compris la publicité, et tous les moyens de diffusion qui émettent des messages le plus largement possible sont les facteurs usuels des relations publiques.

Dans cette sphère de communications, l'idéologie, le concept social, politique ou économique, le mythe, ou simplement la municipalité, l'état ou la firme commerciale que le sujet représente, importent autant que sa personnalité.

Il apparaît dans ces conditions que l'humane qui développe ce genre de rapports non seulement consacre, mais concède ou sacrifie à la cause commune une part de lui-même.

La consécration publique, objectif suprême que poursuit l'intéressé, procure à ce dernier un sentiment de puissance très sécurisant, le rassurant à propos de sa propre identité. Tant il est vrai que *les autres sont le miroir de chacun,* ainsi que le déclarait je ne sais plus quel auteur éclairé.

Or, les autres, au sens le plus large, c'est le public. Et ce dernier met en évidence — parfois sommairement — les qualités et les défauts d'un sujet qui s'adresse à lui dans un langage approprié, ou qu'il voudrait tel.

Auditeurs, spectateurs et tous ceux qui captent les messages émis par qui les produit, tantôt approuvent en applaudissant, tantôt rejettent par des cris et huées qui, paradoxalement, depuis quelques décennies expriment aussi parfois l'enthousiasme ou le désir de participer.

Au théâtre, à l'opéra, au stade ou dans un meeting, le spectateur se met aussi en évidence. Il écoute et regarde, mais se montre également pour être vu, applaudit et crie pour être entendu. Le spectacle n'est pas que sur la scène ou dans l'arène, mais encore dans la salle ou sur les gradins, dans la foule, dans le public.

J'ai observé Bernard Haller en classe, lorsqu'ensemble nous fréquentions le collège de Genève. Ce fantaisiste, devenu célèbre depuis lors, occupait toujours le premier rang des pupitres afin d'être vu de tous ses camarades auxquels il ne cessait d'exhiber ses pitreries, provoquant l'hilarité générale, y compris celle du professeur.

C'est probablement ainsi que la plupart des comédiens et autres comiques ont débuté, de même que tous les hommes politiques, à la seule différence près que ces derniers ne font rire que plus tard, comme à retardement, quand ils ne suscitent pas les larmes et les grincements de dents!

A l'évidence, les relations publiques ne se rapportent pas seulement à celles qui lient une personne se produisant devant une assemblée, quelle qu'elle soit. Les Américains confèrent à l'expression un sens commun plus commercial. Les «public relations» concernent les rapports qu'une personne — dans son intérêt ou pour le compte du parti, de la société ou de la firme qu'elle représente — entretient et développe avec la clientèle au sens le plus large.

Les attitudes que dicte l'objectif sont celles tant de l'homme politique menant une campagne électorale, que du représentant de commerce, par exemple. L'un «vend» sa politique, l'autre un produit. Dans un cas comme dans l'autre, et de même que pour le musicien, le comédien ou le conférencier, il s'agit d'obtenir l'adhésion de ceux qui perçoivent : auditeurs, spectateurs, consommateurs, etc.

Ces fonctions impliquent des lieux appropriés que la ville doit comporter en nombre suffisant : salles de réunions, d'assemblées, de commissions, de comités, de concerts, de répétitions, polyvalentes, de spectacles, théâtres, auditoriums, aulas, stades, places publiques, champs de Mars, agoras, forums, le café, la boutique, le marché, la rue.

Autrefois et depuis l'antiquité, ces lieux étaient, avec l'écriture, les seuls moyens que la société se donnait pour développer les relations publiques. Aujourd'hui, les télécommunications réduisent le rôle de ces médias.

Nous verrons dans le chapitre suivant quelle influence ces techniques et le développement de l'électronique pourraient avoir sur la société des humanes, sur leur mode de vie et sur l'aménagement des espaces appropriés.

6. La société téléconnectée

De nombreux esprits ont développé ou simplement évoqué l'impact ou les conséquences que pourrait avoir le développement général et systématique des télécommunications sur la vie sociale, économique et politique.

Mais autant les pronostics technologiques en ce domaine sont confirmés par les faits, autant les prévisions socio-économiques demeurent aléatoires et ne s'écartent guère du domaine de la fiction.

Ainsi peut-on prévoir sans trop de difficulté quelle influence exerceront les mémoires à semi-conducteurs sur le développement des ordinateurs. Il est, en revanche, beaucoup plus incertain de prédire l'usage que les humanes feront de ces derniers ou la capacité d'adaptation réciproque entre l'offrant et l'utilisateur.

Nous nous contenterons donc d'évoquer les possibilités que présentera la technique et d'en imaginer les conséquences politiques et socio-économiques par quelques scénarios futuristes.

L'identification de la personne par lecture électronique de la signature et des empreintes digitales, et l'informatisation généralisée des télécommunications devraient permettre d'abolir l'usage de la monnaie. Les procédés existent, mais les infrastructures font défaut. La mise en place de ces dernières est imprévisible dans le temps.

Dans l'hypothèse où elles seraient achevées, chaque personne posséderait une carte «magnétique» dont le code correspondrait à celui de son compte en banque. L'apposition digitale sur la carte et la signature permettraient d'en identifier avec certitude le propriétaire. Soumise au lecteur électronique du «vendeur», elle mettrait ce dernier en contact avec l'ordinateur de l'établissement de crédit qui indiquerait l'avoir de l'«acheteur». Le «terminal» du premier mentionnerait le prix de l'objet vendu qui serait aussitôt débité du compte du second, créditant le premier. Les cartes de crédit aujourd'hui utilisées préfigurent de façon archaïque ce mode de paiement.

Autre exemple : l'identification digitale ou tout procédé similaire, l'adaptation des réseaux de télécommunications et l'équipement informatique des administrations publiques permettront de voter à domicile. Les moyens de contrôle de l'ordinateur garantiront l'anonymat et l'exactitude du dépouillement qu'ils assumeront.

La simplification et l'accélération du processus de consultation populaire en accroîtront le nombre et la fréquence. L'exercice de la démocratie directe, avec les référendums et initiatives qu'elle comporte, sera plus aisé et beaucoup plus efficace que maintenant, car le déplacement actuel de la population aux urnes, l'organisation des votations et l'infrastructure administrative qu'elle implique alourdissent la procédure et en limitent l'utilisation.

Dans l'hypothèse, évoquée précédemment, d'une participation permanente de la base aux décisions politiques et à la gestion des affaires publiques, le vote à domicile et de tout temps constitue l'outil ou le rouage essentiel au fonctionnement de la société démocratique du type helvétique.

Or, si l'on veut que l'aménagement de la ville et du territoire soit le résultat d'un consensus populaire et tienne compte à la fois des droits et des obligations de chaque citoyen ou de chaque fraction de la communauté, il faut développer et améliorer les moyens de consulter la base.

Il est facile d'imaginer combien les décisions d'un exécutif seront plus aisées à prendre lorsqu'il pourra, en quelques jours, connaître l'opinion publique majoritaire à propos de telle ou telle question. Et les réponses seront beaucoup plus nuancées qu'elles ne peuvent l'être actuellement. Car l'ordinateur pourra dépouiller toutes sortes d'expressions et formuler la tendance qui en découle plutôt que de se borner à l'habituelle alternative manichéenne du oui et du non.

Cette possibilité de nuancer les suffrages réduit, sans l'éliminer, l'effet des manipulations pernicieuses de l'opinion publique et l'impact d'une information tendancieuse. Car si le citoyen peut répondre «oui, mais...» ou «non, à condition que...», il garde intacte sa liberté d'interpréter la propagande qu'il subit. La pondération de son vote lui permet de ne pas prendre radicalement position comme l'y incitent les groupes de pression les plus influents, quelle que soit leur orientation politique.

Dans un autre ordre d'idées, que deviendra la vie quotidienne en général, professionnelle et tertiaire en particulier, lorsque les télécommunications audiovisuelles permettront de réunir plusieurs personnes à distance sans les grouper physiquement dans la même salle? Lorsque la correspondance, les contrats, la documentation et tout ce qui touche aux affaires seront mémorisés sur ordinateurs? Lorsque chacun travaillera principalement à domicile? Quand la plupart des activités de l'économie sera tertiarisée par l'électronique?

Les seules personnes qui se déplaceront pour exercer leur métier seront celles qui accompliront les tâches manuelles qui subsisteront et seront encore nécessaires. Même l'achat de biens de consommation et autres denrées sera télécommandé. Certains fournisseurs pratiquent déjà aujourd'hui ce mode de distribution à domicile par la vente sur catalogue.

Et la télévision porte le spectacle à la maison. Si l'affluence au théâtre, au cinéma, au concert n'a pas vraiment diminué pour autant, elle n'a guère augmenté, en dépit de l'accroissement de la population. En revanche, le nombre des téléspectateurs atteint des chiffres astronomiques. On prétend que plusieurs milliards de personnes assistent, devant leur petit écran, à la finale de la coupe du monde de football, par exemple.

Quelle ville, quelle vie urbaine résulteront de ce que l'on appellera la révolution informatique? Aura-t-elle vraiment lieu? Et comment? Les grandes métropoles pourraient se dissoudre en une multitude de «villages». Les grandes concentrations, dont l'utilité serait désormais superflue, céderaient le pas à des regroupements et agglomérations d'échelle et de dimensions mieux adaptées à la vie sociale et à l'épanouissement des êtres humains. L'organisation de ces ensembles et leurs interactions seraient régies par un réseau complexe et informatisé de télécommunications.

La société ainsi téléconnectée et autogérée pourrait alors s'adonner au «jeu combinatoire transdisciplinaire», dont parle Edgar Morin et qui gère toute communauté humaine dans sa complexité.

Ce système, qui concilie l'ordre, le désordre, les interactions et l'organisation, vise, sans jamais l'atteindre, l'objectif de l'«unitas multiplex», sorte de perfection inaccessible mais souhaitée, dont s'approchent ici et là quelques cités, sinon quelques architectures.

POIÈSIS[21]

Avant de développer la création en général et de l'attacher ensuite à l'architecture et à l'urbanisme, il convient de la situer épistémologiquement.

Le phénomène, d'origine et d'essence psychologiques, est encore physico-chimique dans ses causes, son déroulement et ses conséquences. Et comme on ne peut détacher la psychologie de la biologie, il appartient aussi à cette dernière.

Autant dire que le processus est complexe. On peut donc l'étudier au macroscope en utilisant les modèles de la systémique et de la cybernétique. Nous lui en appliquerons d'autres encore, plus pragmatiques mais non moins théoriques, tels que le «triangle de Vitruve», la cycloïde de Louis Sullivan ou les quatre phases[22] définies par les praticiens de l'aménagement du territoire.

Bien que les phénomènes qui provoquent la création et ceux qui en découlent puissent être philogénétiques ou sociogénétiques, la création elle-même n'en demeure pas moins d'essence psychogénétique[23].

---

21 Cf. note 7 page 15.

22 1. Inventaire — 2. Analyse — 3. Conception — 4. Vérification.

23 La philogenèse est la construction des espèces vivantes; la sociogenèse, celle des sociétés cohérentes; la psychogenèse, la construction des esprits pensants.

Nous appuierons notre réflexion sur la thèse que Guy Cellérier développe à ce propos dans son cours de cybernétique.

Partant de l'idée de Minski sur l'«effet subjectif de continuité», Cellérier se fonde sur les notions de cadres interprétatif, d'improvisation et d'organisation motrice, qui permettent d'anticiper l'effet des actions sur la réalité et de planifier ces actions. Ce «frame system» est proche du concept kantien : *des yeux pour reconnaître et des mains pour produire*.

Ce modèle recognitif et effectueur comporte les trois principaux aspects de la situation cognitive, définis par Jean Piaget : 1) description prédicative; 2) finalité (axiologie : science des valeurs); 3) procédure.

Il en découle ce que Guy Cellérier appelle le paradoxe psychogénétique : plus un organisme est capable d'apprentissage, de construction de signes (nobles), de buts, de problèmes nouveaux, moins son milieu de problèmes est prévisible.

La variété des milieux symboliques inventables, apprentissables par les humains est infinie. Par conséquent, les objets permanents, les régularités empiriques, les propriétés, les relations, etc. de ces milieux imprévisibles sont également imprévisibles. Il faut les apprendre.

Pour apprendre, un seul moyen : l'action. Piaget le dit en d'autres termes : *C'est l'action dont un organisme est capable qui engendre l'espace même dans lequel il vit, les problèmes auxquels il peut se heurter*.

La perception sert à l'action, et l'action sert à satisfaire les besoins. Ces trois éléments permettent de construire les «boucles majorantes» dans le concept sensori-moteur.

Cette notion, transposée en téléonomie, y introduit une hiérarchie : le but a une fonction supérieure qui induit les autres. Ainsi en est-il, par exemple, du fauve dévorant sa proie quand soudain survient un autre fauve : 1) il tue et dévore sa proie : l'appétit ou le principe d'autoconservation ou d'entretien le motive; 2) il se défend : l'autopréservation ou le désir de survie prend le relai dans la hiérarchie. La seconde motivation l'emporte sur la première.

Cet exemple confère, dans le processus d'équilibration, une valeur supérieure à la fonction d'adaptation. C'est dans cette dernière fonction que la notion de création trouve son origine.

Cellérier attribue deux sortes de finalités à l'adaptation créatrice :

1) Les buts autopoïétiques, qui appartiennent à un système dont la raison d'être consiste à conserver sa propre fonction. Les êtres vivants et la bureaucratie en sont.

2) Les buts hétéropoïétiques, qui appartiennent à un système cognitif dont la fonction biologique a une valeur sélective supérieure. Ils font appel à la capacité non seulement d'atteindre plus de buts existants, mais d'inventer encore plus de buts nouveaux.

Les degrés de cette capacité sont la mesure de l'intelligence dont la valeur hiérarchique est proportionnelle à sa capacité.

C'est cette faculté d'imager et d'innover à l'infini qui fait dire à Minski que l'intelligence humaine est imprévisible. Elle s'inscrit toutefois dans un cadre sémantique — ou cadre de références — à défaut duquel elle serait insignifiante.

A la conception cognitive de l'intelligence créatrice, il convient d'ajouter l'instrument sémantique dont elle se sert par connotation; la connotation étant, selon Prieto, un phénomène concomitant à l'égard de toute activité humaine[24].

Le processus de création est non seulement cognitif et sensorimoteur, mais il a trait à la sémiologie.

Il est en outre exclu de le détacher d'une éthique. On doit lui conférer une échelle de valeurs qui le relativise et sert à en définir l'objectif.

Ainsi, par exemple, nous intéresserons-nous davantage à la capacité créatrice d'un artiste, peintre ou musicien, qu'à celle de l'auteur génial d'un crime parfait.

24 Luis J. PRIETO, *Pertinence et pratique*, Paris, Les Editions de Minuit, 1975.

La présente étude est divisée en trois chapitres :
1) le cadre sémiologique;
2) le cadre éthique ou échelle des valeurs;
3) la méthode.

1. Le cadre sémiologique

Nous tentons de nous tenir tant bien que mal à l'écart des disputes académiques, notamment à propos du sens des mots. C'est pourquoi nous nous sommes jusqu'à présent bornés à considérer qu'un chat est un chat.

Cette pratique méthodologique est difficile à appliquer en matière de sémiotique.

Le premier obstacle auquel nous nous heurtons consiste en la nature de l'objet de la création. Est-il une façon, tantôt scientifique tantôt non scientifique, de connaître la réalité matérielle? Est-il, comme en architecture et en linguistique, attaché à une praxis? Autrement dit : dépend-il d'une fonction ou d'un but pratique, tel que la communication, pour ce qui concerne la langue, ou le façonnage de l'environnement construit, lorsqu'il s'agit d'architecture?

Nous pouvons répondre «oui» à propos de ces deux disciplines. Mais elles ne sont pas les seuls domaines d'application de la poïèsis, tant s'en faut.

La création est un phénomène par essence imprévisible. Son objet l'est aussi. Par expérience, on peut affirmer qu'il est une réalité relative à l'humane et susceptible de devenir surtout l'objet d'une connaissance. Comme Prieto, nous sommes tentés de faire dépendre la pertinence de ce que nous concevons, du point de vue sous lequel nous l'examinons. Ainsi l'objet se rapporte-t-il systématiquement au sujet.

C'est aussi ce que Philippe Boudon développe dans son ouvrage sur la Ville de Richelieu. Il y propose une liste de points de vue à partir desquels la réflexion sur le thème de la perception pourrait être orientée. Cet attachement de l'objet à son cadre d'interprétation ouvre la porte sur l'infini de la création, en dépit du caractère fini que peuvent revêtir quelques-uns de ses domaines d'application[25]. Aussi pouvons-nous affirmer que la création n'est jamais totalement objective — ou qu'elle est toujours partiellement subjective.

Cela dit, elle s'inscrit dans plusieurs formes de réalités : matérielle, historique, scientifique, empirique ou potentielle. Chacune est perçue, communiquée ou transmise, interprétée, modifiée ou refaçonnée selon un code «compréhensible» tant par celui qui exprime une parcelle de la réalité que par celui qui la perçoit.

L'acte créateur s'inscrit dans une structure sémiotique, quand bien même il la façonnerait à mesure. A défaut de cela, il n'a relativement pas de sens. Sans elle, il engendre une substance dépourvue de signification, un objet sans sujet.

Du point de vue de l'humane que nous sommes, c'est une absurdité. Comme le relevait Le Guyader lors d'une conférence à Genève[26], l'un des symptômes — et non des moindres — de la créativité réside précisément dans la capacité de façonner un nouveau langage propre à la nouveauté que le sujet veut exprimer. La plupart des grands créateurs, dans les domaines artistiques ou scientifiques par exemple, ont ainsi généralement créé leur code[27] : Bach, Debussy, Schönberg en musique, Vitruve, Brunelleschi, Le Corbusier en architecture, Freud, Piaget en psychologie, Homère, Victor Hugo et la plupart des poètes en littérature, Euclide, Pythagore, Leibniz en mathématiques, Newton, Einstein en physique, etc.

---

25 Luis J. PRIETO, *op. cit.*, p. 154 : *Un objet matériel est susceptible d'être connu sous un nombre indéfini d'identités, c'est-à-dire de recevoir un nombre indéfini de déterminations; et la synthèse de toutes les identités sous lesquelles on est capable de le reconnaître ne nous livre jamais qu'une autre identité dont on ne saurait en aucun cas affirmer qu'elle constitue son identité absolue et qu'elle nous donne accès à ce que l'objet est en lui-même.*

26 LE GUYADER, Conférences à la faculté de psychologie, Uni. II, Genève, printemps 1985.

27 *Le code est la structure sémiotique sur laquelle se fonde la connaissance que l'émetteur et le récepteur ont du signal dont la production caractérise cet acte* (L. J. PRIETO, *Pertinence et pratique*, p. 129.

Qui veut exprimer une idée, une pensée ou quoi que ce soit dans quelque domaine que ce soit choisit le langage le plus adéquat pour le dire. Si celui-ci n'existe pas ou n'existe que partiellement, il doit le créer.

En termes cybernétiques, le but consiste à exprimer quelque chose et la structure sémiotique constitue le moyen d'y parvenir. Lorsque l'objet est nouveau ou comporte de la nouveauté, tantôt la langue ou le code établi suffit à le formuler, tantôt il s'avère nécessaire d'inventer les termes, de façonner l'instrument sémiologique.

Ainsi l'acte créateur dépasse-t-il souvent les limites du domaine dans lequel il opère et qui lui est assigné. Pour l'accomplir, le sujet doit être capable de concevoir et réaliser les outils qui lui permettront de parvenir à ses fins. Et ces outils n'appartiennent pas seulement à la linguistique ou à la science des signes, mais aussi à la physique, à la chimie, à la biologie, aux mathématiques ou à l'«ingéniérie» au sens le plus large.

Appliquée à l'architecture, cette règle oblige le chercheur à choisir — quitte à le façonner — non seulement le langage le plus approprié à l'affectation et au programme de ce qu'il conçoit, mais aussi les instruments de la mise en œuvre. La pauvreté des vocabulaire aujourd'hui utilisés cantonne le domaine bâti dans des expressions qui, pour la plupart, frisent l'indigence, tandis que, paradoxalement, leur excessive diversité lui confère un aspect cahotique.

Dénuement et *désordre* du domaine bâti sont les deux fléaux contre lesquels désormais non seulement l'architecte, mais la société entière doit lutter. Le premier pose un problème à la fois poïétique et sémiologique. Le second est du ressort de la culture de masse, de sa coordination et de la planification du territoire à tous les échelons.

Seul le premier coïncide avec le sujet du présent chapitre. On peut énoncer le problème en le réduisant à ces termes : comment enrichir le langage architectural?

Les tentatives post-modernes ont en commun de viser à répondre à cette question, tantôt en reproduisant, non sans dérision, les motifs hérités de nos prédécesseurs ou ancêtres, tantôt en créant de toutes pièces un vocabulaire. Cette dernière démarche, d'essence novatrice, manque encore sinon d'un support théorique, du moins d'une sémantisation de ce qui pourrait être un usage, dans le sens où l'entend Barthes quand il dit que *seul un usage totalement inédit, échappant à toute modélisation, serait insignifiant, c'est-à-dire exempt de la fonction dont les autres sont chargés.*

Ce processus qui tend à rendre à l'architecture son rôle concomitant ou connotatif comporte le risque de ce que Prieto appelle la «fiction artistique». Lorsque l'opération est «défonctionnalisée», elle conduit à un déchiffrage réservé à une minorité élitaire et que d'aucuns dénoncent comme étant un «privilège social».

Ce danger est propre à toute action culturelle ou scientifique. Nous ne pouvons le retenir comme argument prohibant la démarche. Nous nous bornons à recommander au chercheur qui tente d'enrichir l'architecture de signes connotatifs, de les attacher à une fonction ou de leur conférer un sens, tout subsidiaire soit-il. Aussi n'écartons-nous pas a priori l'usage des symboles (à condition de ne pas en abuser), ni celui de la décoration sous toutes ses formes.

Nous présentons ci-après, in extenso, le texte du *Manifeste pour la décoration* que dix architectes ont fait paraître en 1978 dans plusieurs magazines sous la plume de l'auteur, et dont la portée n'a pas été, à cette époque, relevée à sa juste valeur[28].

Ces architectes remettent en question les idées issues du manifeste pour le fonctionnalisme qu'Adolf Loos a publié en 1908 et dont s'inspirent les courants de pensée qui ont éclos entre les deux guerres mondiales. Ceux-ci influencent encore très largement l'architecture.

Le groupe lance un cri d'alarme : il dénonce l'indigence ornementale des constructions contemporaines, qui ne sont pas conçues en priorité pour les perceptions que l'on en a.

28 *Manifeste pour la décoration,* publié par dix architectes de la F.A.S., en 1978, dans «Werk, Bauen und Wohnen» et «Architecture Suisse».

Manifeste pour la décoration

L'un des objectifs du débat consiste à réhabiliter l'architecture en tant que décor. Cette finalité trouve sa motivation dans le besoin qu'éprouve l'homme de s'identifier à son cadre de vie.

La qualité de ce dernier préoccupe l'opinion; cela contribue à réveiller l'intérêt pour la décoration.

1. L'iconoclasme contemporain

Jusqu'au début du XXe siècle, en Occident, l'importance que l'on attache à la décoration apparaît sur les bâtiments. Ceux-ci sont ornés de colonnes, de pilastres, de niches, de corniches, de chapiteaux sculptés, de bas-reliefs, de triglyphes et de métopes, de statues, de peintures, et de tous éléments en pierre, en métal ou en bois, en staff, en stuc, en étoffe.

Dès les premières années du XXe siècle, on dénonce l'exubérance du décor, l'inadaptation des formes à la technologie et à la structure, l'incohérence des programmes et le chaos qui en découle. On considère l'ornementation comme une ineptie. On justifie l'architecture par la fonction, à l'exclusion de toute motivation irrationnelle.

L'Ecole d'Amsterdam, l'expressionnisme, le Bauhaus, le rationalisme de Gropius et de Le Corbusier, le néo-classicisme de Mies van der Rohe ont en commun d'abolir la décoration en tant que telle; ils la jugent arbitraire.

Ces mouvements ont mûri entre les deux guerres mondiales et d'aucuns se sont épanouis à la faveur de l'extraordinaire développement qu'a subi la construction depuis 1950 jusqu'à aujourd'hui.

Le bilan de cette éclosion montre une architecture dépouillée mais honnête, en ce sens qu'elle exprime de la façon la plus simple et la plus directe le programme qu'elle contient, ainsi que la structure, et montre avec franchise les matériaux utilisés.

La sémiotique résultant de cette conception bannit l'ornement. Elle permet notamment de rationaliser la construction et d'en réduire le coût. L'avantage économique est une des causes de son succès. Mais cet iconoclasme appauvrit l'architecture.

2. Problématique de la perception du cadre dans lequel évolue l'homme

Dès notre naissance, la perception des choses nous parvient au travers des sens. Nous apprenons à connaître le monde environnant et à nous y incorporer par le jeu d'actions et de réactions, en fixant dans notre mémoire des expériences vécues. Ainsi nous reconnaissons le bois de sapin au toucher; sa structure ne semble pas la même si nous faisons glisser le doigt dans le sens des fibres ou perpendiculairement à celles-ci. Nous reconnaissons de la même façon le fer parce qu'il pompe la chaleur de la peau, le rayon de soleil parce qu'il éblouit et réchauffe, le verre parce qu'il est lisse et froid, etc... La nature inanimée se reconnaît à son immobilité, et les êtres vivants parce qu'ils sont en mouvement.

Cela s'applique à la perception de l'espace. Cette dernière résulte d'un apprentissage-: voir, écouter, marcher, sauter sont des moyens qui permettent de prendre connaissance des masses, des dimensions, des formes et autres aspects des choses.

Les sens fournissent de très nombreuses informations sur l'environnement, son étendue, sa couleur, sa température. Nous sentons les mouvements d'air, la résonnance, la lumière, la texture des matières, l'odeur, les vibrations.

Les connaissances mémorisées, la culture, le développement intellectuel complètent ces perceptions fragmentaires et procurent des satisfactions supplémentaires. C'est le cas lorsque nous jouissons d'une phrase poétique ou d'un raisonnement mathématique élégant.

A ces conditions essentielles (lien culturel et connaissance de la matière) peuvent s'en ajouter d'autres qui influencent notre jugement : la nouveauté, l'effet de surprise, la variation. Cette dernière joue un rôle important. On sait que l'extrême régularité, la monotonie, la répétition exagérée peuvent agir négativement déjà au niveau des sens. Elles sont nuisibles comme un bruit qui masque la communication. Et quand l'image n'est pas totalement monotone, mais possède une structure trop «fine», elle est gênante.

Les surfaces pourvues de perforations rapprochées ou de stries régulières provoquent des effets stroboscopiques désagréables. De même un bruit blanc électronique est ressenti comme inesthétique, alors que la même nature de sons mais plus variés, une chute d'eau par exemple, est généralement appréciée.

Faut-il rappeler que notre champ de vision n'est net et précis que dans un angle très restreint. Cet inconvénient est compensé par le mouvement continuel de l'œil (plusieurs fois par seconde).

Nous devons, par conséquent, établir sans cesse un rapport adéquat entre l'objet observé et la distance qui nous en sépare. La hiérarchie des masses, des éléments constituants et des détails facilite cette adéquation.

Dans cette optique, la décoration remplit non seulement symboliquement mais aussi matériellement une des fonctions essentielles de l'espace architectural. Elle humanise et complète l'architecture par la nouveauté, la variation, la structuration, la polychromie, la signification.

3. Eloge de la modénature

De tout objet, l'œil perçoit la silhouette, la forme, la valeur moyenne relative, les valeurs constantes, les couleurs, les textures, etc.

L'ensemble de ces éléments constitue l'objet visible. Toute chose perceptible à l'œil est ainsi composée.

Toutefois, cette perception n'est pas simultanée : elle dépend de la distance à laquelle on regarde l'objet, de l'angle sous lequel on l'observe et de la lumière qui l'éclaire.

En admettant que le spectateur se déplace, la distance et les angles d'observation et, respectivement, l'éclairage varient. L'aspect de l'objet se modifie dans le temps.

Cette capacité enrichit les choses de l'intérêt visuel qu'elle suscite.

Tout dans la nature offre cette richesse : un arbre, par exemple, de loin, présente son profil, sa forme, une couleur, une valeur. Puis, à mesure que l'on s'en approche, la silhouette se cisèle, la forme se précise, il apparaît une texture faite de feuilles et de branches; couleur et valeur se divisent en plusieurs sortes; le moindre souffle d'air devient perceptible, il fait bouger les feuilles qui miroitent à la lumière; l'on distingue de mieux en mieux l'écorce du tronc, les défauts du bois, les fleurs ou les fruits, et plus on s'approche, plus les détails abondent : les pétales, les multiples gerçures de l'écorce, le tracé des branches, leur articulation, leur envolée, leur puissance, leur flexibilité, leur délicate fermeté jusqu'aux feuilles de tons verts avec leurs dentelles, leurs veines, leur mouvement.

Un seul arbre, quelles richesses!

Tout édifice, en tant qu'objet visible, devrait présenter de semblables qualités.

De loin, on en aperçoit la silhouette, la forme, les proportions, une valeur...

A mesure que l'on s'en approche, on en discerne couleurs et textures.

A chaque pas — ou à chaque étape — l'œil saisit un nouvel échelon, une nouvelle composante visuelle donnés par tel ou tel élément architectural qui maintient éveillé l'intérêt du spectateur que la forme ou les proportions finissent par lasser.

Une façade moderne, confrontée à un bâtiment du XIXe siècle, exprime par défaut l'indigence ornementale dont souffre l'architecture depuis une cinquantaine d'années. Beaucoup d'édifices contemporains sont aussi nus qu'un silo, auquel d'aucuns s'apparentent encore en tant que «récipients» de personnes! Ce dernier, vu de loin, peut avoir la silhouette de la tour d'une cathédrale, mais à mesure que l'on s'en approche, il n'offre que la monotonie de sa tôle.

Tandis que l'autre présente successivement au regard ses lignes de force, ses bandeaux, ses corniches, ses modénatures, ses sculptures, le bas-relief de son tympan, le sourire d'une statue, les motifs de sa porte, la ciselure de la serrure. L'on parvient à son pied sans que l'intérêt visuel se soit jamais relâché. A chaque étape de la progression, la construction livre à l'œil une partie d'elle-même, différente de la précédente. Le regard ne cesse de découvrir, comme si le bâtiment se renouvelait sans cesse.

A côté de cette richesse, le silo offre une façade lisse, fade, étouffante d'immobilisme visuel.

Il lui manque ces choses d'échelle, de forme et de nature

diverses qui créent une succession d'«événements» et contribuent largement à faire l'architecture.

4. Pour conclure

L'homme sensible exprime aujourd'hui le profond désir de combler le vide ornemental que les décennies de «fonctionnalisme» ont provoqué.

Le besoin se traduit, communément, par la préoccupation de sauvegarder ce qui existe plutôt que de l'améliorer. L'on propose de protéger le paysage et la nature, de préserver un site, un monument. L'on prend des mesures conservatrices plutôt que créatives. Car la menace de destruction pèse dans les esprits et les incite à commencer par écarter le danger.

Ce réflexe de défense a ceci de positif qu'il trahit la recherche d'une qualité plus transcendante que le fonctionnement, le confort ou la solidité : un désir de conférer au cadre une expression, un caractère, une signification; autrement dit, de le mettre en valeur au moyen de tout ce que l'homme est capable d'imaginer et de créer pour améliorer le décor dans lequel il vit.

Cet impact de la sensibilité dans le concret devrait préoccuper les esprits qui produisent quoi que ce soit.

Bien que bannie par les courants de pensée qui inspirent l'architecture depuis cinquante ans, la décoration demeure l'une des composantes essentielles et irremplaçables du domaine bâti.

Elle compte parmi ces choses que la raison juge superflues, mais que la sensibilité considère comme primordiales. Car la décoration est un moyen d'identification de l'homme avec son cadre. En stimulant son intérêt visuel, sensoriel, culturel, elle contribue à le faire «dialoguer» avec le milieu dans lequel il évolue. Elle est un mode d'expression et de communication; elle est le langage qui confère à l'environnement une signification, une dimension supplémentaire, la transcendance.

Fig. 2
Dès l'Antiquité l'ornementation revêt un caractère symbolique et remplit une fonction didactique...

A ce stade de la réflexion, nous pouvons considérer par hypothèse l'architecture comme étant le «décor des activités humaines». Nous entendons «décor» notamment dans le sens que lui attribue Pierre Simon Laplace[29] : *ensemble des éléments qui confèrent aux choses leur apparence*[30].

Par ailleurs, de même que la juxtaposition de mots ne fait pas un

29 Pierre Simon Laplace, mathématicien français de la fin du XVIIIe siècle.
30 Voir aussi *3.3.2. Formalisation et formalisme, p. 99.*

Fig. 3
A l'orée du XXe siècle, en Occident, l'ornementation est un facteur de distinction et d'individualisation romantique facilitant le processus d'identification de l'humane à son cadre de vie.

texte aussi longtemps que l'esprit n'établit pas les relations entre eux, la juxtaposition de constructions ou de fragments ne constitue pas un ensemble cohérent s'il n'existe aucune affinité sémiotique entre eux.

Cette cohésion est lisible dans un site naturel. On la retrouve dans un paysage cultivé que l'homme a façonné de sa main, mais avec des objets et des choses qui appartiennent à la nature.

Celle-ci confère à l'ensemble sa propre cohérence, elle impose ses lois.

L'architecte, comme l'écrivain, utilise un vocabulaire. Ce dernier peut être emprunté, inventé, ou le sien propre, déjà utilisé, expérimenté. Avec ce vocabulaire, il compose un «langage architectural», comme l'écrivain son texte.

Le langage architectural, fait de signes et de symboles, illustre le contenu qu'il exprime au moyen de la technologie dans un assemblage de formes et d'espaces qui constituent le décor dans lequel évolue l'homme.

Quelle que soit la démarche de l'architecte ou, largement parlant, du constructeur, elle aboutit obligatoirement à cette notion.

Ainsi, plutôt qu'une machine, *la maison est un décor à habiter*.

Nous avons plusieurs fois procédé à l'expérience suivante : nous avons demandé séparément à une vingtaine d'architectes quel est le bâtiment qu'ils préféraient parmi ceux construits au début du XXe siècle dans une ville de leur choix. Puis nous les avons priés d'en esquisser le plan le plus caractéristique. Nul n'en fut capable. En revanche, chacun put décrire l'aspect de l'édifice.

Ainsi, même les architectes, qui sont pourtant professionnellement motivés et intéressés par le plan, n'apprécient une construction qu'en vertu de son apparence.

Dès lors que l'architecture n'est que le décor dans l'espace et dans le temps, le plan, qui en demeure l'élément générateur, n'est qu'un instrument.

La réalité de l'environnement ne se mesure qu'à l'échelle grandeur nature.

Le décor, c'est la réalité perceptible (visible, audible, tactile, olfactive) par les sens et par l'esprit.

C'est intentionnellement que le mot «décor» est utilisé plutôt que cadre, environnement, site, paysage, etc..., naturels ou bâtis. Car le terme est le plus propre à souligner le *caractère éphémère* des assemblages. L'énumération des facteurs de changement est infinie : le mouvement du soleil, les objets que l'on ajoute ou que l'on retranche, le vent, les saisons, les êtres vivants selon qu'ils sont présents, absents, immobiles, actifs, nombreux ou pas, la pluie et autres agents «destructeurs». Parmi les objets que l'on ajoute ou que l'on retranche, citons les véhicules, les baraques, les tentes et autres bicoques, les poteaux, pylônes, pancartes et écriteaux, les plantations qui croissent ou que l'on supprime, la peinture, la repeinture, les tentures, les stores, les antennes, la lessive, un miroir, une niche, une enseigne, un tramway, un étalage, les récipients, y compris ceux des ordures ménagères, les graffiti, les luminaires, la poussière, la crasse, la propreté, des sculptures, des motifs, des fresques, des drapeaux, des oriflammes, une marquise, une vitrine, des meubles, la matière, etc.

Tout cela, y compris l'humane, participe pêle-mêle au décor et, ce faisant, à l'architecture.

L'une des qualités de celle-ci se mesure à sa capacité de subir tous les changements. *Une belle architecture est une belle ruine,* disait Perret dans cet ordre d'idées.

Les architectes conçoivent et réalisent le décor d'une comédie aux accents tragiques, celle de la vie, que les acteurs sans cesse improvisent, sans metteur en scène (fig. 4).

L'homme de la rue aujourd'hui se révolte contre ce qu'il appelle «le bétonnage de son environnement», à savoir contre la construction inconsidérée. Il proteste contre la dégradation du décor, de son décor, de celui auquel il est accoutumé, auquel il est attaché. Il s'élève contre l'atteinte à la qualité perceptible de l'architecture. Ce sentiment de révolte, Rudolf Keller l'exprime, en 1976, dans un pamphlet intitulé : *La construction en tant que destruction de l'environnement*[31].

Utilité, fonction, solidité, construction, économie se passent d'architecture. Elles ont une vie autonome. Mais si atroces qu'elles soient, elles participent au décor qu'elles entraînent dans leur sillage, dans leur pesanteur.

S'il est vrai, comme le dit Sullivan, que *l'architecture est la seule vertu transcendante d'une construction,* on peut admettre qu'une

31 Rudolf KELLER, *Bauen als Umweltzerstörung,* Zurich, V. A. Artemis, 1976.

RIMEURS

construction transcende le décor dès lors qu'elle est «correctement» architecturée.

Ainsi avant le coordinateur ou l'intellectuel, l'architecte est-il le «poète» du bâtiment, si l'on s'en tient à la définition que Paul Valéry nous a laissée de la poésie : *un langage dans le langage*, qu'elle sublime, ajouterons-nous.

Cette fonction sémiologique et sociale, rares sont les constructeurs qui la remplissent. Mais rares sont aussi les usagers qui en exigent l'accomplissement. Car, comme le relève René Berger dans un article consacré à l'«enseignerie» et à l'«urbaniculture», pour reprendre ses termes, ce sont les affiches publicitaires, les enseignes et la signalisation qui, dans les villes, non seulement font partie du décor, mais le constituent.

Langage spécialisé, dynamisé, la Publicité se garde des modalités du discours pour nous baigner physiquement dans son flux d'images, de couleurs, de marques et de slogans, écrit-il.

Ce constat pose le problème des finalités de la ville, et celui de l'éthique s'imposant à ceux qui la façonnent et que se donne — ou subit — la société des humanes.

Fig. 4
La rue est faite de bâtiments et d'objets de toutes sortes qui, pêle-mêle, participent au décor dans lequel évoluent les «comédiens du quotidien». La desserte qu'elle constitue, accessible à tous, tient lieu de relai communautaire entre la ville peuplée d'une foule anonyme et l'habitation de chaque citadin.
Dans cet espace charnière entre la vie publique et la vie privée se développent les relations personnelles et sociales. Tous les objets ainsi que l'architecture contribuent à y promouvoir le processus d'identification de chaque habitant à son cadre de vie.

2. Le cadre éthique

Ce qui, comme Albert Camus, nous rassure à propos de l'humanité, si nous la considérons avec le recul de l'histoire, c'est la constance de sa propre éthique, à la fois relative et universelle, fondamentale[32].

Les mêmes notions essentielles qui dictent ou règlent le comportement humain sont identiques dans la plupart des religions, en dépit des accommodements ou adaptations dont elles ont été casuellement l'objet.

32 Albert CAMUS, *Le Mythe de Sisyphe*, 1942.

Tu ne tueras point,
tu ne déroberas point,
tu ne commettras pas de faux témoignage, etc.,

sont des commandements dont les applications dépassent le cadre des civilisations judéo-chrétiennes. Ils relèvent de cette éthique originelle et essentielle à laquelle nous venons de faire allusion. Si toute action créatrice peut se développer indépendamment de cette morale, ses effets, en revanche, sont jugés par rapport à celle-ci. C'est elle qui faisait principalement défaut aux génies de Hitler ou de Richard III, par exemple.

Les cultes de la beauté chez les Grecs et les Japonais, de l'amour d'autrui chez les chrétiens, de la maîtrise de soi chez les bouddhistes orientent un comportement social dont la finalité relève du même besoin de survie et de *sublimation existentielle*.

Cette dernière conduit l'humane à se surpasser; elle le pousse à améliorer sa condition; elle dynamise les actions qu'il entreprend; elle développe en lui la capacité de créer, la faculté d'innover.

La sublimation existentielle est à l'origine du développement des espèces. Elle est le moteur de l'évolution darwinienne. Dès lors, elle s'inscrit dans le processus néguentropique universel auquel participent tous les phénomènes biologiques.

Dans l'échelle de ceux-ci, l'humane occupe une position supérieure, sur la terre. Cette situation, dont il est conscient, l'incite à jouer les premiers rôles dans son espace biologique; elle le conditionne.

L'éthique fondamentale à laquelle se réfère l'être humain, notamment dans ses actions créatrices, résulte de ce conditionnement.

Les buts que vise la poïèsis relèvent de cette morale. Ils sont de nature à parfaire la perception que le sujet a de l'objet. Ils engendrent le développement et, selon l'échelle des valeurs, l'amélioration des relations entre l'un et l'autre.

Ces finalités portent les noms de Connaissance et Beauté. Elles sont les mamelles qui allaitent les créateurs de tous poils. Elles constituent l'étalon dont l'humane ne cesse de modifier les expressions. Elles sont le modèle de référence absolu qui ne se révèle que par bribes et que nul ne dévoile jamais entièrement, tant s'en faut.

La science réunit les disciplines qui visent la Connaissance. L'art groupe celles qui tendent vers la Beauté. Ces truismes ont pour le moins la vertu de placer l'église de la pensée au milieu du village des réflexions. Car, à l'évidence, nous en oublions constamment le sens primordial.

Reste posé le problème du vrai et du faux, dont les solutions, toujours partielles, impliquent une lente décantation.

Il a fallu plusieurs décennies pour que les déclarations fracassantes de Copernic à propos du système solaire deviennent vérité, et la musique de Bach ou de Beethoven ne fut consacrée que longtemps après leur mort.

Toutefois cette constatation ne constitue pas une règle. Une création peut être perçue et appréciée à sa juste valeur aussitôt après son éclosion.

Dans le système de Kant, lorsque l'humane éprouve un sentiment de plaisir en considérant les formes des choses, il porte un jugement esthétique *ou ayant trait à la beauté*. Lorsque, en revanche, il prend conscience d'une parcelle de la Vérité universelle, il participe au développement de sa connaissance du monde qu'il ne cesse de mesurer.

Ainsi l'être humain fonde-t-il l'éthique de sa recherche poïétique sur ses appréciations respectivement artistique et scientifique.

Les autres domaines d'application de la morale, qu'ils soient social, économique, politique, technique ou autre dérivent, en matière de création, des deux sphères que nous venons d'évoquer.

Ainsi, dans le domaine social, par exemple, les fondateurs des foyers d'accueil et de réadaptation destinés aux marginaux, qu'il s'agisse de handicapés mentaux ou physiques, de délinquants, de drogués ou d'alcooliques, se réfèrent aux sciences humaines. Ces dernières fixent ou établissent les valeurs qui inspirent ou que vise l'action de ces créateurs.

La moindre des innovations, dans quelque domaine que ce soit et quel qu'en soit le degré de réussite, possède, intrinsèque, son paradigme et, tantôt confondu tantôt distinct, son modèle éthique de référence.

Les inventeurs de l'incabloc en horlogerie, de la fibre optique en matière de télécommunication, ou de tout système D apportent tour à tour leur pierre à l'édifice de la Connaissance; le peintre, le musicien, le poète, à celui de l'Art. L'architecte? Aux deux à la fois, pour autant qu'il innove, ne serait-ce que ponctuellement.

Et l'Amour?

Mise à part sa fonction procréatrice, il est un moyen — peut-être *le* moyen — ou le chemin qui conduit au «mieux-être» en tant qu'objectif à la fois suprême et pratique de la sublimation existentielle. Il est énergie. Il est le moteur. Ainsi la science et l'art sont-ils les domaines d'application de la poïèsis par l'amour dont toute création est une émanation, dès lors qu'elle s'inscrit dans l'éthique fondamentale énoncée plus haut.

En termes populaires, nous dirions qu'il n'existe pas de création authentique sans implication affective. Non seulement tout acte créateur s'inscrit dans le cadre moral que nous venons de décrire, mais il ne fonctionne pas sans moteur ou sans énergie.

Reste à en analyser le processus que l'on peut inscrire dans le cadre d'une méthode.

3. La méthode

En matière d'aménagement du territoire, l'O.R.L.[33] divise les études en quatre phases : 1) inventaire; 2) analyse, qui aboutit au programme; 3) conception, qui aboutit au projet; 4) vérification, qui provoque des rétroactions.

On peut appliquer cette répartition caractéristique de l'effort ou méthode de recherche à tout processus de création (fig. 8, 9 et 10).

33 O.R.L. : Ort Regional Landesplanung, à Zurich.

3.1. Inventaire

Dans cette première phase, l'esprit collecte — de façon exhaustive si possible — toutes les données relatives à l'objet de l'étude.

Plus le sujet est complexe, plus ce travail préliminaire est nécessaire. L'auteur commence par réunir la matière qu'ensuite il examine, puis façonne. Cette accumulation implique une méthode d'investigation plus ou moins complexe, selon les cas, un système ou répertoire intelligible qui permet d'accéder, à tout moment, à ce que les informaticiens appelleraient la «banque des données». A ce terme, nous préférons celui de *programme*. Car l'inventaire ne peut se borner à l'énumération de tout ce qui a droit à la recherche. Il doit en outre exprimer les intentions, décrire les besoins, définir les objectifs, établir l'esprit dans lequel est entreprise l'action.

On sous-estime généralement cette phase essentielle et la plupart des créateurs la complète en cours de route, au fur et à mesure des nécessités. Mais plus le sujet est sophistiqué, plus grand doit être le soin apporté à cette première étape. Ainsi la programmation d'une salle de spectacles dans une ville de 15 000 habitants a-t-elle entraîné la consultation de 157 sociétés locales de tous ordres, la classification des besoins, la description qualitative et quantitative, le dimensionnement et l'énumération des locaux correspondants, le repérage de 27 emplacements et leur sélection en fonction du prix des terrains, de leur situation, de leur disponibilité, de leur équipement. La synthèse de ce travail fut consignée dans un rapport qui permit aux autorités municipales de décider de poursuivre l'opération en organisant un concours d'architecture.

A ce stade préliminaire déjà, l'étude comporte les quatre phases énoncées au début de ce chapitre. Cette remarque introduit ce que nous appelons plus loin *la cycloïde de la création* selon laquelle toute action créatrice implique une succession de processus pendulaires se déroulant dans le temps. L'inventaire ne cesse d'être analysé, vérifié, révisé, complété durant toute la recherche et jusqu'à son achèvement.

3.2. Analyse

Il est vain de décrire une phase dont le titre parle de lui-même. Elle est en soi peu créatrice. Le sujet examine en détail la matière dont il dispose; il passe au crible les éléments qu'il a réunis, les données accumulées. Il confronte, compare, classe, établit des schémas, exprime graphiquement ou par tout autre moyen les dimensions des choses, leurs relations ou connexions, leurs affinités, leurs fonctions respectives et leurs interactions.

La dissection qu'implique l'analyse ouvre la porte sur le tréfond des problèmes. Elle permet de les parcourir par le menu, d'en connaître les moindres aspects, d'offrir au regard de l'esprit les pièces détachées d'une anatomie qu'il faut constituer, qui n'a pas encore pris forme.

Aussi l'analyse des données inventoriées lors de la programmation de la salle de spectacles évoquée plus haut a-t-elle révélé que les besoins conjugués portaient non pas sur une, mais sur deux salles principales et complémentaires, et nécessitaient en outre une dizaine de petites salles de réunions.

L'analyse décompose. Elle met à nu. Elle défait pour rendre toute chose compréhensible. Elle remonte aux origines. Elle répond au principe de causalité.

Imaginons un fleuve en cours de formation et comparons-lui l'action créatrice. En remontant la vallée et celles de ses affluents jusqu'aux sources, nous en examinons le parcours : la topographie, le profil, le débit, la composition de l'eau, celle du sol, la végétation, la faune, les conditions micro-climatiques, la lumière, etc[34].

Ces investigations sont causales, analytiques, déductives. Considérons maintenant qu'il nous incombe de conduire, en guide, le fleuve jusqu'à son embouchure. Il nous appartient, pour accomplir

34 Les peintres, comme le relève Conrad Beerli, ont observé que chaque fleuve possède sa lumière.

cette fonction, de déterminer la voie, autrement dit les moyens de parvenir à l'objectif que constitue la mer.

L'analyse du cours en amont et celle du terrain en aval permettent de définir, par analogie et en connaissance de cause, les probabilités de parcours que le fleuve empruntera en obéissant aux lois de la gravitation et de la mécanique.

Ainsi l'inventaire et l'analyse fixent-ils les conditions de l'action créatrice. Ils constituent le travail qui absorbe une part importante de l'énergie nécessaire, comme le relève Newton dans sa boutade que nous citons de mémoire : *Le génie comporte 1 % d'inspiration et 99 % de transpiration.*

L'inspiration, c'est le détonateur ou l'étincelle qui met le feu aux poudres, qui provoque l'événement, le changement, qui modifie le cours des choses.

Muse et puissance habitent le poïète.

Nous allons maintenant examiner comment elles agissent dans la phase créatrice.

3.3. Conception ou projet

3.3.1. Le processus

A l'origine, le projet, en tant qu'objet représentatif de la conception, est simpliste. Le créateur se cantonne dans les généralités, les approches grossières, des expressions ou visions incomplètes, quand bien même elles seraient séduisantes.

Ainsi les premiers croquis de l'architecte sont-ils souvent flatteurs, mais ne traduisent que sommairement et très imparfaitement le programme. Ils peuvent, en revanche, exprimer l'esprit ou l'idée créatrice que l'auteur entend conférer au projet. Le chercheur poursuit en enrichissant les premières esquisses par une quantité d'apports formels, techniques, fonctionnels, etc., relatifs tantôt à l'ensemble, tantôt au détail, quel qu'il soit et quelle que soit sa relation avec le tout. Celle-ci peut être très ténue, peu importe. L'essentiel, dans cette phase, consiste à multiplier en vrac les idées et expressions de manière à traduire dans les formes et dans l'esprit toute la complexité du sujet.

Ce n'est qu'à partir de cet amoncellement riche et apparemment disparate que le créateur entame le processus de synthèse : suprême simplification visant la perfection.

Le cycle achevé, l'auteur s'aperçoit que le résultat n'est pas entièrement satisfaisant. Le projet a passé du simpliste au complexe et du complexe à la simplicité. Mais il comporte encore, à la fois, des parties insuffisamment élaborées et des complications inutiles ou, du moins, qui méritent d'être mieux insérées dans l'ensemble pour trouver leur pleine justification. Dès lors, le chercheur entame un deuxième cycle, semblable au premier, mais enrichi par l'expérience de celui-ci. Les boucles s'enchaînent ainsi de suite, dans le temps, constituant la «cycloïde de la création» (fig. 5).

Fig. 5

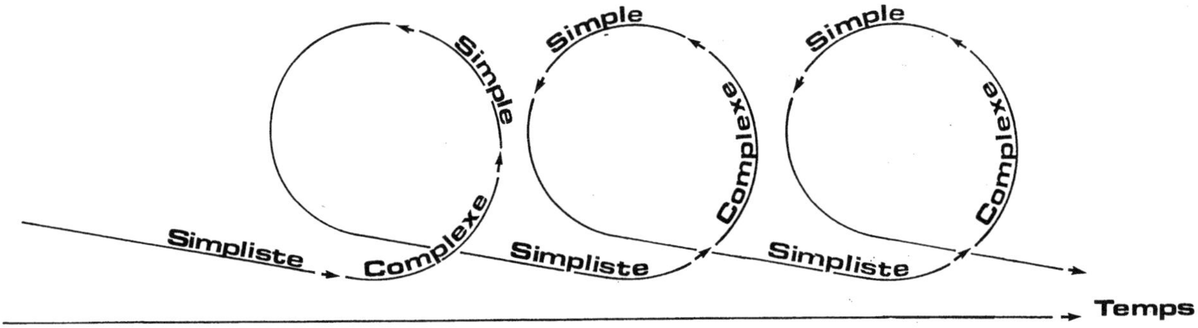

Le schéma suivant traduit en deux dimensions la figure quadridimensionnelle précédente (fig. 6).

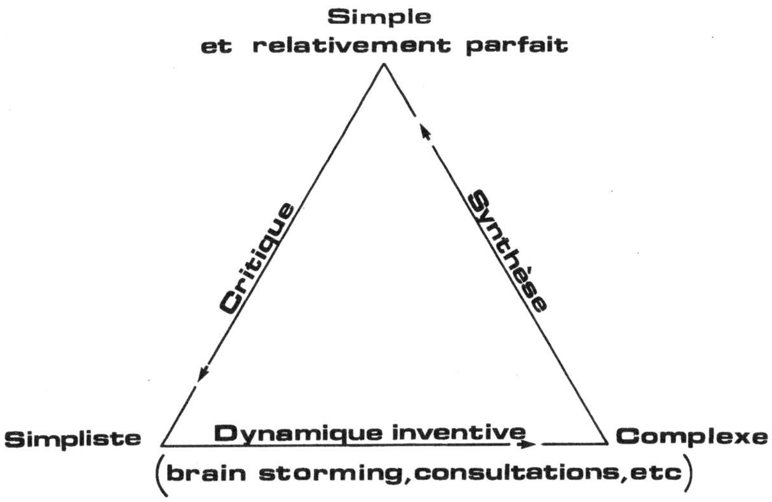

Fig. 6

Le processus ainsi décrit comporte un travail. Celui qui conditionne la création sans toutefois la garantir. Ce travail exige de la part de celui qui l'accomplit les maîtrises technique et intellectuelle du sujet.

Celles-ci conditionnent le résultat. Mais elles ne suffisent pas. L'effort prépare le terrain propice à l'inspiration. Cette dernière est capricieuse. Elle n'est pas nécessairement proportionnelle à l'énergie fournie, bien qu'elle en réclame toujours. Elle éclaire tel esprit davantage que tel autre, sans que l'on sache exactement pourquoi ni comment. Pour quelle raison Mozart fut-il plus inspiré que Salieri, Molière mieux que Scuderi, Einstein davantage que Piccard?

De ce que les anciens appelèrent «la Muse» dépendent notamment le degré de nouveauté, la portée, l'universalité, la dimension poétique, qui comptent parmi les principaux attributs de la création. On les trouve tous ou partiellement réunis dans quelque domaine qu'elle s'applique.

Parvenu au terme du processus, le chercheur contrôle l'objet qui en émane. Il entame ainsi la phase ultime : la vérification. Comme nous l'avons dit précédemment, les phases que nous sommes en train de décrire peuvent se dérouler en un seul cycle ou se répéter dans le temps jusqu'à l'aboutissement relatif. La cycloïde exprime ainsi ce fonctionnement (fig. 7 à 10).

Fig. 7
Schéma psychogénétique élaboré par Jean Piaget

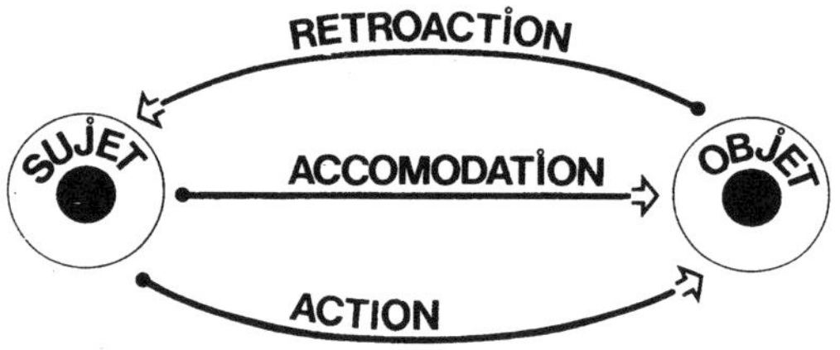

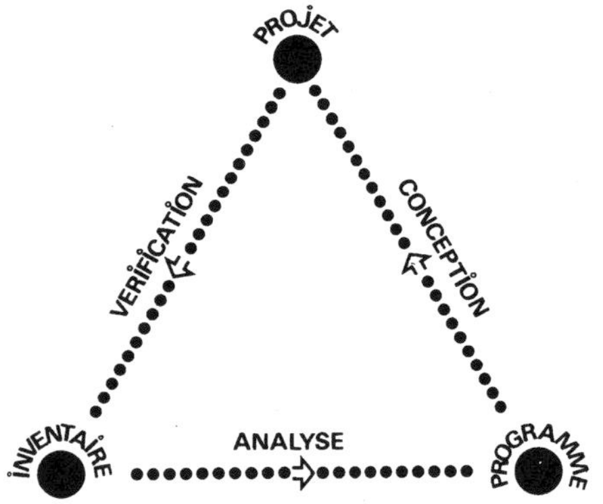

Fig. 8 et 9
Application du schéma au processus de création

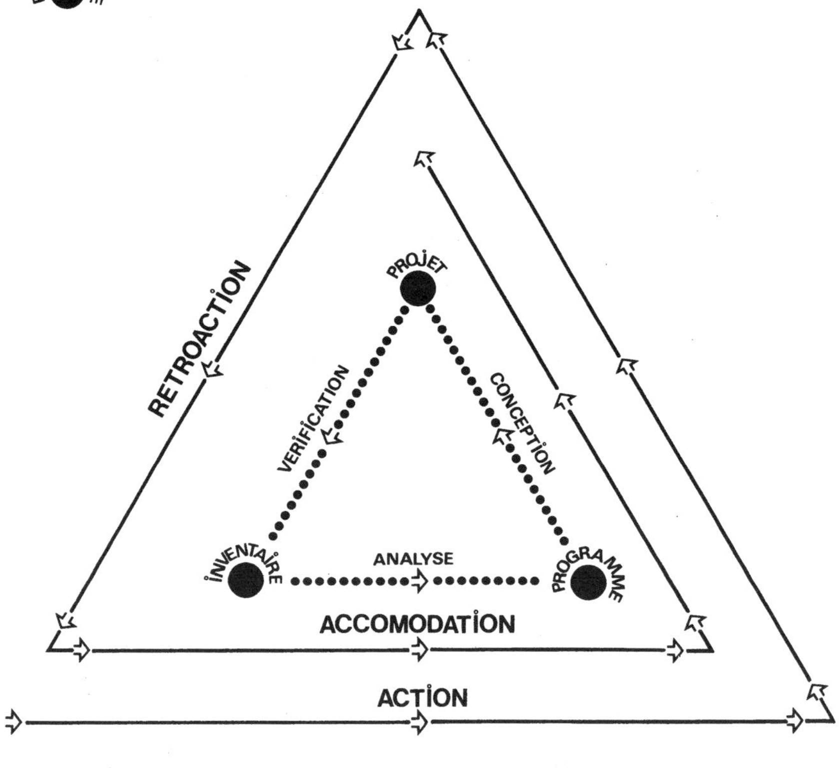

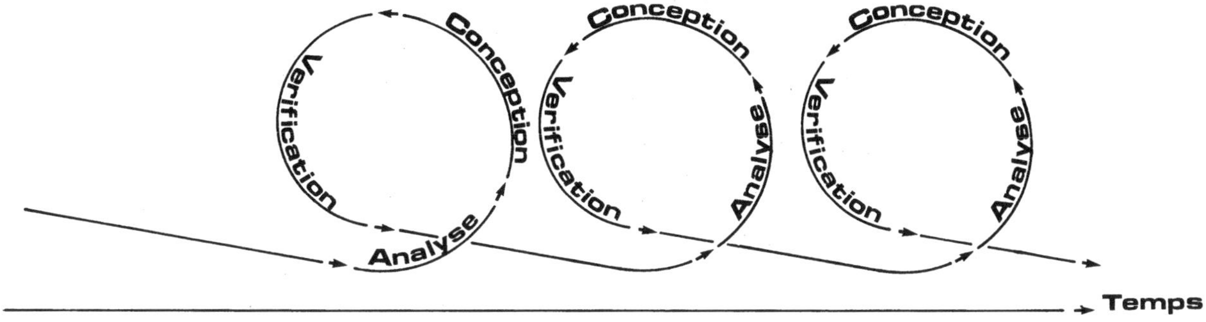

Fig. 10
Déroulement du processus dans le temps

3.3.2. Formalisation et formalisme

Le terme «formalisation» n'existe pas. Nous l'inventons dans le sens d'«action de donner forme». Le mot approprié serait «formation». Nous y renonçons, car il est chargé de plusieurs autres significations qui risquent d'effacer celle que nous retenons et de créer ainsi la confusion dans l'esprit du lecteur.

Toute action créatrice implique une «formalisation» qui en constitue l'échelon crucial. De la mise en forme d'une idée dépend sa réussite à court ou à long terme.

Les grands créateurs ont pris soin de la forme, car elle préserve le fond. Plus elle est élaborée, mieux elle garantit la pérennité du message dont elle est porteuse.

Mais elle ne peut se passer de message. A défaut de celui-ci, l'objet que la forme représente relève du formalisme.

Larousse et Littré considèrent ce dernier comme l'«attachement excessif aux formes». Ils introduisent dans la définition la notion d'abus. Le formaliste est celui qui abuse des formes. Il agit au détriment du fond sans lequel tout objet est dépourvu de sens.

De quelle(s) signification(s) telle forme est-elle chargée? De quel message est-elle porteuse? De quel langage est-elle l'expression? Ces questions posent le problème du discernement et de l'interprétation des signes, sur lequel se penchent les linguistes et autres sémiologues. Nous nous bornons à distinguer la «formalisation» du formalisme. Si nous devions résumer la différence, nous dirions que la première est chargée de sens, tandis que le second en est dépourvu.

Cette appréciation manichéenne est insuffisante; car aucune expression n'est totalement exempte de signification, pas plus qu'elle n'est dépouillée de la moindre complaisance, y compris celle qui consiste à purifier la forme!

Les minimalistes et autres artistes attachés au concept ont tant épuré qu'à leur tour, ils sont tombés dans cet excès d'attachement qui caractérise les formalistes : celui qui consiste à effacer le fond à force de vouloir en simplifier l'expression (fig. 11).

Fig. 11

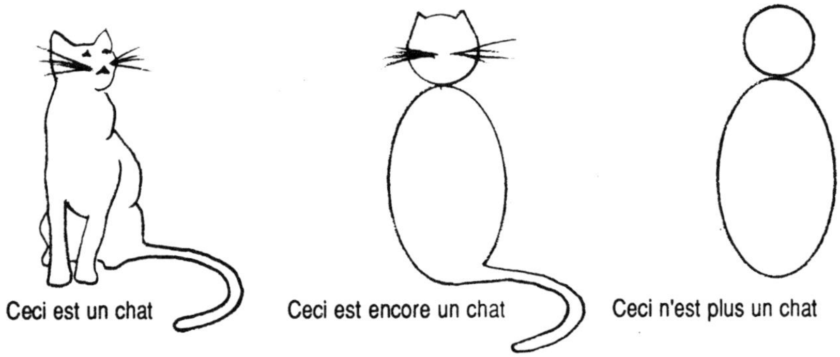

Le processus de «formalisation» suit un chemin tortueux qui peut momentanément s'écarter de l'objectif. Ces écarts sont casuellement la source d'innovation. Car ils modifient le point de vue duquel le créateur observe le but. Ce changement peut inspirer au chercheur attentif de nouvelles interprétations, voire une mutation de l'objectif.

Cette capacité de transformer ce dernier, de l'adapter en cours de route, est la qualité première de tout créateur à l'instar du processus psychogénétique décrit par Jean Piaget (adaptation par accommodation et assimilation). Au fur et à mesure de son élaboration, la forme s'enrichit de l'expérience du parcours.

Mais cet enrichissement n'est profitable au résultat que si l'auteur le contrôle intellectuellement, le critique et l'élague. Cette vérification conduit à des simplifications qui impliquent des suppressions sans lesquelles l'objet n'est pas clairement «lisible».

Le processus suit la cycloïde dont nous parlions plus haut et qui va du simpliste au complexe, et de ce dernier à la simplicité qui est chargée de perfection. Les étapes qui conduisent à ce résultat, le formaliste les brûle. Il s'efforce de donner forme sans formuler. Il esquive la peine que procure la quête de matière et ses assemblages.

L'objet est exempt de matière élaborée. Il manque de consistance, bien qu'il en ait l'apparence. Il est trompeur. C'est pourquoi seul un œil expert peut distinguer le vraix du faux, la forme élaborée de celle qui ne l'est pas suffisamment.

L'étude des motifs décoratifs de Louis Sullivan, dont les originaux se trouvent à la bibliothèque publique de Chicago, montre le parcours du chercheur. Elle illustre ce que peut être un processus de formalisation par tracés successifs. La progression de ces derniers est assez explicite, bien qu'elle emprunte des raccourcis, probablement pour des raisons didactiques.

Oscar Niemeyer et beaucoup d'autres architectes expriment, souvent a posteriori, le chemin qu'ils ont parcouru lors de l'élaboration d'un projet. Ils illustrent l'évolution de la conception au moyen de croquis présentés dans un ordre chronologique ou logico-progressif.

Cette manière de faire est utile non seulement dans la mesure où son auteur poursuit un but pédagogique, mais encore pour sa propre gouverne. Car elle lui permet, notamment lorsque l'étude dure plusieurs mois, de suivre sa propre évolution et de s'y référer pour la poursuivre. Le dossier ainsi constitué représente la mémoire du projet.

La formalisation n'est probablement jamais exempte de formalisme. La difficulté pour le créateur consiste à se débarasser de ce dernier durant le processus d'élaboration.

Nous sommes enclins à nous demander pourquoi l'on pourrait

considérer le plagiaire comme un formaliste. Il est attaché à la forme puisque c'est elle qu'il reproduit. Et le fait qu'il ne copie qu'elle, le rend suspect d'ignorer le fond. Si, de surcroît, le modèle est lui-même imprégné de formalisme, les objets qu'il inspire en seront emplis.

Ces quelques lignes mettent en garde contre l'un des égarements majeurs dont tout créateur de formes peut être la victime.

Le danger est d'autant plus grand lorsqu'à l'image des baroques, nous rendons à l'architecture son rôle de décor; le décor des activités humaines desquelles on ne peut la dissocier.

Cette relation intime entre l'aspect du cadre et sa fonction, entre les formes et leurs significations exclut du répertoire le formalisme. Ce dernier n'apparaît que vidé de substance et de sens.

Il est arrivé de constater — de nombreux créateurs vous le diront — que le tracé régulateur qui confère à la forme un cadre géométrique générateur d'ordre contribue à cacher le formalisme sans toujours l'effacer. De même, les considérations structurales peuvent suffire à justifier une forme. Ainsi la parabole que suivent les câbles d'un pont suspendu, la courbe d'une voûte, les triangles d'une charpente, le galbe d'une colonne, etc. sont le «support» des formes qu'ils engendrent. La recherche d'économie, elle aussi, peut conduire à exempter un objet de formalisme, en épurant son expression de ses artifices coûteux.

Cette démarche, comme toutes celles qui consistent à simplifier, comporte toutefois le risque d'appauvrir le résultat en le privant des substances de l'imaginaire. Les rationalistes ont, de tous temps, promu cette sorte d'iconoclasme issu d'une volonté de dépouillement. Quand Marcuse réclame que l'on donne à l'imagination le pouvoir, il réagit contre l'indigence d'un monde que ne gère que la raison.

L'humane appartient à l'univers fini. Mais par son esprit, il s'insère aussi dans l'infini. Soumis aux lois de la pesanteur, il échappe à celle-ci par la transcendance de sa pensée. Le confiner dans la rationalité, c'est l'amputer d'une dimension, le priver d'un support qui le transporte au-dessus de sa condition animale, en faire un oiseau privé d'ailes.

Cette appartenance de l'humane aux mondes et rationnel et irrationnel lui confère une dimension cosmique dont il prend fugitivement conscience.

Ses propres œuvres ne touchent, à ses yeux — autrement dit, dans sa propre relativité —, à la perfection que dans la mesure où elles sont l'expression de cette double ascendance. L'objet que vise la formalisation, pour être abouti, doit refléter le fini et l'infini de l'univers à l'image de l'humane.

Cette synthèse, plus ou moins parfaite, est rarement atteinte. C'est pourquoi tant d'œuvres paraissent inachevées, ou simplement mal faites.

Pour illustrer ces propos, nous avons conçu un motif géométrique et décoratif combinant le cercle et le carré. Le premier, infini comme le nombre π, symbolise l'univers irrationnel, métaphysique, imaginaire. Le second, fini, représente le monde rationnel, physique, réel.

La combinaison des deux figures est à l'image de l'humane : quelque part entre grâce et pesanteur. Trigonométriquement parlant, cet espace vaut $4 - \pi$. A son tour, il est non fini, en dépit d'une apparence relativement achevée (fig. 12 à 14).

(suite du texte page 106)

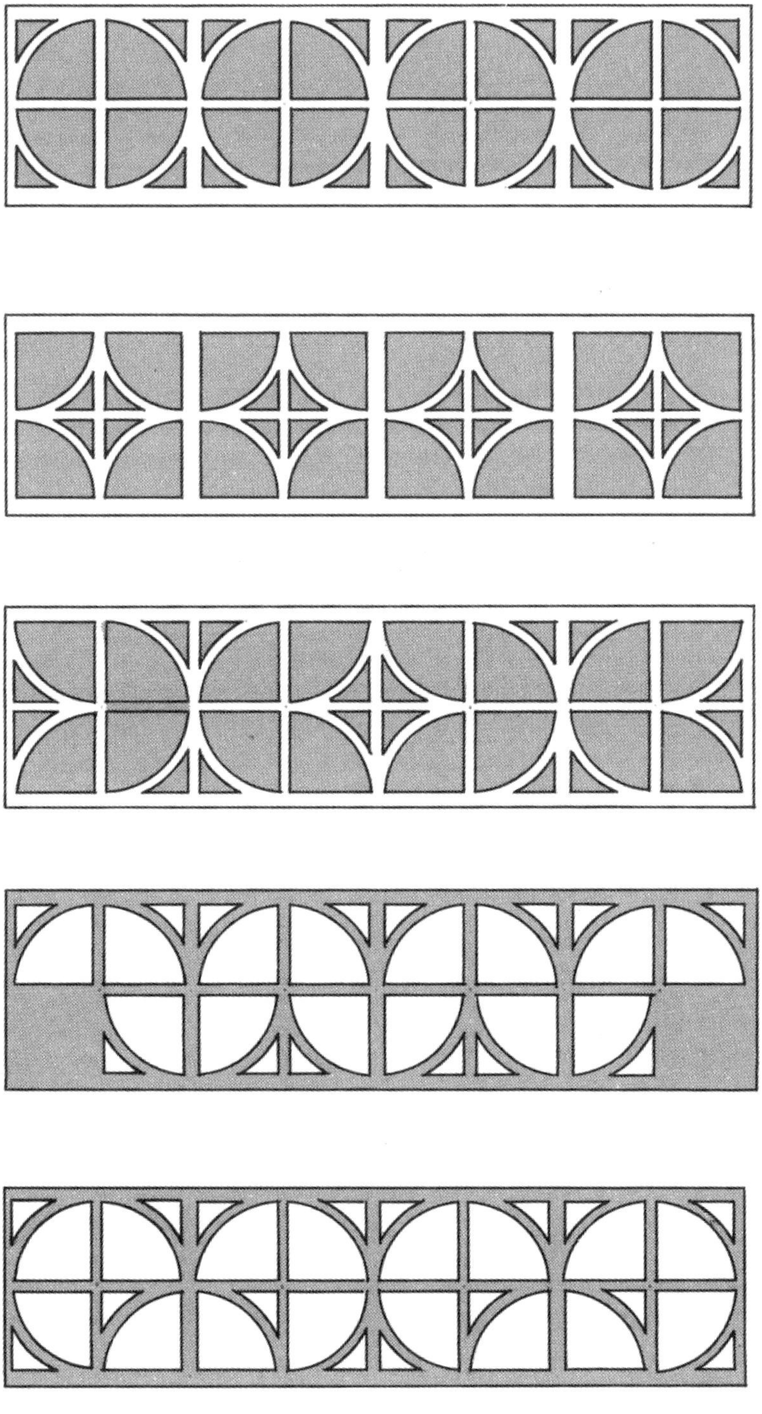

Fig. 12
Motif de la quadrature du cercle
Le cercle, infini comme π, est le symbole de l'irrationnel, de l'univers métaphysique, de l'imaginaire et de la transcendance.
Le carré, fini, représente le rationnel, le domaine physique, le concret, la pesanteur.
La combinaison des deux figures est à l'image de l'humane et de ses créations les plus universelles.

Fig. 13 et 14
Ornements sur le thème de
la quadrature du cercle

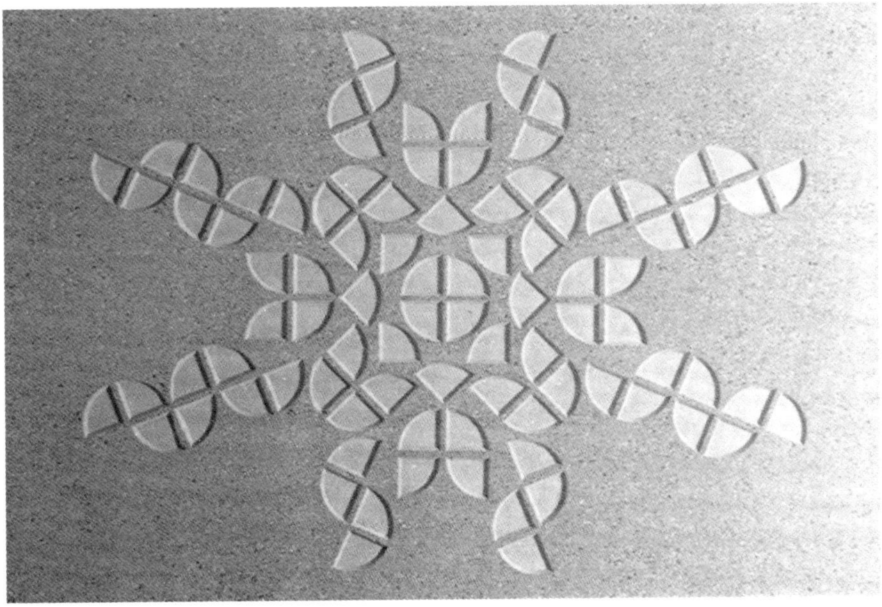

Pour conclure ce sous-chapitre, nous citerons Christian Norberg-Schulz dont nous partageons le point de vue quand il dit que *l'architecture ne peut être décrite de manière satisfaisante au moyen de concepts géométriques ou sémiologiques. Elle devrait être comprise en termes de formes signifiantes (symboliques). Comme telle, elle participerait à l'histoire des significations existentielles*[35].

La formalisation est le processus qui aboutit à l'objectif ainsi décrit. Ce dernier ouvre la porte aux fantasmes les plus divers. Puissent-ils être source de poïèsis qui n'a de sens que par essence.

Nous joignons ci-après, à titre documentaire, deux autres thèmes symboliques que nous avons pris la liberté de formaliser dans certaines de nos réalisations.

Celui que nous avons décrit plus haut, nous l'avons appelé «quadrature du cercle». Voici maintenant «la crosse» et «la marguerite et le plantain».

La crosse

Dirigée vers le haut, cette figure signifie la transcendance, dans la symbolique médiévale.

Dans la sémiologie chrétienne, elle est l'attribut du bon berger. Elle représente l'ascension, la résurrection et, par extension pour celui qui la détient, l'autorité sacrée et consacrée (l'empereur byzantin, l'évêque).

Par analogie, la crosse dirigée vers le bas signifie la pesanteur.

Transposée dans le domaine de l'architecture, cette symbolique traduit l'essence même de cette discipline de synthèse entre, d'une part, la pesanteur de la fonction, de l'utilitaire, de la technologie ou des moyens matériels en général, et, d'autre part, la transcendance de la beauté, comme l'écrit Vitruve, ou de l'Architecture avec un grand A.

Les crosses du bâtiment qui illustrent ce concept ont deux échelles :

35 Christian NORBERG-SCHULZ, *La signification dans l'architecture occidentale*, préface, 1974.

celle de l'humane, à la mesure du contrecœur d'une fenêtre, et celle de la collectivité, à la dimension d'un immeuble. Car l'architecture concerne à la fois l'individu et la société. Elle ne peut se borner à satisfaire l'un sans l'autre (fig. 15).

Fig. 15

La marguerite et le plantain

Depuis l'antiquité, la marguerite est l'image de la beauté et, par extension, de la bonne parole (*Ne jetez pas la marguerite aux pourceaux.* Matthieu 7, 6), tandis que le plantain symbolise la laideur. L'humane apprécie et entretien la première; il méprise et détruit l'autre.

L'immeuble illustrant ce thème comporte, sur les murs sans fenêtres, hors d'atteinte, les deux essences qui poussent et se développent aisément et librement. Mais sur les parties accessibles, le plantain pend la tête en bas, fauché, tandis que subsiste la marguerite.

Lorsqu'un édifice est laid, ou dépourvu d'architecture, on le détruit aussitôt qu'il est inutile. Mais s'il est beau, on le préserve, parfois à grands frais, même s'il ne sert plus à rien (fig. 16).

Fig. 16

La signification de ce thème décoratif trouve un support dans cette phrase d'Albert Camus : *En maintenant la beauté, nous préparons ce jour de renaissance où la civilisation mettra au centre de sa réflexion ... cette vertu vivante qui fonde la commune dignité du monde et de l'homme.*

3.4. Vérification

Lorsque le programme des salles de spectacles évoqué plus haut fut élaboré, les auteurs le soumirent aux plus influents des répondants politiques, sociaux, économiques et culturels de la ville afin qu'ils critiquent le projet. Lorsque les commissaires eurent assemblé toutes les remarques et observations, ils amendèrent le texte, lui conférant la forme définitive sous laquelle il fut présenté aux autorités et au public.

La vérification constitue le feed-back nécessaire à l'insertion de l'objet dans son cadre. Elle informe le créateur à propos de la manière dont son œuvre est perçue.

Dans le domaine industriel, on construit un prototype que l'on soumet à maints essais. On le met à l'épreuve afin d'en observer tous les défauts et de les corriger ensuite.

Le compositeur soumet sa partition à des musiciens; le peintre, sa toile à des observateurs avisés; l'écrivain, son texte à des lecteurs; le savant, sa découverte à des confrères; l'architecte, son projet aux personnes concernées.

Cette phase de contrôle est souvent douloureuse, car elle révèle non seulement les défauts du projet, mais parfois aussi l'incompréhension de ceux auxquels il est présenté.

L'alternative contradictoire entre la critique de l'objet par les tiers et leur capacité — ou incapacité — de le percevoir peut placer le créateur dans l'obligation de se déterminer sans recourir à autrui ou, du moins, sans tenir compte de son opinion. Cette situation, lorsqu'elle se répète, provoque le doute de l'auteur, voire des troubles psychologiques plus profonds : traits paranoïaques, dépression nerveuse, etc.

De sa conviction, de la force de son caractère, de son charisme et de la vraie mesure de son talent dépendent en partie non seulement sa santé morale et physique, mais encore la portée et l'achèvement de sa recherche.

Plus l'œuvre est novatrice, plus rares sont les personnes capables de l'apprécier à sa juste valeur et plus difficile en est, pour son créateur, la vérification ou l'autocritique. Les grands novateurs sont rarement compris de leurs contemporains. La clarté qui émane pour eux du chemin qu'ils parcourent et leurs propres convictions compensent l'absence de supports extérieurs. Ceux-ci, dans les cas les plus extrêmes, s'ils existent, sont suspects de fiction et de snobisme. Le soutien que d'aucuns apportent à tel ou tel génie relativement inaccessible ne signifie pas qu'ils saisissent totalement le sens et la portée de son œuvre. Les plus avisés en perçoivent le caractère insolite et en pressentent intuitivement la probable ampleur. Faiseurs d'opinions, ils entraînent dans leur sillage tous les snobs qui cherchent à se distinguer par un semblant d'ouverture d'esprit ou d'intérêt pour la nouveauté. Le plus étonnant est qu'à force de paraître savoir, ils finissent par en connaître un peu, même superficiellement. (Les politiciens ne sont pas les moins habiles à cet exercice de dupes!)

Lorsque la création dérange le goût, l'entendement ou le sens commun, elle provoque l'hostilité. Ainsi Copernic, Beethoven, Freud, Picasso, Le Corbusier, par exemple, ont-ils d'abord suscité autant, sinon plus, d'oppositions — parfois violentes — que d'approbation ou d'admiration.

En matière d'architecture, qui touche notamment à la sociologie, à la technologie, à l'économie et à l'art, les nombreux intervenants conditionnent la conception. Toute innovation est subordonnée aux objectifs de la construction.

Cette contrainte facilite le travail du chercheur dans la mesure où elle lui fixe le cadre de son intervention; mais elle le limite en même temps par les rétorsions auxquelles ses études sont sans cesse exposées.

Plus que tout autre, l'architecte doit convaincre pour pouvoir entreprendre. Et ce préalable dialectique n'est pas la moindre de ses obligations.

Savants et artistes sont confrontés au même dilemme : habités par le même désir de convaincre et de plaire, ils imposent toutefois la manière et refusent toute concession.

Cette attitude paradoxale caractérise les créateurs de tous poils et les conduit à s'écrier, tôt ou tard, à l'instar de Molière : Je voudrais bien savoir si la grande règle de toutes les règles n'est pas de plaire... (dans *La Critique de l'Ecole des femmes*)[36].

36 Cette réflexion inspirera plus tard ces alexandrins :
Maîtriser l'écriture, ou l'art, ne suffit guère;
Bien composer n'est rien sans le talent de plaire.

COMPOSITION

La ville et a fortiori la région urbaine sont des amalgames hétéroclites, partiellement décousus et dépourvus de relations formelles de cohérence. Celle-ci, quand elle existe, est plus parcellaire que relativisée : elle est le résultat d'une juxtaposition plutôt que d'une composition[37].

Le présent chapitre a pour objet l'étude des mesures qui gèrent le phénomène urbain, en particulier son développement et l'élaboration de ses constituantes. Parmi ces mesures, nous distinguerons celles qui sont génératrices de composition et de sublime cohérence, des autres qui conduisent tantôt au chaos, tantôt à l'odre extrême — et non suprême — qui fige les pulsions dans la monotonie.

1. L'échelle diachronique

En règle générale, le phénomène urbain se déroule dans le temps selon des amplitudes décennales, ainsi que le relève Jay W. Forrester[38].

L'un des paradoxes — et non des moindres — réside dans le fait que ceux qui gèrent le phénomène urbain, principalement des hommes

37 Comme définition, nous retenons que composer consiste à former un tout de parties différentes. La composition résulte de cette action de synthèse.

38 Jay W. FORRESTER, *Urban Dynamics*, Cambridge, Massachusetts, MIT Press, 1984.

politiques et des technocrates, sont motivés par des objectifs à court terme, d'un an ou deux. Ils agissent en fonction d'échéances relativement proches, comme une votation populaire ou des élections. Mais les décisions qu'ils prennent ont une portée de plusieurs décennies. En matière d'urbanisme, lorsque les conséquences d'une option apparaissent, il est trop tard pour la modifier.

Quand une orientation est prise, ses contradictions intrinsèques ou potentielles ne se révèlent pas encore.

Ainsi, par exemple, lorsqu'une ville que nous connaissons bien, a pris, sur l'initiative de personnalités influentes, l'option de soutenir le secondaire en créant de vastes zones industrielles, elle ignorait qu'une vingtaine d'années plus tard, le tertiaire prendrait le pas sur les autres secteurs de l'économie. On a conçu et réglementé ces zones en fonction des nuisances de l'industrie, notamment en en excluant l'habitat. On a ainsi créé des ghettos qui ne vivent que huit heures par jour, cinq fois par semaine, et dont les nuisances pratiquement inexistantes ne justifient pas l'isolement. Car les activités qui s'y déroulent ont trait aux services, à la production «propre» et à l'artisanat, plutôt qu'à l'industrie bruyante et polluante.

Une autre constatation de dynamique urbaine ressort de cet exemple : au lieu de progresser, le secondaire, que l'on voulait encourager, n'a fait que stagner ou régresser, tandis que le tertiaire se développait en dépit d'obstacles que, paradoxalement, les autorités, pour des raisons politiques, lui opposaient sans cesse. Sous prétexte de revitaliser le centre-ville en le rendant à l'habitation et pour favoriser la construction d'immeubles d'appartements dans les zones suburbaines afin de pallier la crise du logement, on prenait des mesures dissuasives contre l'implantation de bâtiments commerciaux et administratifs que voulaient construire des banques, des compagnies d'assurances et une multitude de sociétés qui désiraient implanter leur siège dans la cité.

Un seul avocat vit ainsi, en 1975, dix-sept sociétés renoncer, en l'espace d'un an, à s'établir dans cette ville sous le seul prétexte des difficultés administratives que les pouvoirs publics leur faisaient.

Mais en dépit de ces défections qui furent nombreuses, l'offre d'emplois dans le tertiaire a progressé. Cette évolution a provoqué un nouvel accroissement de la population qui stagnait depuis plusieurs années.

Ce genre d'exemple est extrêment fréquent. Il est une illustration de l'impact essentiel des facteurs économiques et temporels sur l'évolution d'une ville. J. W. Forrester les analyse de façon magistrale dans l'ouvrage cité plus haut, en fonction d'un certain nombre de critères.

L'ampleur du facteur temporel détermine l'échelle diachronique. Ainsi ne peut-on considérer de la même façon des métropoles millénaires comme Istamboul, Athènes ou Rome, des villes neuves comme Chandigarh ou Brasilia, des «phénomènes» comme Karachi, qui a décuplé en quarante ans, ou Mexico, dont la croissance atteint de semblables proportions, et Hambourg ou Vienne, dont la population s'est stabilisée et qui se développent lentement. Les plus anciennes se sont renouvelées sur elles-mêmes à des vitesses variables, ont connu des périodes de stagnation, de décroissance et de croissance, lente ou rapide. Elles furent partiellement détruites, maintes fois reconstruites. Elles ont démontré leur capacité d'adaptation dans le temps et offrent une sorte de garantie intrinsèque de pérennité. Mieux que la plupart, un peu *comme si elles en avaient vu d'autres,* elles ont absorbé le «choc» du vingtième siècle et de sa modernité ravageuse. Leur histoire transparaît, étincelante comme un diamant, à travers les crises et le tumulte. En regard de ces cités «éternelles», Chandigarh, Brasilia montrent leur silhouette poussiéreuse que le vent d'une tempête pourrait emporter d'un jour à l'autre, tandis que Mexico et Karachi souffrent d'un cancer foudroyant. Les échelles diachroniques très diverses des exemples susmentionnés révèlent pour le moins la nécessité de les traiter différemment.

Mais quelles que soient les approches, l'urbanisation poléonomique — ou systémique, autrement dit : celle qui tient compte autant que possible de tous les facteurs — comporte intrinsèquement la *capacité d'adaptation diachronique.* De cette capacité dépendent la qualité et la pérennité de la structure qui ordonne la ville et, au-delà, la région urbaine.

2. La structure de l'urbanisation

Si nous nous permettons de résumer en quelques lignes la critique de la Charte d'Athènes, nous disons qu'elle énonce les règles qui ordonnent les fonctions quotidiennes de la ville davantage que les espaces.

Or, l'être vivant, et a fortiori l'être humain qui se borne à «fonctionner», subsiste; mais il ne vit pas pour autant conformément à ses aspirations les plus profondes.

Les habitants des villes conçues selon les concepts énoncés dans la Charte d'Athènes y accomplissent les strictes fonctions de subsistance et de survie. En revanche, non seulement ils ne parviennent pas à achever le processus d'identification sociale et environnementale nécessaire à leur équilibre mental, mais de plus ils ne réussissent même pas à l'entamer.

Le cloisonnement des fonctions quotidiennes vers lequel tendent les théories urbanistiques de la première moitié du XXᵉ siècle doit être considérablement nuancé pour s'inscrire dans les règles qui devraient présider à l'élaboration et au développement des villes du XXIᵉ siècle.

Le *principe de mixité* et notamment le travail sur le lieu de domicile doivent l'emporter sur la notion contraignante du zoning ou de l'affectation unilatérale du sol.

Par ailleurs, le *tracé,* le *canevas* qui notamment délimite les espaces publics et privés, l'*ordonnance,* sont autant de notions qu'il faut réintroduire dans l'énoncé des règles qui structurent l'urbanisation.

2.1. Le tracé

Le tracé détermine en plan la trame géométrique des circulations. La genèse de la ville résulte non pas tant du mode de répartition du sol, comme l'ont conçu les auteurs de la Charte d'Athènes, mais du tracé que suit la circulation des personnes et des véhicules. Un pont, de même que tout passage obligatoire, un croisement de chemins, un axe routier sont autant de générateurs d'agglomérations. Londres, Paris, Genève sont nées d'un pont; Manhattan s'est développée le long de Broadway; d'innombrables villages sont construits sur un carrefour.

Dès l'antiquité, le tracé fixe le principe géométrique de l'ordonnance des villes : orthogonal, radioconcentrique, linéaire, librement adapté, etc.

Il arrive fréquemment qu'une même ville comprenne plusieurs de ces trames. Ainsi Manhattan résulte-t-elle de la combinaison du tracé linéaire de Broadway avec la trame orthogonale des rues et avenues. Celle-ci est de rigueur à Turin, à la Chaux-de-Fonds, à Phoenix et dans beaucoup de villes américaines.

Le Paris du XIXe siècle combine des compositions axiales avec le principe de radioconcentricité.

Le tracé de Canberra est une application systématique de ce dernier, tandis que Venise comporte un plan librement adapté au découpage et à la topographie de ses innombrables îles, et Sienne à ses collines et vallons.

La plupart des villes relativement anciennes possèdent plusieurs trames juxtaposées, parfois superposées, dont chacune est révélatrice de l'époque à laquelle elle fut mise en place.

Il est ainsi relativement facile d'identifier, sur le plan d'une ville européenne, sa partie médiévale, parfois celle de la Renaissance ou des XVIIe et XVIIIe siècles, aisément les secteurs construits au XIXe siècle, notamment après la démolition des fortifications, et enfin les «autodromes» et espaces plus ou moins ordonnés, ou désordonnés, du XXe siècle.

Le tracé, outre sa fonction régulatrice, remplit aussi celle de mémoire ou de témoin de son temps. Car il trahit les mœurs et coutumes, non seulement urbanistiques, mais politiques, sociales, économiques et culturelles de l'époque de sa mise en œuvre, ainsi que nous venons de l'indiquer succinctement.

2.2. Le canevas

Résultant du tracé, le canevas détermine l'enveloppe des constructions dans les deux, voire les trois dimensions. Il délimite les espaces publics et privés. Il définit dans son principe la volumétrie de la ville et son ordonnance.

Dans le modèle du XIXe siècle, par exemple, le canevas fixe la largeur, parfois aussi le gabarit en hauteur des rues, des avenues et des places. Au XXe siècle, il détermine l'emprise des voies de circulation, il délimite les périmètres constructibles assortis de règles proportionnant la hauteur des bâtiments relativement aux distances qui les séparent.

Jusqu'au XIXe siècle, la technique et l'économie limitent naturellement la hauteur des édifices. Mais dès la fin du XIXe siècle, l'utilisation du fer, puis de l'acier, dans la construction permet de l'élever considérablement. Les villes dont les règlements ne restreignent pas les hauteurs de façon dissuasive ou prohibitive, comportent des gratte-ciel et autres tours dont la réalisation est justifiée par des motifs économiques et rendue possible par la technique.

La juxtaposition ou le groupement de plusieurs gratte-ciel implique une énorme concentration de personnes que les infrastructures au sol absorbent difficilement, sans parler des problèmes de salubrité physique et psychologique qu'elle soulève.

Dans les villes très bien réglementées, le canevas précède et ordonne la construction. Dans celles qui le sont moins, tantôt il précède les réalisations, tantôt il en résulte au fur et à mesure qu'elles sortent de terre. Enfin, dans les agglomérations non réglementées, le canevas n'est que le reflet du désordre urbanistique dont l'humane s'est rendu coupable.

Le canevas compte plusieurs facteurs, dont, notamment, la destination des domaines, soit publics soit privés, les proportions, les dimensions et parfois l'orientation des espaces traditionnellement affectés à la circulation des personnes et des véhicules.

2.2.1. Domaine public et domaine privé

Beaucoup de villes sont structurées par la seule définition de ces deux domaines.

Grosso modo, les voies de communication constituent le premier et les espaces qu'elles circonscrivent, le second.

Dès l'antiquité, on construit les bâtiments sur la limite. Ils prennent le jour sur la voie publique, fréquemment aussi sur des cours ou patios privés; parfois même uniquement sur ces derniers, comme à Pompéi. Lorsqu'une loi fixe l'alignement et la hauteur des édifices, la ville est ordonnée. Ainsi l'est-elle presque systématiquement au XIXe siècle.

Quand le gabarit n'est pas imposé (Manhattan) et, a fortiori, si les alignements ne le sont pas davantage, les domaines publics et privés ne sont plus physiquement délimités, les espaces extérieurs ne sont plus maîtrisés, l'agglomération paraît cahotique.

Les urbanistes, au début du XXe siècle, ont cru pouvoir ordonner cette sorte de chaos en cloisonnant les activités. Par rétroaction, la réalité révèle la vanité — ou l'inadéquation — de la démarche par le désordre des espaces qu'elle engendre et la polarisation des fonctions qu'elle provoque et dont les effets psychologiques et sociologiques sont plus néfastes que positifs.

Nous l'avons dit, les cités dortoirs, les guettos industriels et les quartiers d'affaires, créés pour la plupart au XXe siècle, illustrent les limites que comporte l'utilisation du sol en tant que seul facteur de structuration et d'organisation du territoire.

Depuis une centaine d'années, les urbanistes et, à leur suite, les législateurs se nourrissent de l'illusion qui consiste à penser que l'on peut aménager l'espace par la seule vertu du «zoning». L'expérience ou le temps leur donne partiellement tort. Nous disons «partiellement», car certaines options générales en la matière, telles que la sauvegarde des sites, la protection du domaine agricole et la détermination des secteurs affectés à la construction nécessitent une part du morcellement que nous incriminons.

Notre critique porte sur l'importance exagérée que l'on attache à cette subdivision plutôt que sur l'objet en soi qui demeure un des instruments d'urbanisation. Il ne doit simplement pas constituer l'arbre qui, depuis des décennies, cache la forêt des moyens qui permettent d'aménager le territoire.

Parmi ces derniers, non seulement l'économie, son évolution dans le temps et ses impacts notamment sur la démographie, mais aussi l'histoire, la géographie et la topographie, la parcellisation du sol, les voies de communication et les infrastructures revêtent une importance trop souvent négligée.

Ainsi l'influence d'une nouvelle autoroute ou de l'implantation d'une grande entreprise sur le développement d'une région n'est-elle jamais prise en compte assez tôt. Au lieu de prévoir et de planifier les effets, on les attend, puis on tente de les canaliser ou de les maîtriser tant bien que mal. Rien ne s'implante dans l'ordre. Tout survient dans le désordre.

L'un des moyens sûrs d'éviter ce genre d'aberration consiste à tracer le canevas et la trame à l'intérieur desquels s'inscrivent toutes les futures implantations. L'humane a procédé de cette manière chaque fois qu'il a ordonné la ville, depuis l'antiquité jusqu'au XIXe siècle.

Au XXe siècle, la célérité du progrès technique et scientifique et la dimension sans précédent du phénomène de croissance ont rendu les structures d'accueil inadéquates. Leur ordonnance paraît désuète. Pour les adapter, il faut improviser en quelque sorte. De cette improvisation, le «zoning» est l'illustration la plus flagrante. Il canalise le désordre et ne confère qu'un ordre illusoire. En cas d'urgence, on s'en contente. Mais on ne peut s'en satisfaire à long terme. Il est insuffisant.

La création d'une trame nouvelle, apte à recevoir les moyens de transport et de communication, propre à l'accueil de toutes superstructures ainsi qu'à l'implantation des infrastructures appropriées, constitue la genèse fondamentale de l'urbanisation ordonnée et ordonnable. A défaut de cela, la ville s'étend dans le relatif chaos que provoque l'adaptation impromptue de ses abords à son développement.

Dans ce canevas, le tracé des voies de communication, la délimitation des espaces publics et privés, et la hauteur des gabarits représentent l'essentiel.

* * *

Au plan octogonal que nous proposons plus loin (fig. 28 et ss.), on peut opposer la déclaration d'un Conseiller d'Etat qui disait que *le meilleur tracé d'une route est celui qui permet de la construire*.

Le caractère contraignant d'une trame géométrique, quelle qu'en soit la forme, rend nécessaire son adaptation au contexte géographique ou topographique, foncier ou économique, humain, juridique et politique. La contrainte qu'imposent les conditions réelles fait souvent perdre de vue le concept. Elle le vide de sa substance.

Dans le processus qui aboutit au tracé des voies de communication, le rôle du pouvoir est déterminant. Car il possède les moyens de modifier le contexte, de l'adapter à son tour au tracé.

Ainsi le mode de décision est-il factoriel dans la problématique du canevas délimitant les espaces publics et privés.

Ces difficultés, réelles, sont inégales selon les cas. Sur un terrain vierge, elles sont pratiquement nulles, tandis que dans un contexte urbanistique ancien, elles sont malaisément surmontables.

Les planificateurs du territoire, aujourd'hui, commettent deux erreurs essentielles.

Premièrement, comme nous venons de le voir, ils croient structurer l'espace avec des affectations en le subdivisant en zones d'utilisation du sol. Ce cloisonnement des activités humaines est contraire à l'épanouissement individuel et, ce faisant, est nuisible à l'équilibre et au bon fonctionnement de la société.

Deuxièmement, ils planifient à court, parfois à moyen, mais jamais à long terme. Or, l'inscription du tracé des voies de communication n'est efficace qu'à échéances lointaines. Le pouvoir politique doit par

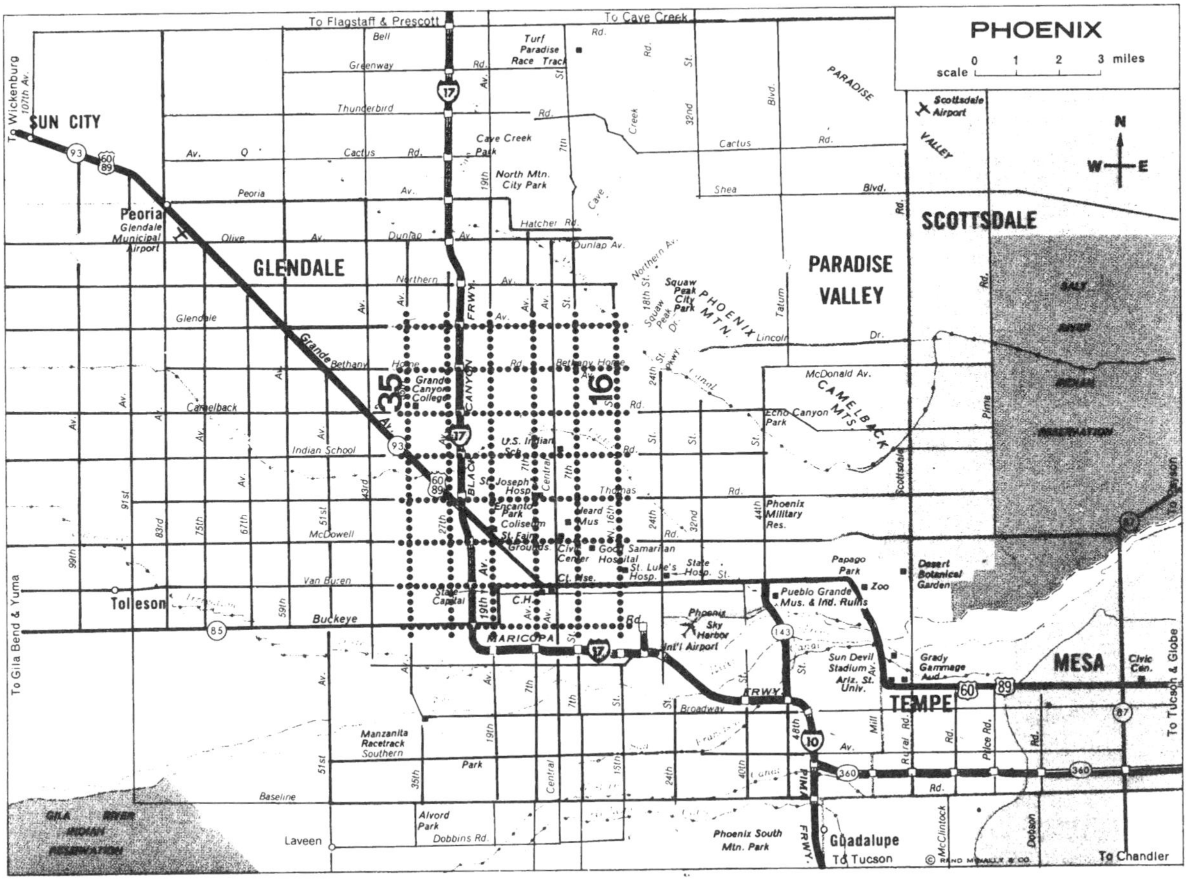

Fig. 17

conséquent avoir la sagesse et le courage de définir la trame bien au-delà des secteurs sensibles du développement urbain immédiat.

Phoenix, en Arizona, et, rétrospectivement, Manhattan sont à cet égard exemplaires. Le tracé orthogonal de Phoenix couvre le désert alentour et structure l'expansion de la ville. Il reflète un certain pragmatisme, typique d'un pays neuf comme les Etats-Unis, et dont l'enseignement n'est pas négligeable (fig. 17 à 20).

On a, au siècle dernier, procédé de façon analogue à Manhattan. La non-limitation des hauteurs a provoqué les désordres que nous connaissons, mais en dépit des densités excessives, la ville fonctionne

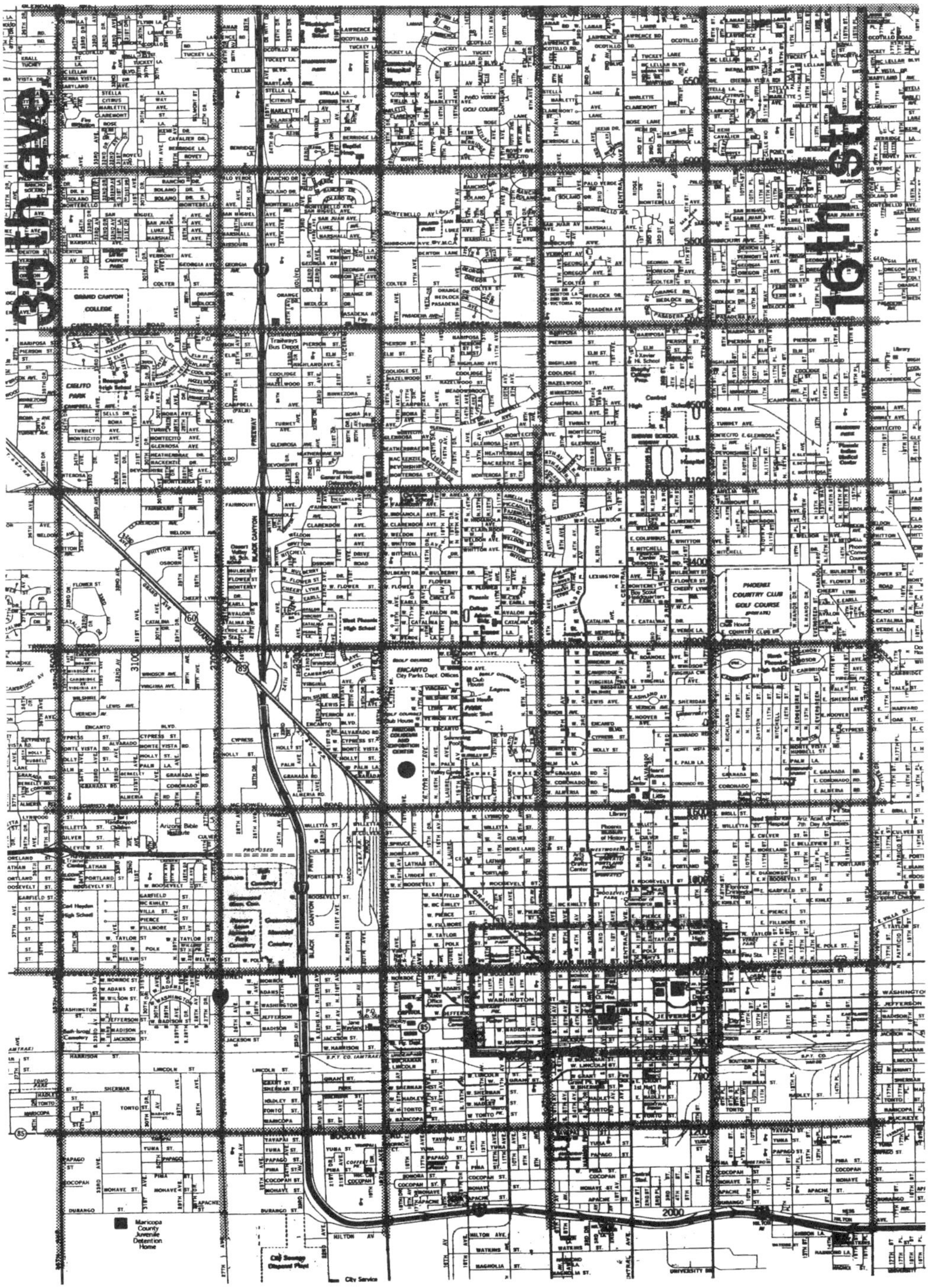

Fig. 18

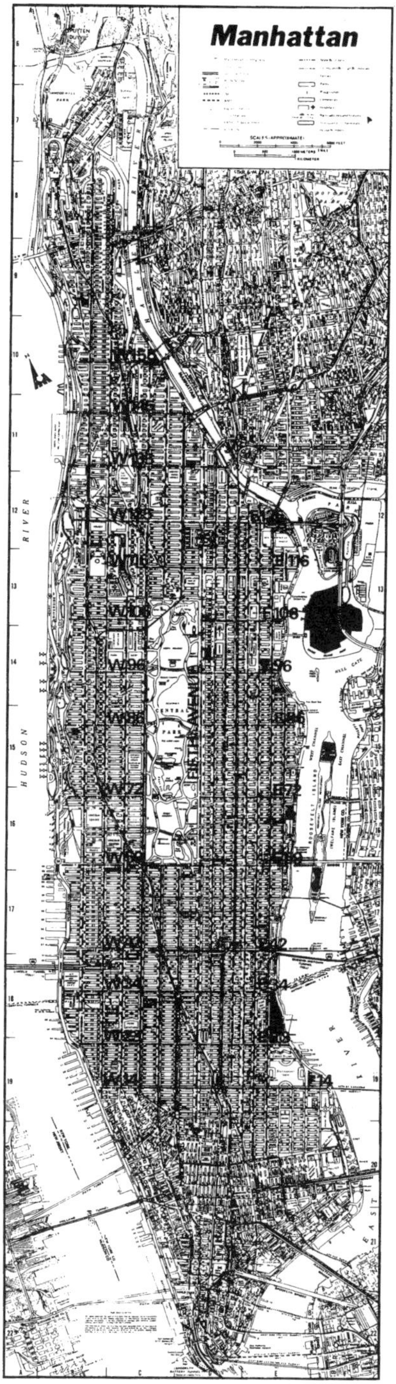
Manhattan
HUDSON RIVER
W106
W96
W72
W34
E116
E106
E96
E72
E14
CENTRAL PARK
ROOSEVELT ISLAND

Fig. 19

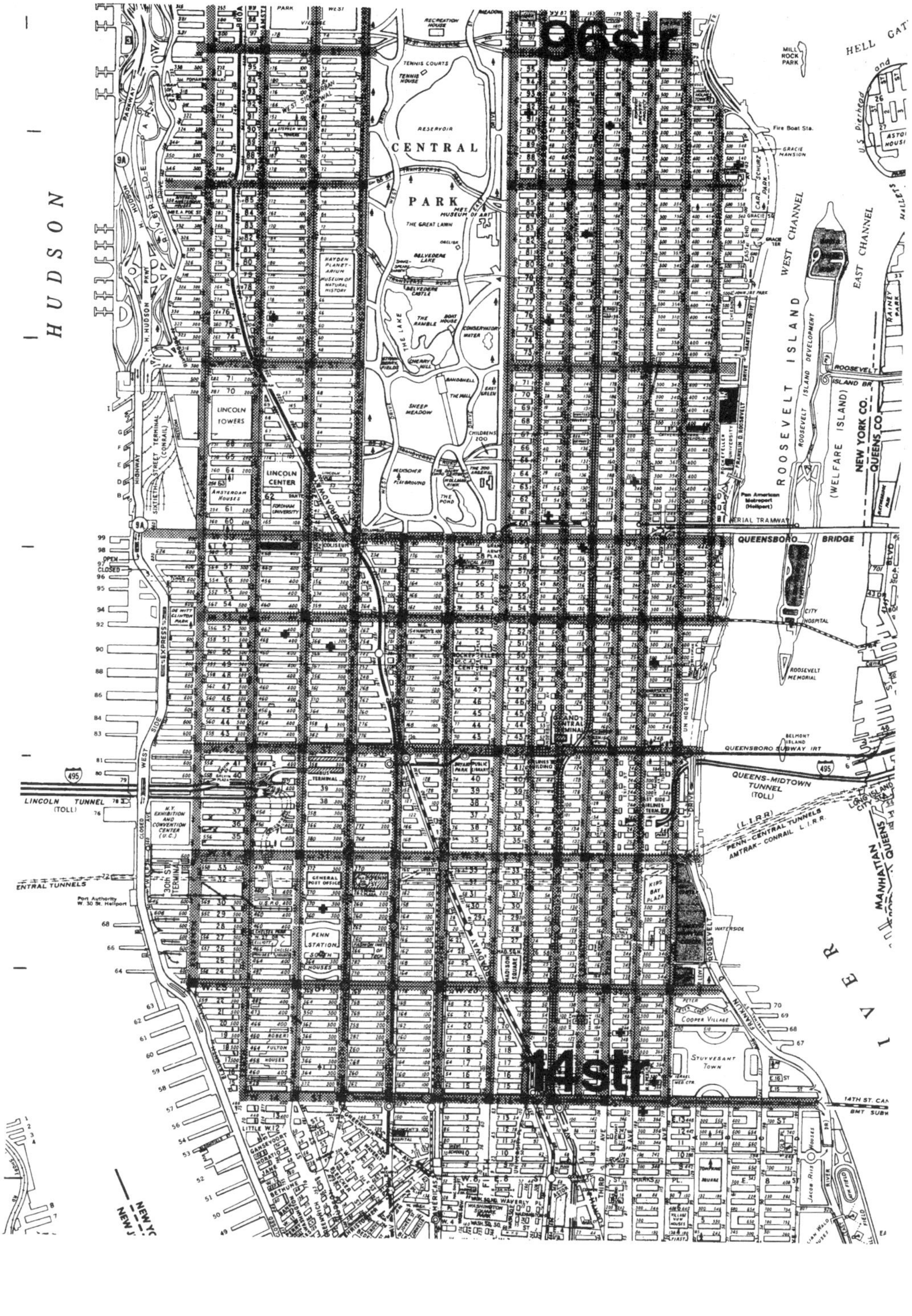
96str
14str
HUDSON
CENTRAL
PARK
ROOSEVELT ISLAND
WEST CHANNEL
EAST CHANNEL
QUEENSBORO BRIDGE
LINCOLN TUNNEL
QUEENS-MIDTOWN TUNNEL
LINCOLN CENTER
LINCOLN TOWERS
PENN STATION
STUYVESANT TOWN
NEW YORK CO.
QUEENS CO.

Fig. 20

presque miraculeusement et, en tout cas, sans qu'aucune affectation n'ait jamais été imposée jusqu'à récemment, où que ce soit, par un «zoning» quelconque (la municipalité de New York modifie actuellement cette conception). Le désordre de l'enveloppe résulte, en revanche, de l'excessive liberté laisée à chaque propriétaire ou constructeur.

La trame orthogonale étant la plus fréquemment utilisée, nous lui avons adapté le principe circulatoire émanant du tracé octogonal par nous conçu plus loin sous le titre d'«interprétation formelle».

Nous avons également étudié l'application de ce principe à Manhattan et constaté que si la régulation du trafic y était à refaire, on économiserait sur l'île seule quelque 1 500 feux de croisement, soit 300 à 400 millions de dollars qui permettraient de réaliser autant de passages dénivelés pour les piétons (fig. 33).

2.2.2. Proportions, dimensions, capacité, orientation de l'espace urbain

La rue, la ruelle, l'avenue, le boulevard, le mail, etc. sont des espaces publics urbains de circulation des personnes et des véhicules. Ils varient selon leurs proportions, leurs dimensions, leur orientation et leur capacité. La plupart de ces lieux est traditionnellement délimitée par une partie de l'enveloppe des espaces privés. Celle-ci revêt une importance exceptionnelle dans la mesure où elle exprime symboliquement son contenu, constitue l'instrument de contact physique entre les domaines privé et public, et conditionne à la fois la volumétrie, l'aspect, le caractère, l'architecture de ce dernier.

Pour ces motifs, la «façade sur rue» n'a-t-elle jamais cessé de faire l'objet de soins particuliers et de l'attention soutenue non seulement des maîtres d'ouvrages et des maîtres d'œuvres, mais aussi de la population tout entière.

La méthode que nous appliquons, lorsque nous entreprenons l'étude critique de cette partie essentielle du cadre de vie urbain, consiste à comparer plusieurs exemples, selon un même critère d'appréciation, ainsi qu'à modifier successivement ce dernier. Nous analysons l'artère selon les proportions, les dimensions, la capacité, l'orientation et la circulation. La combinaison de ces examens peut indiquer s'il s'agit d'une rue, d'une venelle, d'une avenue ou d'un boulevard; elle sert principalement à déterminer le caractère et la qualité de l'espace, et permet d'en faire par synthèse l'un des éléments constitutifs essentiels du canevas urbain (fig. 21 et 22).

Wall Street, à New York, et une rue médiévale peuvent avoir les mêmes proportions. Ce sont les dimensions — ou l'échelle — qui les distinguent. A l'évidence, la combinaison des deux notions est nécessaire au moment de concevoir l'espace que l'urbaniste élabore. Il

Fig. 21 et 22
Comparaison entre une rue médiévale européenne et une rue contemporaine de Manhattan; approximativement de mêmes proportions, mais de dimensions différentes, elles résultent des mêmes règles urbanistiques :
- alignements imposés par la limite entre les domaines public et privé ;
- gabarits et architecture licencieux.

y ajoute la capacité, qui dépend principalement du contenu et de la «fonction circulatoire» de l'artère, ainsi que l'orientation, à propos de laquelle nous développons ci-après quelques réflexions.

D'aucuns estiment que dans les climats tempérés semblables à ceux de l'Europe, l'orientation du bâtiment — et notamment des logements si possible traversants — doit être systématiquement l'est et l'ouest. Cette règle implique, en ville, des rues ou espaces urbains qui s'étendent dans le sens nord-sud.

Or, la rue nord-sud, comme la vallée alpine de même orientation, est inconfortable et peu ensoleillée. Inconfortable parce qu'elle canalise les vents dominants, à quelques exceptions près. Peu ensoleillée, car les constructions — ou les montagnes dans le cas de la vallée alpine — font obstacle au soleil matin et soir, quand il est bas; celui-ci ne pénètre dans l'espace que durant quelques heures avant et après midi.

Les vallées et les rues de sens est-ouest présentent, au contraire, l'avantage d'être à l'abri des vents dominants et elles sont très ensoleillées : l'enfilade de l'espace est ouverte à la pénétration du soleil, matin et soir, et quand l'astre est au zénith, les montagnes — ou les bâtiments situés au sud — n'ont que de faibles ombres portées.

Ainsi la rue nord-sud a-t-elle l'avantage de comporter des bâtiments orientés à l'est et à l'ouest, mais l'inconvénient d'être peu ensoleillée et de canaliser les courants d'air.

La rue est-ouest, à l'inverse, implique des bâtiments qui n'offrent qu'une façade longitudinale aux rayons solaires, mais elle présente l'avantage d'un bon ensoleillement et de l'abri du vent.

La conclusion que nous tirons de ces considérations est qu'il n'existe pas d'orientation idéale pour les espaces urbains si l'on tient compte de tous les facteurs de confort dont nous ne citons plus haut que ceux auxquels tant d'architectes et autres urbanistes se réfèrent sans cesse et que complètent les considérations relatives au bruit, à la pollution de l'air, à la topographie, à la qualité du site et à la vue.

A propos de cette dernière, il convient d'observer que dans une rue, les fenêtres orientées au nord ouvrent sur un vis-à-vis ensoleillé qui non seulement éclaire par réflexion, mais présente un caractère lumineux et riant qu'une façade ombragée ne comporte pas.

A ces considérations s'ajoutent celles qui ont trait à l'orientation des pièces. La doctrine la plus répandue concernant les immeubles d'appartements «traversants» conclut généralement à l'exposition est-ouest. Celle-ci assure un ensoleillement à chaque partie du logement au moins pendant un moment de la journée. A contrario, la disposition nord-sud prive la moitié des chambres de la pénétration du soleil. Nous l'avons dit, celles-ci ont en revanche la vue sur un paysage ou des façades perpétuellement ensoleillées. La lumière naturelle dont elles jouissent est très régulière, diffuse et reposante. Les peintres et sculpteurs, les électroniciens, les psychiatres et psychologues notamment la préfèrent à toutes autres précisément pour sa constance et parce qu'elle est dépourvue de contrastes et d'excès d'éclairement.

La croyance très répandue, qui consiste à penser qu'une pièce qui n'est jamais ensoleillée est malsaine, relève davantage de l'hygiénisme d'Epinal que de l'hygiène ou que de toutes autres considérations réfléchies.

Dans un immeuble nord-sud, les façades sont bien typées. On dispose au midi de vastes loggias munies de tentes presque horizontales, de fenêtres avec protections contre la lumière, de tous dispositifs de captage passif de l'énergie solaire, etc. La saillie des loggias ou balcons protège les pièces contre la pénétration des rayons, en été notamment, quand cela est utile, sans interposition en hauteur de tentes ou de stores qui obstruent la vue comme cela est nécessaire à l'est et à l'ouest.

Sur la façade nord, les fenêtres sont assez grandes et très bien isolées : casuellement, de petits balcons offrent la vision du site ou de la rue en enfilade et constituent en été un lieu où la fraîcheur persiste.

L'immeuble est-ouest est, en regard de l'autre, un compromis. Les architectes généreux lui confèrent des balcons ou loggias sur les deux façades, d'autres les suppriment purement et simplement.

Cette hésitation provient de ce que ces espaces en plein air sont mal typés. Ils ne sont ensoleillés que durant le tiers de la journée; de 10 à 14 heures, le soleil les atteint sous un angle trop fermé pour que l'on puisse considérer qu'il les éclaire directement.

Au levant et au couchant, l'astre est bas et ses rayons pénètrent en profondeur dans les pièces. Les obstacles qui en prémunissent sont bas à leur tour. Ils obstruent par conséquent la vue.

L'ambiguïté ressort encore dès qu'il est question de disposer les pièces. A cet égard, les avis des architectes et usagers que nous avons questionnés sont très partagés.

Les uns placent les lieux de séjour à l'ouest parce qu'on s'y tient l'après-midi et le soir, et les chambres à coucher au levant pour que le soleil les inonde au saut du lit.

D'autres préconisent l'inverse. Ils justifient ce choix par le temps plus long passé le matin dans la cuisine et la salle à manger pour le petit déjeuner et la préparation du repas de midi, les soirées étant davantage consacrées à regarder la télévision dont l'image est meilleure sans l'éclairage du soleil. Les chambres à coucher à l'ouest permettent aux enfants d'y faire leurs devoirs au soleil, le soir, en rentrant de l'école.

D'aucuns proposent un compromis en plaçant la cuisine et une partie des chambres à l'est, le séjour et les autres chambres à l'ouest, offrant ainsi à l'habitant une sorte de panachage des deux autres possibilités.

Dans un immeuble nord-sud, la disposition des pièces ne comporte aucune ambiguïté. Les chambres sont au nord, car la lumière y est douce et propice au repos qui constitue la principale affectation des lieux. Les séjour et cuisine sont au midi, dont l'éclat stimule l'appétit et les activités journalières.

Ces quelques considérations viennent appuyer la thèse selon laquelle il est erroné de prétendre que l'est-ouest est la seule orientation posssible d'un immeuble d'habitation. Toutes les dispositions comportent leurs avantages et leurs inconvénients, et la règle consiste à concevoir systématiquement des logements «traversants» parce qu'ils offrent à l'occupant l'alternative qui conditionne le confort. Car l'un des plus grands privilèges de l'humane consiste encore à pouvoir choisir. Dans cette perspective, l'appartement qui comporte au moins deux orientations bien distinctes est de rigueur et devrait être la règle du constructeur.

L'ensoleillement et l'orientation des bâtiments conditionnent la distance qui les sépare et, par conséquent, les proportions et dimensions des espaces extérieurs.

Ce truisme a pour objet d'introduire l'étude qui suit et qui tend à démontrer que dans un climat et sous une latitude donnés (ceux de l'Europe centrale dans le cas traité ci-après), la «rue» nord-sud doit être plus large que celle qui est dirigée dans le sens est-ouest, si l'on veut lui conférer une semblable qualité d'ensoleillement.

L'étude des pages suivantes indique la proportion idéale qu'il convient de respecter à une latitude comprise entre 40 et 50 degrés au nord (fig. 23 à 25).

(suite du texte page 136)

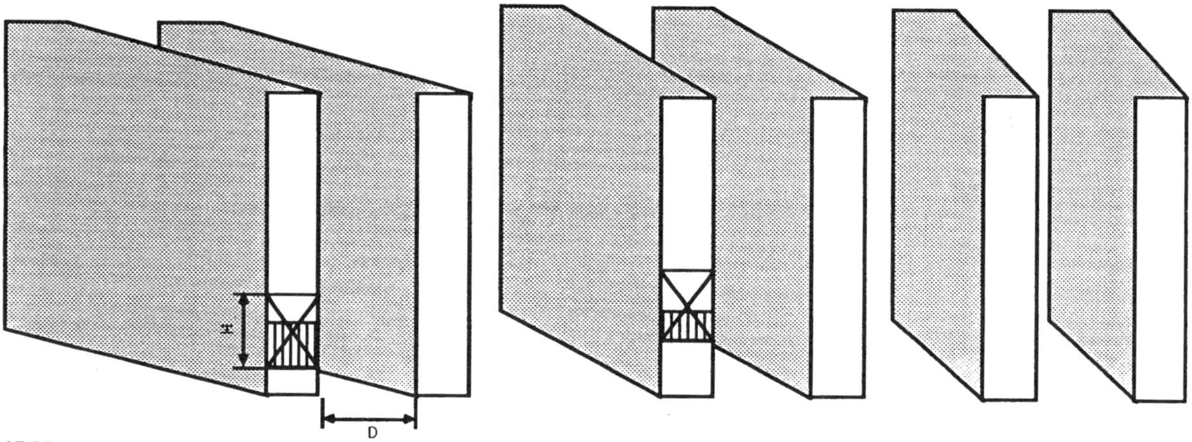

07.00 08.00 09.00

Fig. 23 A
Rue Nord-Sud
aux équinoxes
Bâtiments orientés
Est-Ouest
Correction :
D = 5H / 3
(voir fig. 23 C)

13.00 14.00

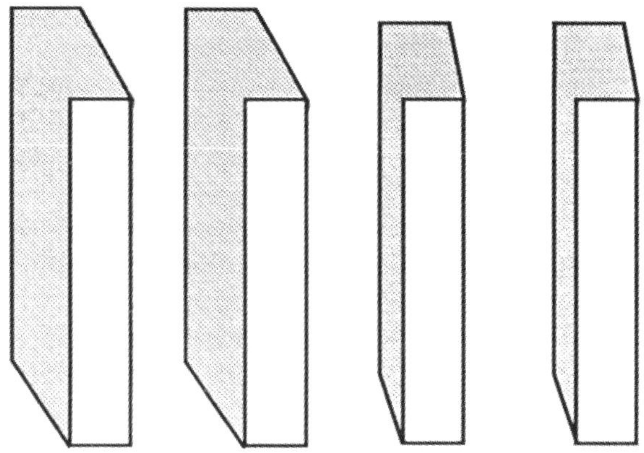

10.00 11.00

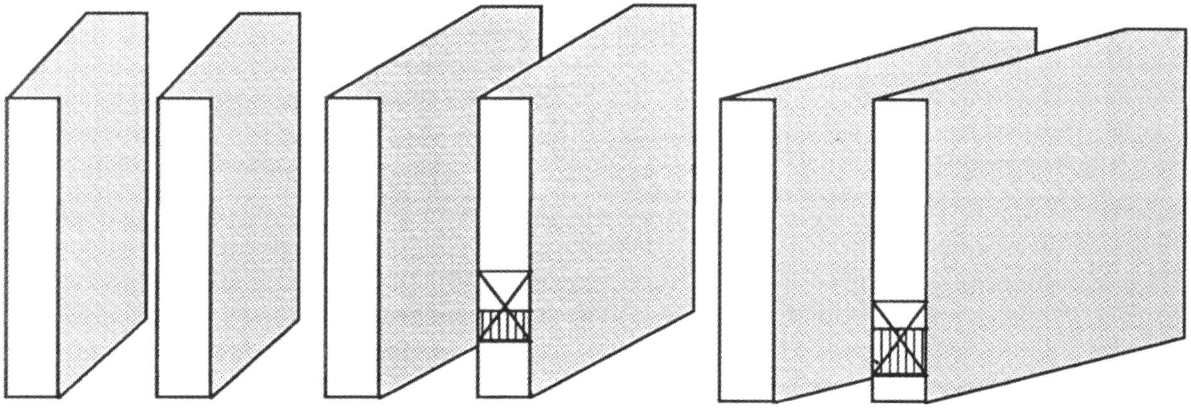

15.00 16.00 17.00

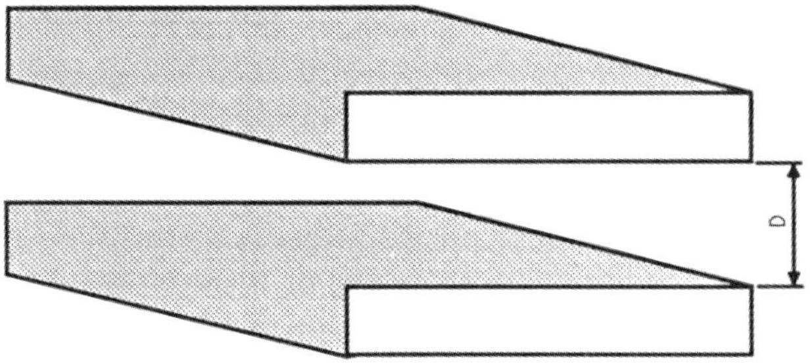

07.00

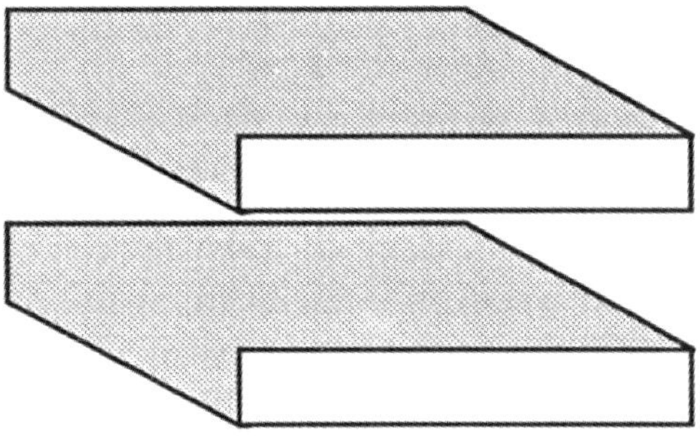

08.00

Fig. 23 B
Rue Est-Ouest
aux équinoxes
Bâtiments orientés
Nord-Sud
Correction :
D = 4H / 3

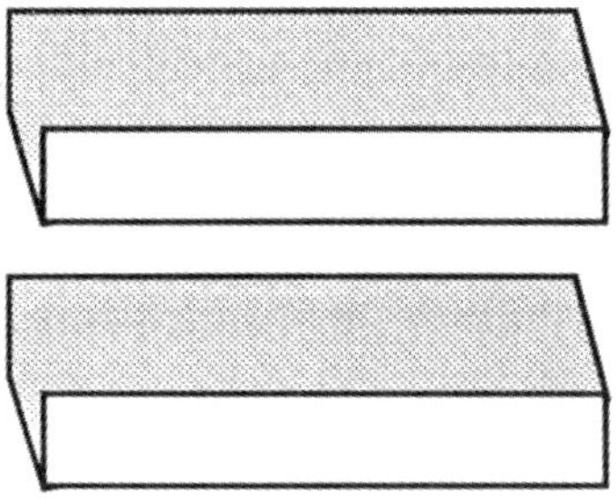

11.00

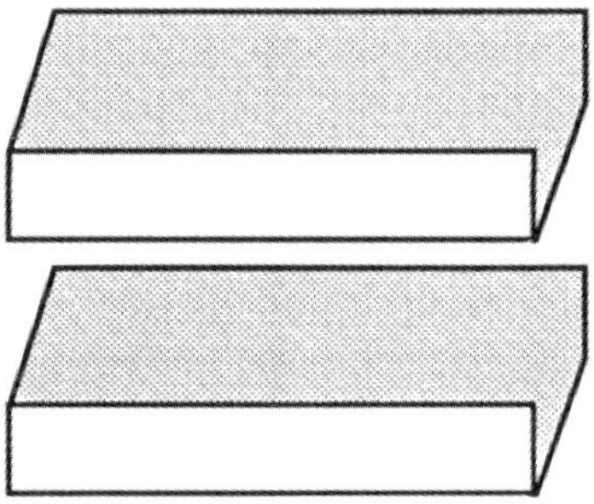

14.00

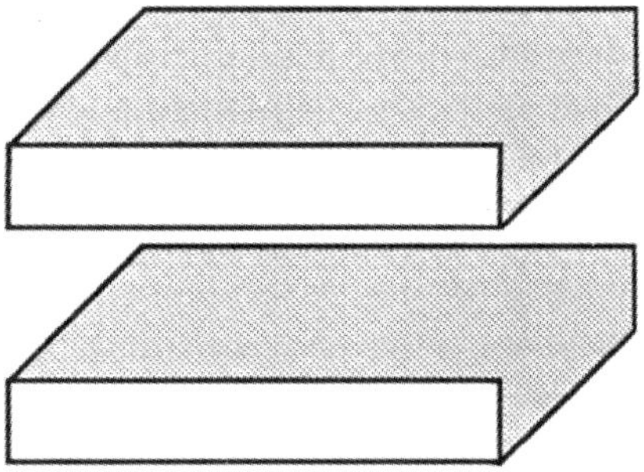

15.00

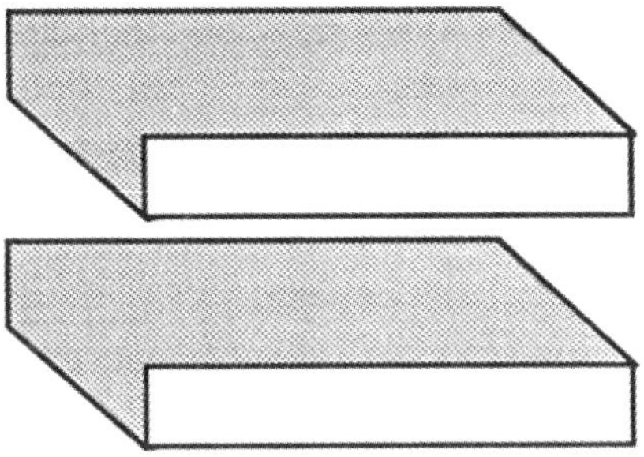

09.00

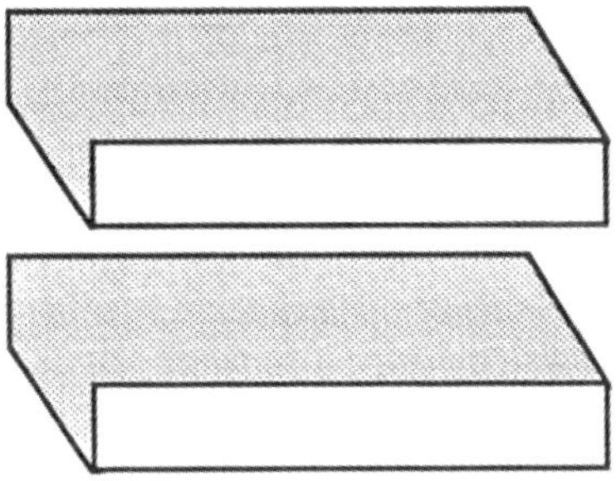

10.00

12.00

13.00

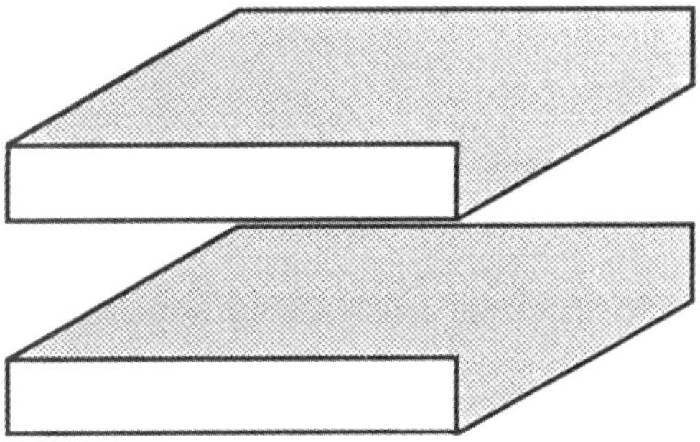

16.00

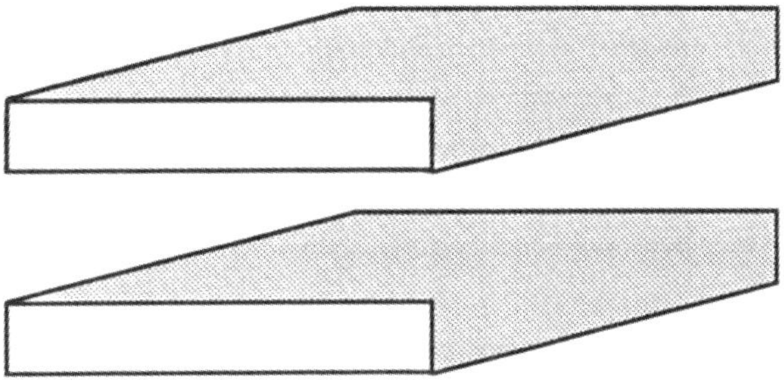

17.00

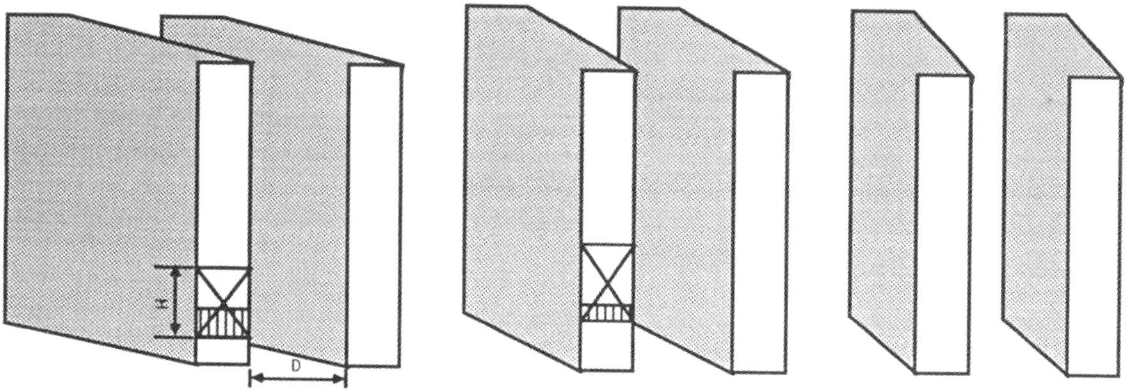

07.00 08.00 09.00

Fig. 23 C
Rue Nord-Sud
mi-avril — mi-août
Bâtiments orientés
Est-Ouest
D = 4H / 3

Correction :
D = 5H / 3
et plus d'ombre portée sur
le bâtiment voisin dès
avant 08.00 h et
jusqu'après 16.00 h.

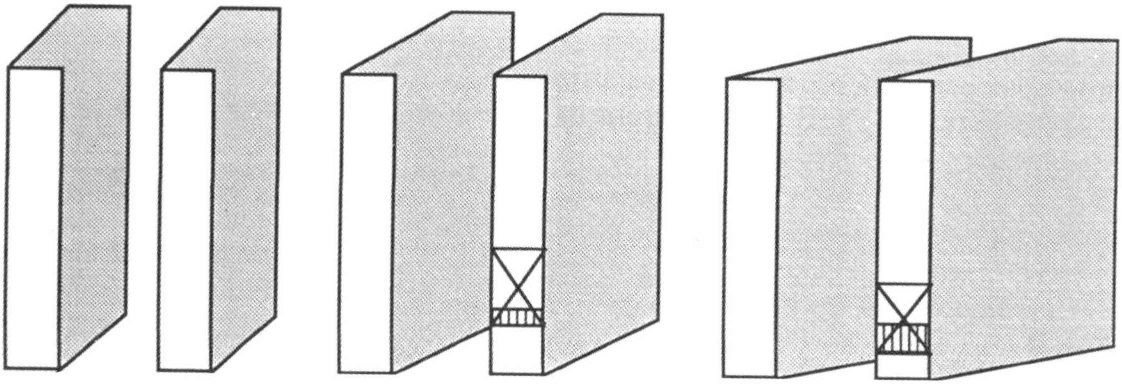

15.00 16.00 17.00

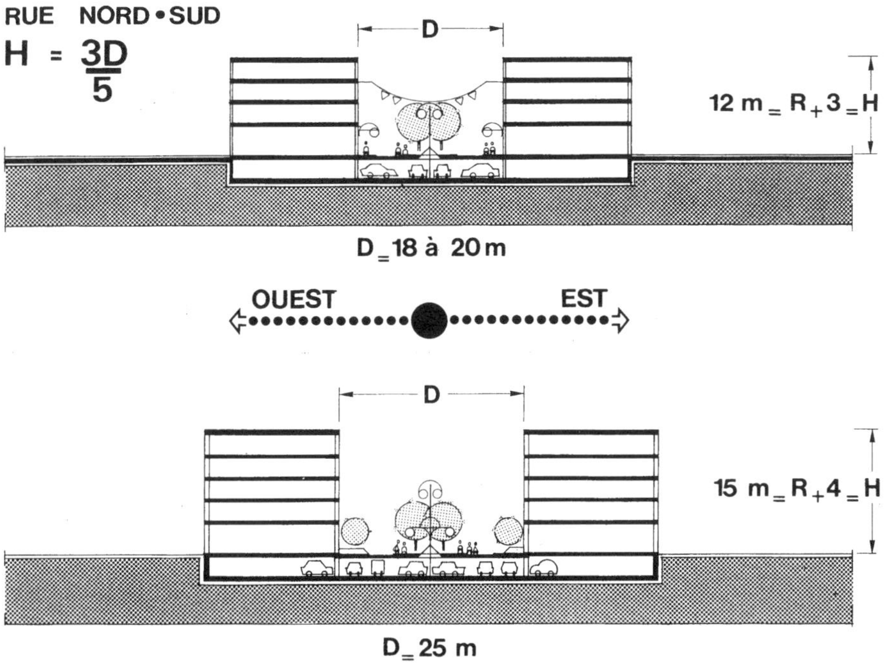
RUE NORD • SUD
H = 3D/5
D
12 m = R + 3 = H
D = 18 à 20 m
OUEST
EST
D
15 m = R + 4 = H
D = 25 m

Fig. 24

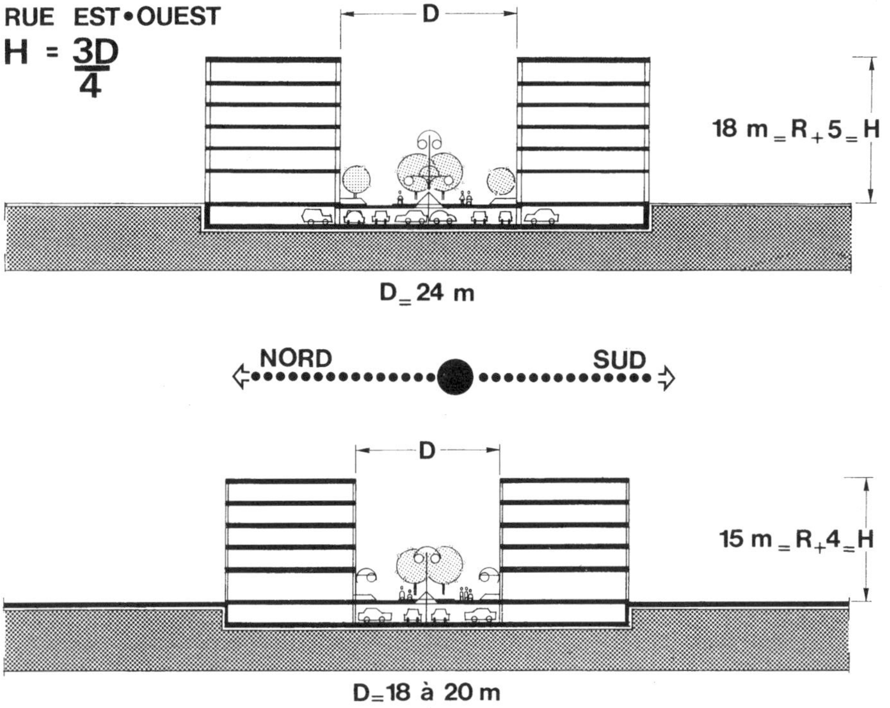
RUE EST • OUEST
H = 3D/4
D
18 m = R + 5 = H
D = 24 m
NORD
SUD
D
15 m = R + 4 = H
D = 18 à 20 m

Fig. 25

2.3. L'ordonnance

On limite habituellement le sens du terme «ordonnance» à la manière de composer les façades des bâtiments, de les disposer dans l'espace et plus étroitement encore : à la façon dont les trois ordres sont employés ou au nombre des colonne d'un péristyle.

Nous voulons étendre la portée du mot. Ne pas en restreindre l'application aux façades, mais le lier à l'élaboration et au développement de la ville, voire de la région urbaine, comme une impérative nécessité.

Nous tentons de montrer qu'on ne peut urbaniser sans ordonnance et que ceux qui ont cru le contraire ont créé le chaos. Ce dernier terme est ici employé dans un sens péjoratif. Or, ce qui est troublant, c'est que le chaos peut aussi engendrer un sentiment de bien-être, voire de stimulation extrême, qui conduit à souhaiter qu'on le perpétue.

La question essentielle à laquelle nous tâchons de répondre consiste à définir du désordre les limites qu'il est exclu de dépasser sans courir le risque de la démesure : celle de l'individu au détriment de l'organisation de la collectivité. Démesure de l'entropie, de la délinquance sous toutes ses formes, de l'insalubrité, de la corruption et de la dépravation, de l'inconfort au sens le plus large, de l'insécurité, du mal vivre.

A l'inverse, l'ordre extrême, systématique et totalement contraignant entraîne d'autres formes d'excès : restriction des libertés, restriction de l'expression et de la créativité. Ce qui entraîne une progressive réduction de l'imaginaire : monotonie, morosité, infinie répétitivité, stagnation économique et culturelle. Dès lors, l'individu est paralysé par l'emprise contraignate et démesurée de l'intérêt public (on ne peut évoquer de telles rétorsions sans penser à Kafka).

Le conte qui suit illustre ce qui vient d'être dit.

A main droite, au-delà des mers, vivent les «libertistes». Je décide, un jour, de rendre visite à ce peuple, à son pays. Après une longue traversée, je suis accueilli, à proximité du rivage, par une immense statue. Ce monument symbolique annonce : «Ici commence le pays de la Liberté.» La liberté étant une des aspirations fondamentales les plus profondes de l'homme, je me dis qu'une société dont elle constitue la finalité doit toucher à la perfection et ma curiosité en est excitée d'autant plus.

J'atterris sur les quais d'une immense métropole, sans doute la plus vaste au monde. J'apprends qu'à elle seule, elle caractérise parfaitement cette liberté dont s'enorgueillit le pays auquel elle donne accès.

L'architecture étant l'expression de toute société, je me dis que celle que j'ai sous les yeux doit traduire fidèlement les conséquences que la liberté a sur la société qui la prend pour finalité.

Je vois des bâtiments hauts, d'immenses gratte-ciel côtoyant de petites maisons, une église au clocher minuscule à côté d'une tour de 60 étages, de beaux édifices en face de bâtiments laids et vulgaires, une architecture splendide juxtaposée à la façade la plus miteuse, la beauté succédant à la laideur et inversement, l'énorme écrasant le minuscule, le richissime joint au plus pauvre, le moyen différant du médiocre, le noir, le blanc, le rouge et l'indéfinissable, juxtaposés en un tout impressionnant, chaotique, fabuleux, «magnifiquement catastrophique» (pour reprendre l'expression d'un célèbre architecte). Et les passants, dans la rue, sont de toutes sortes, de toutes races, de toutes origines, vêtus de tous les habits imaginables, personnels, individuels, différents, libres, mais totalement inégaux.

Je me dis : comment le côtoiement de tant d'extrêmes n'engendre-t-il pas le sentiment d'injustice? Comment l'inégalité portée au paroxysme est-elle supportable?

Car si les hommes aspirent profondément à être libres, il n'est pas moins vrai qu'ils naissent et sont inégaux : riche, pauvre, intelligent, stupide, sensible, rustre, candide, calculateur, honnête, malhonnête, bon, méchant, vertueux, vicieux, avare, généreux, soumis, dictateur, humble, vaniteux, blanc, noir, gai, neurasthénique, enthousiaste, défaitiste, courageux, lâche, etc. Donnez-leur la liberté, leur inégalité ressort.

Car si chacun s'exprime librement ou donne libre cours à son tempérament, à son talent, les différences entre individus s'accentuent. De sorte qu'apparaît, mise en évidence, cette inégalité implicite.

La liberté, en tant que finalité d'une société, engendre nécessairement, par la force de la nature humaine, l'inégalité entre ses membres. La liberté, c'est l'inégalité.

Fort de cette conclusion et m'étant laissé dire qu'à main gauche, au-delà des terres, vivent les «égalitaristes», je décide de leur rendre visite.

Quittant l'aéroport où je viens d'atterrir, un autobus m'emmène vers la capitale du pays.

Les bâtiments qui m'accueillent se ressemblent tous : même hauteur, mêmes façades, même architecture, même couleur, mêmes fenêtres, mêmes rideaux. Toutes les constructions paraissent émaner d'une seule et même idée : la répétition. Aucun excès, aucune fantaisie, aucune diversité, mais la monotonie de l'égalité.

Les personnes dans les rues sont à l'image de leurs bâtiments. Vêtus semblablement, sans chichis, sans luxe, souvent d'un uniforme uniforme, ils sont uniformes.

A peine sorti du véhicule qui me transporte, je questionne un passant. Il me répond à voix basse, apeuré, le regard scrutant à droite et à gauche je ne sais quel observateur indiscret. Brusquement il m'entraîne à l'écart, dans la pénombre d'une entrée. Poursuivant à mi-voix, il me dit : «Ici, monsieur, les citoyens sont tous absolument égaux, sans distinction. Or, pris individuellement, les hommes naissent inégaux, ce qui suscite en eux le terrible sentiment d'injustice. Une société bien équilibrée ne peut tolérer de tels écarts et la convoitise qu'ils engendrent. Pour vivre en commun, les hommes doivent être, ou du moins paraître, égaux. Quitte à ce que cette égalité leur soit imposée, puisque, de nature, ils sont inégaux. Et vous n'imposez rien sans contrainte, sans loi, sans police. Ici, la police veille constamment, surveille, réprimande, corrige et arrête ou déporte quiconque tenterait de se hausser au-dessus des autres, de se distinguer de quelque manière ou d'enfreindre la sacro-sainte égalité.»

«Mais vous n'êtes donc pas libres!» m'écriai-je. «Non, me répond-il, mais nous sommes égaux.»

J'en conclus que si la Liberté engendre l'inégalité, à l'inverse, l'Egalité efface toute liberté. Que choisir?

De retour dans mon pays, je lis sur son blason, inscrits en lettres d'or : Liberté, Egalité, Fraternité.

Conscients de l'impossibilité de concilier la liberté et l'égalité, les auteurs de cette devise ont ajouté la fraternité qui lie, allie, conglomère les deux sœurs ennemies par la transcendance de l'amour.

Mais dans une société où ce dernier s'efface, la contradiction ressort, implacable, qui très vite oblige à choisir entre la première, égale à l'air, ou la seconde, plate et rigide comme la terre.

Je vis dans un amalgame de pays, entre droite et gauche, sur la corde raide, entre deux abîmes. L'un se nomme Liberté, l'autre Egalité.

La vocation des vieux pays du centre n'est-elle pas encore de chercher à concilier l'inconciliable?

On peut associer cette confrontation à celle qui oppose individu et société.

La réflexion de Goethe à ce sujet et à propos du peuple allemand peut être généralisée à tous ceux de la planète : *Si remarquable dans ses individualités, si méprisable dans sa collectivité.* Cette dernière ne vaut pas la somme des personnes qui la constituent.

En soi, la masse est hideuse, la foule est effrayante et inhumaine, tant elle manque de discernement. La foule a condamné Jésus Christ et gracié Barabbas, le meurtrier. La foule se divertissait de la mort des chrétiens et autres humains dans les arènes romaines. La foule des manifestants, quels qu'ils soient, lynche, casse, écrase, tue. La foule portait Hitler aux nues tandis qu'il assassinait des millions d'êtres humains. Récemment encore, la foule a tué quarante personnes dans un stade de football.

Toutes les armées du monde, pour être plus efficaces dans leur mission dévastatrice de l'adversaire, sont conçues et structurées selon le modèle anonyme et dépersonnalisé de la masse : uniforme. Le port de l'uniforme exprime clairement l'objectif que l'on poursuit en le rendant obligatoire : «dépersonnaliser» les acteurs.

Transposées dans la ville, ces constatations portent sur les réalisations les plus carcérales, les quartiers les plus mornes de monotonie, les plus inhumains, qui furent érigés par et pour la masse anonyme dont les composantes sont chiffrées — dix mille logements pour cinquante mille habitants, par exemple — et numérotées — appartement nº, immeuble nº, rue nº, auxquels s'ajoutent les numéros d'immatriculation.

Dans certains pays, vous n'existez que si vous possédez votre «social security number». Sans cela, vous n'êtes qu'un étranger, un barbare ou une abstraction accidentelle.

Aussi longtemps que l'on construit la ville pour des collectivités anonymes, elle est anonyme, sans architecture, dépourvue d'âme, vide de sens, hideuse, à l'image de la foule.

Les défenseurs des masses prolétariennes ont eu le tort, sans exception, de négliger le prolétaire, sa personne, son identité, son intimité. Or, à l'instar de toutes les autres, ce n'est pas la masse d'indigents qui est misérable, mais chaque être humain qui la constitue.

Les mesures qui consistent à résoudre les problèmes globalement ne sont la source d'aucune solution durable pour chacun. Tôt ou tard, l'individu se rebiffe, réagit, retombe dans la misère d'une autre sorte : morale.

La plupart des grands ensembles qui furent construits pour les populations des bidonvilles sont un peu plus hygiéniques, mais moins humains et moins bien adaptés à leurs habitants que ces derniers, avons-nous constaté.

Car les bidonvilles sont érigés par leurs occupants pris individuellement et leurs formes diversifiées, hétéroclites, expriment la personnalité de chacun. Chaque être humain y trouve sa place à sa mesure, toute misérable qu'elle soit. Dans les grands ensembles, chaque habitant y trouve la place d'un autre, inconnu, ou de quiconque voudrait la prendre.

Ainsi que nous l'avons écrit précédemment dans cet ouvrage, on trouve la solution philosophique de cette alternative qui oppose les effets de la liberté individuelle à ceux de l'égalité collective dans le *jeu combinatoire transdisciplinaire* dont parle Edgar Morin et qui régit toute société humaine dans sa complexité, sans raccourcis simplificateurs.

Nous l'avons dit, ce système qui concilie l'ordre, le désordre, les interactions et l'organisation, vise, sans jamais l'atteindre, l'objectif de l'«unitas multiplex», sorte de perfection inaccessible mais souhaitée, dont s'approchent ici et là quelques architectures.

C'est là le sens de l'ordonnance appliquée à la ville : elle est le facteur sublimant qui formalise les espaces urbains en un tout à la fois cohérent et riche par sa diversité. Parce qu'elle allie l'ordre et la fantaisie, le fini et l'infini, le rationnel et l'irrationnel, elle rythme d'imaginaire le cadre de vie.

Par cette vertu de synthèse, l'ordonnance offre à l'humane l'un des objets essentiels de son identification : le milieu qui transcende l'esprit.

Transposée en architecture, cette notion peut suivre deux orientations de principe distinctes ou s'inscrire dans les deux schèmes alternatifs suivants : 1) le schème licencieux ; 2) le schème ordonnateur.

La réunion des termes de cette alternative, de même que ce qui vient d'être dit, relève du principe de Kant qui combine *plus d'ordre avec davantage d'imagination ou d'invention* et dont la musique, par exemple, est une bonne illustration : l'ordre y est représenté par la mesure, le rythme et les règles qui président à la composition et à l'intérieur desquelles l'auteur donne libre cours à sa fantaisie.

Le schème licencieux

A la lecture, le titre paraît contredire le concept d'ordonnance que traite le présent chapitre. Ce n'est qu'une apparence. Le terme «licencieux» est l'adjectif du mot «licence», venant du latin «licentia» qui signifie la liberté d'agir. C'est ce premier sens que nous retenons.

L'architecture licencieuse résulte de la totale liberté de faire dans les limites de la technologie.

Si l'on se réfère aux principes énoncés plus haut, l'ordre émane de l'unité que confère à l'objet la simplicité des matériaux et de la mise en œuvre, tandis que la fantaisie est le reflet des besoins et aspirations de l'usager auxquels s'ajoute l'inspiration du maître de l'œuvre.

On trouve les meilleurs exemples de cette architecture dans les villages ruraux les plus traditionnels, où qu'ils soient et tant qu'ils sont dans le monde.

Les ensembles de constructions en pisé qui s'intègrent aux déserts, les innombrables agglomérations de huttes des régions tropicales, les hameaux jusqu'aux villes faites de pierres sèches ou de madriers dans les régions montagneuses, les cités méditerranéennes entièrement crépies à la chaux, blanche ou teintée, et tous les villages que la révolution industrielle a épargnés sont autant d'illustrations de l'«unitas multiplex», celle à laquelle conduit la subtile combinaison de l'ordre qu'impose une technique limitée, avec le désordre qu'entraîne la juxtaposition des besoins humains librement exprimés.

Cette liberté totale n'est possible qu'en vertu du dénuement des moyens qui la compense ou la canalise en quelque sorte. C'est elle qui pourtant ressort et imprime aux personnes qui en jouissent le bien-être et une sorte de bonheur, celui qui résulte d'une meilleure qualité de l'espace consacré à la vie, comme le relève Mario Botta.

L'ordonnance du domaine bâti, selon le schème licencieux, dépend de l'équilibre entre le rationnel qu'impose une technologie prévisible parce que traditionnellement maîtrisée, et l'irrationnel des aspirations humaines les plus diverses et imprévisibles (fig. 26).

Le schème ordonnateur

Lorsque la liberté d'agir n'est compensée par aucune force intrinsèquement génératrice d'ordre ou d'unité, on doit, de ceux-ci, créer les facteurs, de toutes pièces.

Ainsi, déjà à la Renaissance, la ville, dont la technologie trop riche ne suffit plus à garantir l'unité en tant qu'élémentaire cohérence, comporte d'autres agents de son ordonnance. L'ensemble de ces agents émane de ce que nous intitulons le schème ordonnateur.

Le fait qu'à la Renaissance, l'humane ait ressenti le besoin de réhabiliter les canons et les ordres de l'antiquité, n'est ni un hasard ni un caprice culturel. Il répond à la nécessité de canaliser les formes et les expressions que la maîtrise des techniques du moment tend à libérer inconsidérément, au risque de provoquer le chaos architectonique. Les derniers exemples flamboyants des réalisations gothiques illustrent cette tendance. Le phénomène culturel dont l'architecture subit aujourd'hui l'influence est semblable à celui de la Renaissance. On commence à maîtriser les nouveaux outils, les procédés et les méthodes modernes de la construction. Cette habileté ouvre largement la porte à une infinité d'expressions dont la juxtaposition touche au paroxysme du désordre.

L'*ordonnance prescrite* constitue la seule arme contre cette anarchie formelle. Que l'on fixe rigoureusement le gabarit d'une rue, ainsi que l'alignement et le nombre des bâtiments qui la composent. Les architectures de ces derniers apportent la fantaisie qui compense la rigueur volumétrique et rythmique imposée. Dans ce cas, la richesse d'expression résulte de l'imagination et du talent des architectes, ainsi que de la multiplicité des moyens techniques, tandis que l'ordre émane du canevas ou de l'enveloppe à quatre dimensions qui règle la construction.

Ainsi, le schème ordonnateur procède du phénomène inverse de celui qui détermine le schème licencieux. Ce dernier trouve son facteur d'ordre dans la technique, sa dose de fantaisie et de variété dans la volumétrie, tandis que l'autre exprime la diversité par la technologie et l'unité par la volumétrie. Tous deux aboutissent à de bons résultats dans la mesure où ils reflètent l'«unitas multiplex» dont nous avons fait état.

Les autres démarches, tant architecturales qu'urbanistiques, celles qui s'écartent nettement des deux schèmes ci-dessus décrits, engendrent tantôt le chaos, tantôt l'excès de monotonie.

Tant le schème licencieux que le schème ordonnateur procède du dosage subtil et mesuré d'ordre et de désordre, de rythme et de fantaisie, de rationnel et d'irrationnel, de fini et d'infini. Ils sont à l'image de l'humane (fig. 26 et 27).

Fig. 26 (à gauche)
Rue d'un village rural d'Europe occidentale : sa volumétrie et son architecture sont licencieuses.

Fig. 27 (à droite)
Rue construite selon une ordonnance prescrite : l'architecture pourrait constituer l'unique fantaisie qui compense la rigueur volumétrique et rythmique imposée.
(double fac-similé d'une façade construite pendant la Restauration à Genève - 1827/1833)

2.4. La notion de mixité[39]

Aux considérations formelles qui précèdent, nous ajoutons la notion d'affectation du sol dont le nouvel objectif idéal peut être ainsi énoncé : *allier l'unité de lieu à toutes les fonctions*. A l'instar de la cité médiévale ou du village rural, on peut exiger que la ville tende à réunir, dans des périmètres de dimensions et d'échelle adéquates, la plupart des activités quotidiennes que l'homme accomplit et que les auteurs de la Charte d'Athènes ont énumérées en les simplifiant : habiter, travailler, se reposer, se divertir, circuler, etc.

Cette dernière fonction a pris, dans la région urbaine d'aujourd'hui, des proportions démesurées. L'humane consacre, chaque jour, une ou deux heures en moyenne à se déplacer, et même jusqu'à trois ou quatre heures dans les grandes métropoles comme Londres, Paris, Tokyo, New York. Tandis qu'il accomplit cette tâche, il est généralement inactif. Il l'est physiquement, car, dans la plupart des cas, il emprunte un véhicule et ne marche pas, ou peu. Il l'est professionnellement, sauf rares exceptions. Il l'est socialement, car, même dans les voitures de transport public, il demeure isolé dans la foule anonyme.

La durée de déplacement est un temps mort, une parenthèse dans la vie quotidienne, un moment peu propice aux sublimations existentielles. Cette situation résulte du cloisonnement et de la dispersion des activités que l'humane accomplit chaque jour. Ce dernier a pourtant démontré qu'il est non seulement capable mais désireux de les synchroniser, de les organiser dans le temps et dans l'espace de façon plus subtile et plus adéquate. Chacun admire, non sans nostalgie, la qualité de vie que favorise un village rural. Or, cette vertu résulte précisément

39 Le mot «mixité» n'existe pas en français. On trouve «mixtion», «mixture» et «mixage» dans certains dictionnaires. Nous leur préférons le néologisme tiré de l'anglais «to mix» qui signifie mélanger, qui est plus général et propre à exprimer la notion de mélange d'activités, que les autres termes traduisent mal : les premiers s'appliquent principalement à la pharmacie ou simplement à des corps chimiques, et l'autre aux bandes sonores et aux films cinématographiques, plutôt qu'à des personnes.

du phénomène inverse de celui que tend à instituer la Charte d'Athènes en divisant en zones l'affectation du territoire. Dans un village, les activités humaines sont groupées, voire confondues. Chacun travaille et se détend où il habite. Cette diversité de tout instant, orchestrée dans le temps, est source de bien-être et de savoir-vivre. Le cloisonnement spatio-temporel des comportements quotidiens engendre, au contraire, des troubles psychologiques et sociaux qui caractérisent les populations qui le subissent : recrudescence de la délinquance dans les cités dortoirs de la banlieue des grandes villes, «stress» des mouvements pendulaires pluri-quotidiens provoqués par la distance qui sépare le domicile du lieu de travail, violence libératrice et compensatoire dans les lieux affectés aux loisirs et à la détente, tels que salles de concerts «pop», stades de football, etc.

La plupart des lois en matière d'aménagement du territoire perpétuent le concept de cloisonnement et de dispersion des affectations. Les législateurs paraissent avoir omis de se poser préalablement le problème de fond : quel aménagement pour quel mode de vie?

On inverse fréquemment l'ordre des choses, en élaborant les moyens avant de connaître les buts. On considère ceux-ci comme acquis, tandis que les faits montrent le contraire.

Il est vrai que toute loi décrit ses propres objectifs. Nous pouvons ainsi lire en l'occurrence, à titre d'exemple, dans une récente loi sur l'aménagement du territoire : *assurer l'équilibre entre l'habitat, l'artisanat, le commerce, l'administration tant publique que privée et les secteurs de détente*. Mais les moyens qu'elle propose pour atteindre ce but, à savoir, notamment, la division des activités, débouchent sur un déséquilibre d'une autre nature.

D'une part on vise une juste répartition des affectations dans l'espace, et, de l'autre, on suscite les désordres qu'engendrent la spécificité exclusive de chaque secteur et les passages incessants de l'un à l'autre.

Cette situation résulte de l'organisation de la société en général et de celle du travail en particulier, car de ce dernier dépendent les autres fonctions.

Le *travail à domicile ou à proximité du lieu de résidence* constitue l'objectif salutaire idéal que désormais toute société urbaine doit se fixer. Pour l'atteindre, elle peut commencer par prendre des mesures d'encouragement ou, le cas échéant, de dissuasion. L'aménagement du territoire compte parmi celles-ci, dès lors que le principe de mixité est non seulement énoncé dans ses finalités, mais aussi traduit par les moyens mis en œuvre.

Nous l'avons vu, le perfectionnement des télécommunications devrait aussi contribuer à atteindre ce but.

Enfin, le développement de l'automation et des ordinateurs modifiera les concepts de production de manière que celle-ci ne nécessite plus l'intervention massive de la main-d'œuvre en lieux spécifiques.

A ces facteurs s'ajoute le confort ou le mieux-vivre qu'implique le travail près du domicile. Dès que les conditions ci-dessus énoncées seront réunies, la tendance prendra corps. Qu'elle se développe, puis se généralise, l'agglomération urbaine cédera le pas à la *région des communautés*.

Les qualités sociales attachées au village traditionnel, à la cité antique ou, encore récemment, à certains quartiers de ville apparaîtront progressivement partout où les humanes, dans leur majorité, habiteront, travailleront, se délasseront et exécuteront la plupart de leurs activités vitales dans un rayon géographique à l'échelle du piéton. Dès lors, le trafic automobile sera principalement consacré aux fonctions d'exception et son volume se stabilisera. Il constituera l'une des principales connexions physiques entre les communautés. Celles-ci occuperont le territoire selon un découpage politico-démographique plus équilibré ou mieux réparti que le puzzle des communes. Car si celui de la campagne doit être maintenu, tant il est intégré, celui des grandes agglomérations doit être modifié, étant démesuré. Ainsi, par exemple, les communes de Paris ou de New York sont-elles disproportionnées et leur gestion socio-politique inapte à l'épanouissement et à l'identification de chaque habitant. Pour cette raison, la misère que l'on rencontre dans ces villes est plus morale que matérielle. Car l'individu s'y sent isolé dans la foule. Il ressent la solitude, faute de pouvoir s'identifier et être identifié. Il ne participe guère aux décisions. Il se sent comme tenu à l'écart du pouvoir.

Les villes de plus de 10 ou 15 000 habitants devraient être subdivisées en quartiers politiquement autonomes, que l'agglomération grouperait en une *confédération municipale*. Celle-ci aurait pour fonction de coordonner et de superviser la gestion et l'administration des communes ainsi reconstituées. La création de nouvelles municipalités, au fur et à mesure du développement et de l'accroissement de la région urbaine, devrait être aussi fréquente que nécessaire.

La division politique du territoire est aujourd'hui figée à tort et en dépit de l'augmentation de la population et du domaine bâti. Il convient de l'adapter en conférant à chaque entité autonome les dimensions qui sont à la mesure de l'humane et se prêtent à son identification et à son insertion socio-politique. Car la trop grande, l'immense ville est inhumaine.

C'est pourquoi il est impératif de réorganiser les grandes agglomérations dans le sens qui vient d'être développé. Cette restructuration conditionne l'application du principe de mixité que nous avons retenu comme facteur d'équilibre social et de bien-être personnel.

3. Le maître de l'œuvre

Nous ne reviendrons pas sur les facteurs socio-politiques, économiques et culturels qui contribuent à l'élaboration de la ville, puisque nous en avons abondamment parlé dans le chapitre de la sociogenèse.

En revanche, nous jugeons utile de consacrer quelques lignes à celui qui constitue l'instrument vivant ou l'interprète que la société des humanes utilise pour concevoir son cadre de vie et en mener à chef la réalisation. Nous ne prétendons pas évoquer en quelques paragraphes tous les aspects de cette fonction clé. D'autres l'ont fait mieux que nous. Nous nous contentons de la situer brièvement dans le contexte contemporain.

En guise d'introduction dont le ton provoquant a pour but de révéler un problème ou, du moins, un malaise, nous présentons ci-après un article que nous avons publié dans un quotidien sous le titre *Je dénonce*.

Je dénonce la rétorsion, l'intimidation, dont sont l'objet les architectes, bons ou mauvais.

Les maîtres d'ouvrage ne choisissent plus leur mandataire selon des critères qualitatifs.

Les commissions consultatives et autres organes des pouvoirs publics exercent une pression paralysante sur ceux qui conçoivent et réalisent le domaine bâti.

La société n'est plus capable de choisir ses artistes et ceux-ci n'ont plus la liberté de s'exprimer dans l'intérêt général; ils n'en ont souvent plus la compétence.

Chaque citoyen juge selon son goût, bon ou mauvais, avec son bagage de culture et d'inculture, sa sensibilité, sa sensiblerie, ses idées originales et celles qui sont toutes faites, sa connaissance et son impéritie. L'architecte doit le convaincre, lui et les autres, un à un.

Plus l'architecture fait défaut, plus s'épanouit l'«architectocratie» exercée par chacun.

Des personnes se groupent afin de mieux imposer leur façon de voir à ceux qui entreprennent. Ces derniers ont les pieds et les poings liés. Mais en dépit de cela, ils courent un marathon sous les quolibets de la foule.

Je dénonce la barbarie généralisée qui fleurit et s'étend sous le couvert de la bureaucratie, de la technocratie et des idéologies.

Je dénonce l'illusionnisme des idéologies. Car elles cachent à l'homme l'essentiel de son être, les fondements de sa per-

sonne, au profit des préoccupations matérielles.

Elles remplacent la culture par la culture-physique.

Elles subordonnent l'esprit au corps.

Elles font croître l'arbre — une sorte de pin quotidien — qui cache la forêt de l'âme et des sentiments profonds.

La société qui se contente de ces illusions sombre dans l'incohérence.

Je dénonce l'incohérence.

Celle qui pénalise les bons autant que les mauvais.

Celle qui soutient les salauds contre la veuve et l'orphelin.

Celle qui crée l'injustice en se conformant à la justice.

Je dénonce l'imbécillité de ce conformisme, l'ignominie de l'assassinat qu'encourage l'impunité.

Je dénonce le vide spirituel d'une société qui vend son âme, quitte à la perdre.

Mais je salue la poésie, toujours très discrètement présente; celle qu'aucun monstre ne parvient à éteindre, si puissant soit son souffle.

Cette poésie, qui la façonne? Qui l'insère çà et là dans la construction?

— Tantôt le maître de l'œuvre, tantôt l'usager, au gré des opportunités ou selon des pratiques plus ou moins empiriques.

Les mécanismes qui président à l'élaboration du domaine bâti sont régis par les besoins, d'une part, et par les moyens que l'on a de les satisfaire, d'autre part.

Ces derniers sont divers et impliquent une succession de choix ou d'options que prennent tous ceux qui participent de façon décisive à l'acte de bâtir; et ce ne sont pas seulement les architectes.

On peut définir la société d'aujourd'hui en la comparant. Pour des raisons pratiques, nous nous limitons au monde occidental, ainsi qu'à l'essentiel.

Avant le XIXe siècle, les pays ont une structure monarchique et oligarchique avec des séquelles féodales. L'architecture de ces temps-là, par sa perfection et son raffinement très répandus, est l'image de la société élitaire qui la produit.

Pour un nombre restreint de personnes, l'art est un moyen essentiel d'expression, de création; il est l'instrument qui permet d'afficher ses qualités morales et culturelles, de mettre en valeur sa richesse, son rang, de s'affirmer socialement, voire politiquement.

Or, depuis le Révolution française (pour prendre une date), le monde occidental se nivelle à mesure qu'il se démocratise. Marqué par l'émancipation des masses, il perd son caractère oligarchique. La culture se répand largement, atteignant toutes les couches de la population. Elle se dilue à mesure qu'elle s'étend, se vulgarise, se transforme, subissant une mutation radicale des valeurs. L'architecture contemporaine, fidèle à son rôle traditionnel d'expression de la société qui la produit, reflète cette large diffusion ou expansion socio-culturelle.

Parmi les conséquences de cette dernière, nous retenons notamment le progrès scientifique ou le développement sans précédent de la connaissance. Dans le domaine de la construction, le phénomène s'applique à la technologie dont l'enrichissement ou la «diversification» révolutionne l'architecture, ainsi que nous venons de le voir.

Nous avons relevé qu'il y a cent ans, dans un village, on construisait l'«enveloppe» de tous les bâtiments avec une demi-douzaine de matériaux : maçonnerie crépie, bois, verre, tuiles plates, fer pour la serrurerie et zinc pour la ferblanterie.

Aujourd'hui, dans le même village, on dénombre plus de cinquante matériaux différents, parmi lesquels six (autrement dit, le nombre de ceux qui constituaient autrefois le tout) se rapportent à la seule ferblanterie. Cet exemple illustre l'«explosion technologique» que nous avons évoquée dans le chapitre précédent.

La dilution du pouvoir de décision constitue, par ailleurs, un des corollaires de l'expansion socio-culturelle dont nous venons de faire état.

Les moyens de construire n'appartiennent plus à une élite en nombre restreint, mais à la plupart des citoyens. Or, ces moyens sont rarement accompagnés du bagage et de la maturité indispensables à l'accomplissement des œuvres de qualité. La personne se réfère à des images et à des poncifs révolus qu'elle adapte tant bien que mal à ses besoins et qu'elle vulgarise. Le toit de chaume breton apparaît dans un village méditerranéen, telle façade de pierres cache une structure métallique, tel appareillage de briques est en plastique, telles pièces de charpente sont postiches. Cette sorte d'aberrations culturelles répand ses effets un peu partout, sans retenue ni vergogne.

En résumé, le désordre architectural d'aujourd'hui résulte de la combinaison des deux phénomènes que nous venons de décrire, à savoir, d'une part, l'explosion technologique offrant d'infinies possibilités d'expression dont la juxtaposition crée la disparité, voire le chaos, et, d'autre part, la dilution du pouvoir de décision qui a pour effet de diversifier les motivations culturelles, politiques, économiques et sociales, dont l'architecture est l'expression.

Dès lors se pose la question de savoir quel est le rôle du maître de l'œuvre. N'est-il qu'un instrument — de plus ou moins bonne qualité — dont se servent les membres de la société contemporaine? Quelle responsabilité a-t-il? Autrement dit : quelles sont les limites de son pouvoir autant que celles du contexte dans lequel il travaille?

La simple et traditionnelle coopération entre le maître de l'œuvre et le maître de l'ouvrage, pris l'un et l'autre en tant qu'individus, ne contient plus que rarement tous les rouages de l'élaboration d'une construction; elle ne réunit plus les moyens nécessaires à la réalisation; elle est devenue anachronique.

Le maître de l'ouvrage ou «client» — sauf pour des maisons individuelles qui ne constituent qu'une part infime du domaine bâti — se présente généralement sous la forme d'un groupe de personnes, qu'il s'agisse des partenaires d'une opération à but lucratif, d'une commission de construction désignée par une instance publique ou du conseil d'administration d'une société réalisant son siège, une usine, une succursale.

Le maître de l'œuvre, lui aussi, se présente rarement seul, mais en un collège de spécialistes, tels qu'architectes, ingénieurs de diverses disciplines, technicien, programmeur, coordinateur, entrepreneur général, etc.

L'objet qui résulte du travail de ces groupes de personnes subit, en outre, des influences externes provenant d'instances publiques. Agissant au nom des collectivités, ces organismes préavisent, orientent, et finalement conditionnent les projets qui leur sont soumis. Ils portent des noms tels que commissions consultatives d'architecture, d'urbanisme, des monuments et des sites, de services divers, etc.

Si le rôle et l'influence des personnes qui participent de façon décisive à l'acte de bâtir sont inégaux, leurs motivations, si diverses soient-elles, ont ceci de commun qu'à une ou deux exceptions près, elles n'ont que rarement trait à l'architecture ou, du moins, à une conception claire de celle-ci. Or, s'il n'est pas nécessaire que cette discipline préoccupe les responsables de tous les services publics, il est insuffisant qu'elle ne soit l'apanage que du seul architecte. Si elle était une fin en soi, elle concernerait tout le monde. Mais elle passe aujourd'hui au second plan des préoccupations de la plupart des constructeurs.

L'entreprise qui réalise son siège ou une succursale est motivée par la fonction — ou le bon fonctionnement —, le rendement ou l'économie, éventuellement l'hygiène, au sens large.

Lorsque les pouvoirs publics réalisent une construction, ils en justifient le coût par des arguments concrets qui s'inspirent de l'utilité, de la nécessité, des besoins, et de tout ce qui est quantifiable.

Il est enfin évident que le profit et tous les facteurs commerciaux prévalent dans une opération immobilière lucrative.

Force est donc de constater que l'architecture, en tant que finalité d'une construction, n'a plus que rarement la primauté. Le maître de l'œuvre, qui en a la sauvegarde — ou qui est supposé l'avoir —, se trouve isolé. Il est vrai qu'il conçoit encore et continue de prendre le crayon pour dessiner. Mais son travail d'élaboration est fortement conditionné par le programme, le contexte économique et social, les lois et règlements, la politique, les impératifs techniques. Le responsable du projet se trouve ainsi fréquemment dans la situation d'un athlète auquel on aurait lié chevilles et poings. En tant qu'instrument de la société contemporaine, il en subit les influences, et s'il se pose en défenseur d'une architecture novatrice, quoiqu'intégrée, et de ses valeurs transcendantes, il rencontre peu d'écho, perd pied, et elles avec lui. A cette constatation d'échec relatif s'ajoutent les effets du nivellement culturel auquel nous avons fait allusion tout à l'heure.

Qu'il nous soit permis de citer ici cette réflexion bien connue de Kiesler : *L'architecture est l'art de rendre le superflu nécessaire; bâtir sans elle, c'est rendre superflu le nécessaire.*

Cette pensée nous permet de mesurer le chemin qui reste à parcourir.

A cette qualité transcendante que l'on voudrait redonner à toute construction, nous opposons celle que Le Corbusier préconisait lorqu'il disait : *La maison est une machine à habiter.* La phrase a fait son chemin. Elle a révolutionné l'architecture; elle l'a tuée en tant que décor significatif du milieu dans lequel nous vivons.

Révolutionnaire, prophétique, elle annonçait une réalité en puissance : la maison est bel et bien devenue une machine à habiter. Une machine telle que notre société de technocrates, motivée par la seule économie, a voulue, construite et continue de réaliser.

Que l'humane élève ses motivations de manière que ses finalités dépassent le niveau du lucre et de l'économie. Alors, alors seulement, l'architecture quittera le langage strictement utilitaire pour des expressions plus universelles. Mais en admettant qu'elle devienne à nouveau une finalité en soi, il n'est pas certain que ceux qui la font soient capables, du jour au lendemain, de la porter au niveau souhaité.

Seule une lente formation des esprits et des goûts devrait permettre d'atteindre un jour cet objectif idéal. Car une telle élévation n'est possible qu'au prix d'une vaste prise de conscience collective suivie d'une longue maturation.

Parvenue à ce stade, la société se procurera les instruments — dont les maîtres d'œuvres — capables de concevoir et de réaliser les ouvrages répondant à ses besoins et à ses aspirations.

4. Interprétation formelle

Nous achèverons cet ouvrage par un certain nombre de propositions concrètes que nous réunissons sous le titre d'«interprétation formelle» et qui illustrent quelques-unes des théories élaborées précédemment dans ce livre et, plus particulièrement, dans le chapitre consacré à la «composition».

La structure que nous prenons pour modèle est celle d'une grande ville que le tracé subdivise en secteurs à l'échelle du piéton, selon une trame de circulation dont l'originalité réside en ce que le trafic automobile fonctionne à la fois sur un plan (sans dénivelés) et sans feux de croisement.

Nous considérons cette dernière particularité comme un avantage insigne que nous avons pris pour hypothèse de travail. Nous l'avons instaurée en axiome dès que nous avons trouvé la géométrie qui en permettait l'application sans contorsions prohibitives.

Cette méthode empirique s'inspire du modèle cybernétique, en ce sens qu'elle se développe en fonction d'objectifs clairement établis et que nous nous sommes efforcé de décrire dans les chapitres qui précèdent.

Ces objectifs, nous les résumons ici très succinctement :

— *Répartir le territoire de la région urbaine en communautés socio-politiques autonomes dont les dimensions et le nombre d'habitants, ou d'usagers, sont mesurés de manière à favoriser de chacun l'épanouissement, l'identification et l'insertion sociale.*

Cela revient à

— *Créer une commune fédérale, ou macrocommune, et la subdiviser en secteurs politiquement autonomes dont les dimensions sont à l'échelle du piéton et dont l'affectation répond au principe de mixité.*

— *Conférer à l'ensemble un tracé, les canevas et les ordonnances, et instituer, dans les limites qu'ils imposent, la liberté d'expression. La combinaison de ces deux principes conditionne l'«unitas multiplex» idéalement visée.*

— *Relier les secteurs entre eux par un réseau de voies de circulation de trois sortes : 1)* primaires, *à grande vitesse (autoroutes); 2)* secondaires, *à vitesse moyenne (50 km/h maximum); 3)* de desserte, *à petite vitesse (30 km/h maximum). Le réseau est complété par des zones d'échange, couramment appelées «parking», station de transports publics, aire de service, etc.*[40]

Nous admettons comme hypothèse de travail que le secteur économique de production (le secondaire) est «propre» et silencieux. Les humanes qui y travaillent méritent qu'on les épargne de ses nuisances autant que ceux qui n'y pénètrent pas. Le XXIe siècle ne tolérera pas ce traitement inégal. Le progrès technique aidant, on ne cesse de combattre avec un succès croissant la pollution sous tous ses aspects.

Mais la tâche n'est pas achevée, tant s'en faut. Il faut encore davantage non seulement «salubrifier», mais embellir et humaniser les usines et tout le secteur de production, afin de pouvoir l'insérer dans le canevas urbain plutôt que de l'isoler dans des ghettos industriels.

---

40 Certains urbanistes distinguent sept voies de circulation, parfois davantage, selon leur importance et leur caractère, à savoir, par exemple :

V1 Autoroute, réservée à certaines catégories de véhicules.

V2 Voie express de caractère autoroutier, proche des agglomérations, réservée à certaines catégories de véhicules et comportant des embranchements relativement proches les uns des autres.

V3 Route ou artère à grand trafic, d'importance nationale.

V4 Route ou artère à grand trafic, d'importance locale ou régionale.

V5 Voie de desserte.

V6 Voie d'agrément.

V7 Voie réservée aux piétons.

On sait par ailleurs que les infrastructures accroissent leur degré de sophistication en fonction de l'importance de la ville qu'elles équipent. Ainsi, par exemple, le métro souterrain est-il encore aujourd'hui l'apanage des métropoles de plus d'un million d'habitants au moins.

Les solutions que nous proposons varient donc relativement à l'importance de l'agglomération à laquelle elles sont destinées. Nous ajoutons pour terminer que la finalité que nous poursuivons consiste à rendre à la cité les fonctions politiques, sociales, économiques et culturelles qu'elle avait jusqu'à l'orée du XXe siècle.

Redonner à la ville ces qualités qui transcendent le corps et l'esprit, et l'adapter sans cesse au conditionnement qu'imposent les progrès technique et scientifique.

4.1. Le tracé octogonal

D'une manière générale et en dépit des observations les plus révélatrices et les plus criardes, les urbanistes — ou aménagistes — et les autorités sous-estiment très fréquemment le rôle d'une autoroute ou d'une voie importante nouvellement créée, et son impact sur le développement de la région qu'elle traverse. Pour des raisons politiques, parfois écologiques, on se berce de l'illusion que des lois et des règlements préserveront de l'urbanisation les zones vierges que touche la nouvelle artère.

Mais la réalité démontre qu'à ses embranchements routiers, d'abord, les terrains constructibles sont relativement vite saturés. Puis, sur pression de la demande, des secteurs adjacents et inoccupés sont déclassés par petites tranches. Ce «grignotement» progressif ne comporte généralement aucune vision ni plan d'ensemble. Il en résulte un aménagement et une architecture hideux et cahotiques.

Toute nouvelle voie de communication importante — a fortiori une autoroute — implique de planifier avec la plus grande rigueur le développement de la région qu'elle dessert. Ceux qui négligent cette règle essentielle provoquent, à moyen ou à long terme, le désordre urbanistique et architectonique. Cette règle s'impose lorsque l'on crée le réseau d'artères qui constitue la trame d'une agglomération.

Cette résille est génératrice d'ordre. Son efficacité dépend de son adaptabilité, de ses dimensions, de sa géométrie.

Le tracé de la ville que nous concevons est octogonal. Car, de toutes les trames géométriques ou schématiques, l'octogonale est celle qui permet le mieux de résoudre le problème de la circulation automobile sur un plan et, par conséquent, le plus économiquement possible, sans feux de croisements.

Le choix de cette forme résulte de la recherche théorique, dont l'objectif peut être formulé en ces termes : trouver le moyen le plus simple et le plus efficace d'écouler le trafic des véhicules et donc des personnes, sans arrêts alternatifs ni dénivelés coûteux et inconfortables, ou insalubres.

Nous faisons de la solution de ce problème la condition essentielle préalable au bon fonctionnement de toute agglomération. Car, nous l'avons vu, la circulation est à l'origine de toutes les cités. Elle en constitue la génératrice, avant d'en être l'organe régénérateur, vital. Elle est à la ville ce que le système cardio-vasculaire est au corps humain.

Suivant le tracé orthogonal classique et très répandu, les véhicules pourraient ne jamais s'arrêter aux croisements de rues s'ils roulaient de front, à la même vitesse, à une distance constante et suffisante les uns des autres, et si un cerveau réglait l'ensemble de manière que tous les cisaillements s'opèrent sans exception dans les vides ainsi ménagés.

Ce conditionnement du trafic, à l'évidence, est irréalisable. Bien qu'un ordinateur puisse commander et coordonner les feux de croisement, il ne peut en revanche pas maîtriser la vitesse des automobiles ni la distance qui les sépare, et encore moins leur nombre et ses fluctuations.

Au XIXe siècle déjà, on a pourtant observé que le cisaillement pouvait s'effectuer linéairement sur une longueur d'artère proportionnelle à l'allure des voitures. A cette fin, on a créé de vastes ronds-points, dont celui de l'Etoile, à Paris, compte parmi les plus connus.

Des villes comme Canberra ont été conçues selon ce principe circulatoire. Il s'est avéré qu'il est adapté aux fiacres, au nombre relativement modeste d'entre eux et à la vitesse du cheval.

En revanche, la trame résultant de la juxtaposition ou de la combinaison de ronds-points et de voies radio-concentriques s'est révélée inadéquate à mesure que le trafic automobile s'est développé. Les longueurs de cisaillement sont nettement insuffisantes.

Nous avons, par conséquent, recherché le tracé qui accroît ces distances et offre des angles obtus conférant aux virages des rayons de courbure aussi larges que possible.

La trame octogonale réunit les conditions par nous visées. Nous lui avons conféré des côtés inégaux de manière à augmenter encore les longueurs de cisaillement. Car celui-ci ne s'opère que sur quatre des huit côtés du polygone. Le principal inconvénient de cette figure est qu'elle n'existe pratiquement nulle part dans le monde. Elle n'est, par conséquent, réalisable que de toutes pièces sur un terrain vierge (fig. 28 à 30).

On peut, en revanche, en adapter le principe à des tracés plus courants. C'est ce que nous nous sommes efforcés de faire, en appliquant le concept circulatoire octogonal à une trame orthogonale, car celle-ci compte parmi les plus répandues. Son principal inconvénient réside dans la «cassure» qu'impose au trafic l'angle droit, tandis qu'elle est suffisamment atténuée dans l'octogone. L'angle de 135° que ce dernier comporte ne nuit pratiquement pas à la fluidité du trafic, mais le freine assez pour le maintenir à une allure modérée que ne garantissent pas les longues lignes droites.

Il existe encore aujourd'hui, partout et en dépit des mesures de police, des chauffeurs que la vitesse grise et qui saisissent toute occasion pour accélérer et dépasser les vitesses prescrites en la matière. Les voies rectilignes se prêtent à ces excès mieux que les autres. Le plan que nous proposons atténue ce genre de risque.

Le développement de la ville s'inscrit ainsi dans deux trames :

Aux pages suivantes :

Fig. 28
Trame urbaine octogonale de circulation secondaire sans feux de croisement. «Mailles» d'environ 600 mètres.

Fig. 29
Réseau de lignes de transport public, aériennes ou souterraines.

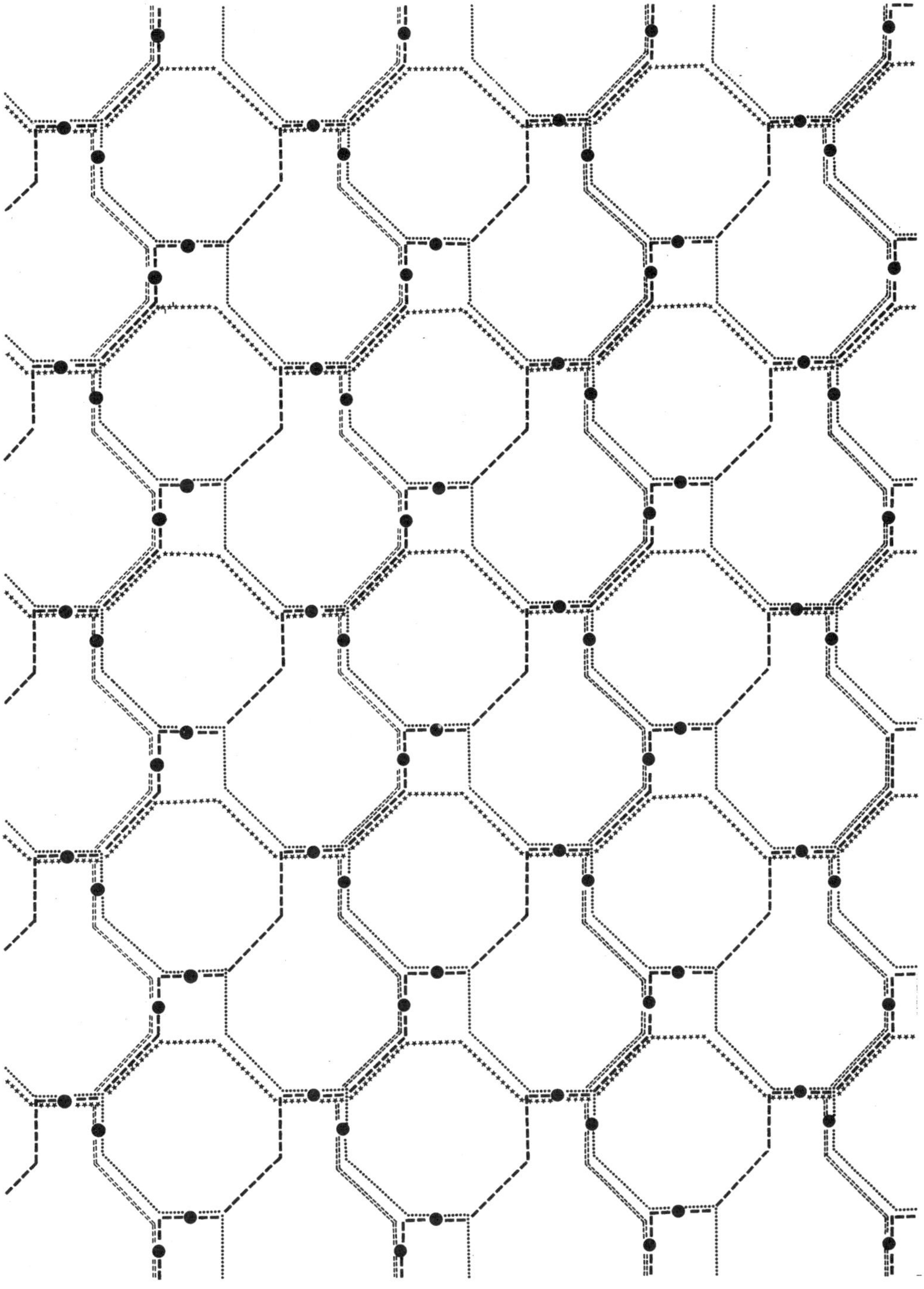

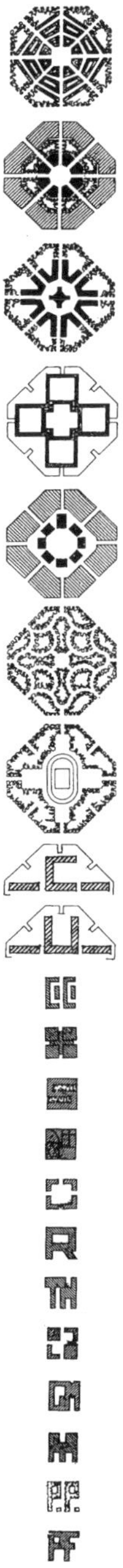

Commune de 10 000 à 15 000 habitants : tracé en toile d'araignée

Commune de 7 000 à 10 000 habitants : tracé en couronne

Commune de 6 000 à 8 000 habitants : tracé en étoile

Centre hospitalier intercommunal

Administration municipale fédérale (ou intercommunale)

Jardin public

Parc de sport et loisir

Collège d'enseignement secondaire intercommunal

Université

Centre commercial

Dispensaire ou hôpital de quartier

Terrains et équipements de sport

Centre cultuel (regroupement confessionnel)

Centre culturel, musée, etc.

Réserve

Théâtre et salles de spectacles

Centre socio-administratif

Magasin à grande surface

Centre d'accueil touristique. Hôtels, salles de congrès, etc.

Parc public ou square

Poste et télécommunications

Fig. 30 (ci-contre) Implantation schématique des communes fédérées, urbaines, autonomes (conçues selon les trois types de plans décrits plus loin et représentés aux fig. 34 et ss.), et des équipements ou établissements intercommunaux d'intérêt général.

l'une, définie par les voies primaires, se prête à une croissance de type linéaire que les urbanistes orthodoxes appliquent à l'industrie; l'autre, que dessine le réseau octogonal des voies secondaires, permet une extension réticulaire de l'agglomération (fig. 31).

(suite du texte page 168)

Aux pages suivantes :

Fig. 32
Application du principe de circulation tiré du tracé octogonal à une trame orthogonale courante

Fig. 33
Adaptation du principe de circulation au plan de Manhattan

Fig. 31 (ci-contre)
Combinaison de la trame de circulation primaire, autoroutière, à croissance linéaire appliquée à l'industrie et autres activités d'envergure, et du réseau réticulaire octogonal des voies secondaires intégrant les communes urbaines et les équipements intercommunaux.

Quadrilatère d'environ 350 000 habitants (fourchette entre 200 000 et 500 000 habitants)

Le rectangle circonscrit par les autoroutes comporte 32 communes de 6 000 à 15 000 habitants. Sa population totalise ainsi au moins 200 000 résidents et peut en compter jusqu'à 500 000.

Remarque : d'après la figure 30, les communes occupent 32 des 39 octogones qui leur sont attribués.

Note de calcul : les chiffres énoncés ci-dessus résultent d'une estimation variant de 30 au minimum à 45 m² de planchers par habitant pour un taux ou coefficient d'occupation du sol allant de 1.00 à 2.00 m² de plancher par m² de terrain, hormis l'emprise de la voierie principale (réseau de circulation secondaire).
Une commune couvre environ 234 000 m² de terrain et comporte ainsi entre :

$$\frac{234\,000 \text{ m}^2\text{t} \times 1.00 \text{ min.}}{45 \text{ m}^2\text{pl/habitant max.}} = 5\,200 \text{ habitants (minimum toujours dépassé)}$$

et

$$\frac{234\,000 \text{ m}^2\text{t} \times 2.00 \text{ max.}}{30 \text{ m}^2\text{pl/habitant min.}} = 15\,600 \text{ habitants (maximum si possible à ne pas dépasser)}$$

LEGENDE

Activités secondaires et tertiaires

Détente (parcs publics, équipements de sport et de loisir)

Mixité (communes urbaines autonomes : activités, logements, détente, administration)

Etablissements publics ou privés d'intérêt général

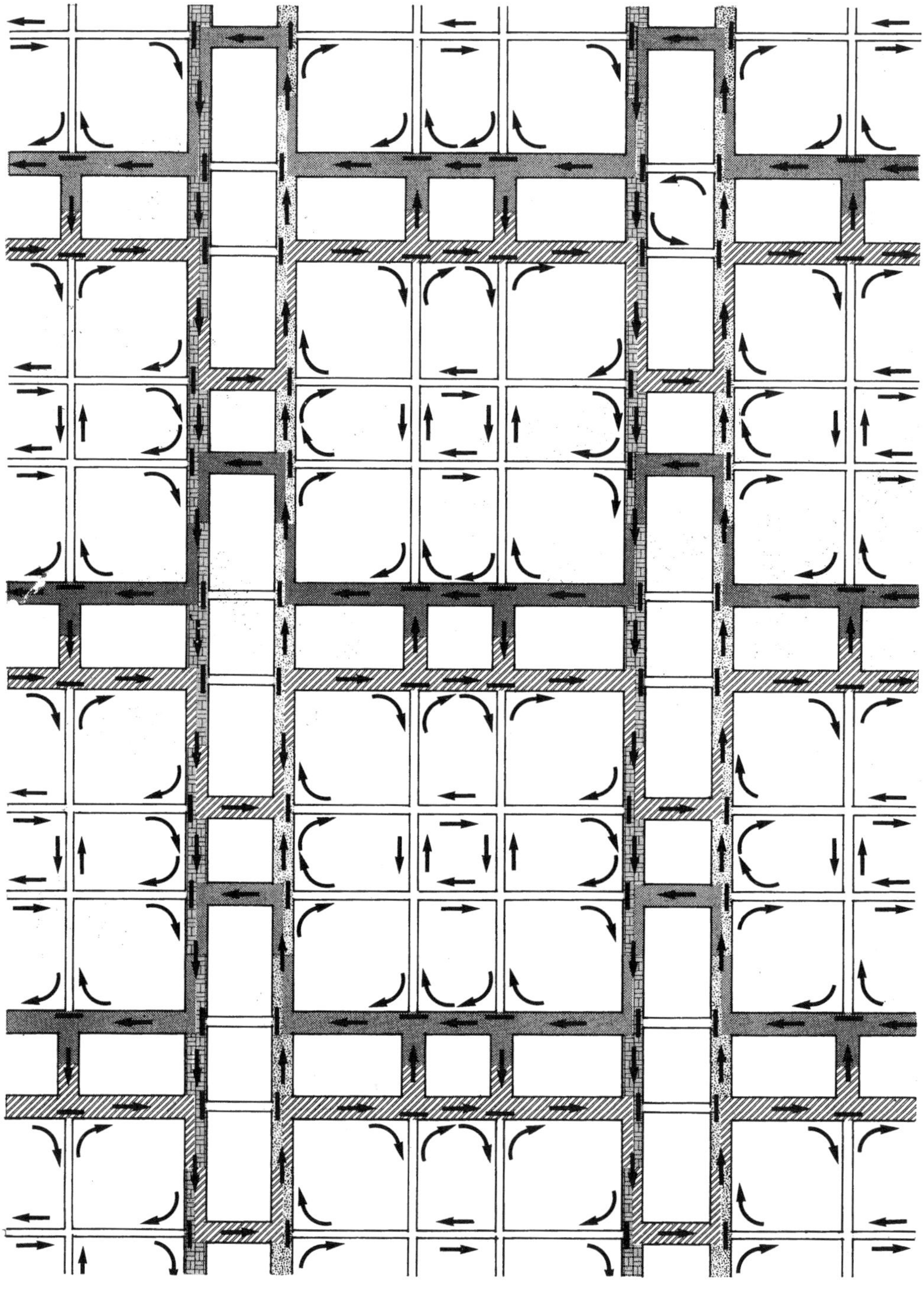

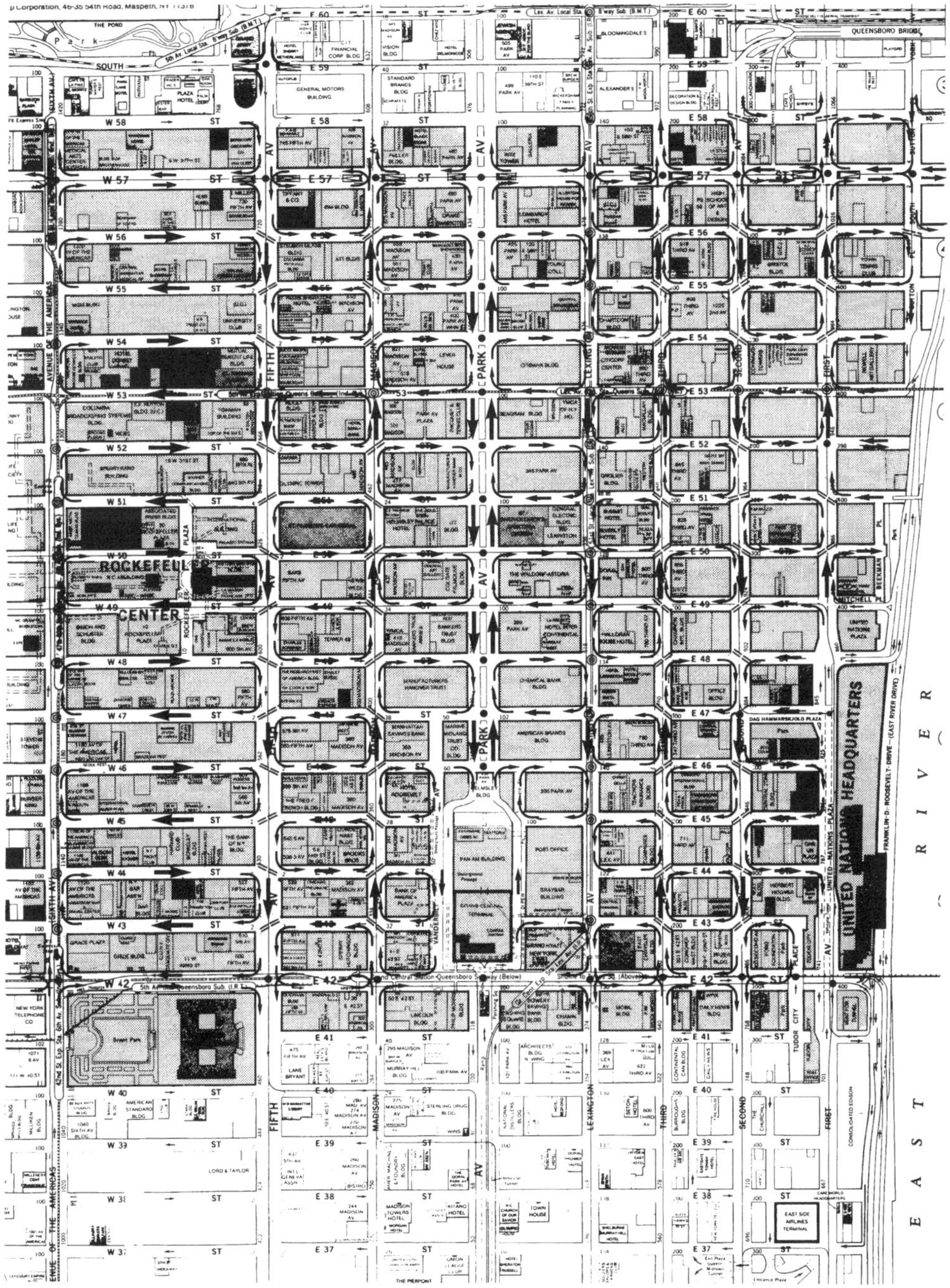

LEGENDE

- feux de croisement pour véhicules et piétons
- feux de croisement pour piétons
- passage souterrain pour piétons

Par ailleurs, le réalisme d'un projet d'urbanisme est proportionnel à l'économie des infrastructures qu'il implique. Or, le tracé octogonal réduit au minimum et de façon optimale la longueur des réseaux relativement aux surfaces qu'ils desservent. Nous avons démontré ailleurs l'économie de périmètre que comporte l'octogone par rapport à sa surface et comparativement au rectangle et au carré notamment.

Ainsi, non seulement cette trame permet de résoudre élégamment le problème de la circulation des véhicules, mais elle implique encore la réduction relative des infrastructures dont on sait que le coût pèse toujours lourdement sur l'équipement et l'entretien d'une ville.

4.2. Récipient et contenu

On peut considérer la ville comme un vaste récipient qui s'adapte à son contenu, et, inversement, auquel son contenu s'accoutume et s'intègre. Le présent chapitre évoque un certain nombre de facteurs qui régissent usuellement cette perpétuelle adéquation. Nous les traitons et en illustrons l'application au fur et à mesure par le projet que nous présentons.

Ainsi tentons-nous de décrire la répartition du territoire de la ville, foncier et construit.

Nous posons les questions de la propriété immobilière, de la densité, de la capacité d'entreprendre, de l'affectation et de la prise de possession. D'aucunes comportent la réponse, d'autres demeurent ouvertes et plongent le lecteur dans l'incertitude, à moins qu'elles ne lui donnent l'illusion ou l'espoir de pouvoir conclure.

4.2.1. Qui possède quoi

Nous traitions, dans un chapitre précédent, de la délimitation des espaces public et privé. Dans cette problématique, nous constatons que nul ne prend soin spontanément de ce qui appartient à la collectivité, mais plutôt de ce qu'il possède.

A l'inverse, bien que la «privatisation» du sol en garantisse l'entretien, cette forme de répartition, poussée à l'extrême, comporte le risque du cloisonnement hermétique des espaces au détriment de l'ensemble.

La ville résulte notamment de l'équilibre de cette alternative de l'appropriation.

Le tissu dont sont faits les cités médiévales et les villages traditionnels est tramé selon le puzzle des propriétés foncières. La possession d'une parcelle de sol par chacun provoque le découpage qui subdivise les portions de territoire que l'autorité accorde au domaine privé entre les espaces publics.

Cette répartition du terrain que l'on urbanise est structurante. Non seulement elle complète le canevas de l'agglomération, mais elle «responsabilise» l'occupant et l'usager.

Chacun ne prend bien soin que de ce qui le concerne : le boulanger de sa boulangerie, le décolleteur de sa décolleteuse, l'habitant de sa maison. Et nul n'est jamais tant concerné que par ce qu'il possède.

Vous prenez soin de votre manteau davantage que de celui des autres. C'est cette évidence qui a sans doute inspiré la boutade de Le Corbusier.

Il ressort qu'on ne peut structurer la ville sans en définir le régime foncier. De même, on ne la construira et ne l'entretiendra convenablement qu'en la partageant de manière à lui conférer autant de petits communs dénominateurs qu'elle compte d'habitants concernés et responsables.

Idéalement, chacun d'entre eux devrait posséder son logement et l'instrument de son gagne-pain. S'il n'en a pas les moyens suffisants, il peut les grouper avec d'autres.

Toujours est-il qu'on ne motivera jamais autant l'humane qu'en le rendant propriétaire de son espace vital minimal ainsi que de l'outil et du fruit de son travail.

Cette règle régit toute société dont la cohérence ne résulte pas tant de la satisfaction globale et indistincte des masses et des collectivités qui la composent que du bien-être de chaque personne.

Le projet que nous proposons s'inspire de cette règle socio-économique dont nous verrons qu'elle peut trouver des applications très diverses.

4.2.2. La densité

D'abord se pose la question de la densité. Les urbanistes la mesurent au nombre d'habitants par hectare, ou, lorsqu'il s'agit de constructions, selon un coefficient ou taux d'occupation du sol indiquant le rapport entre la surface brute des planchers et celle du terrain qui leur est affecté.

Ainsi, par exemple, trouve-t-on dans les villes européennes des coefficients variant entre 1 et 7, tandis qu'à Manhattan, il atteint 50 et plus, et que, paradoxalement, à Tokyo, il est inférieur à 1 dans des quartiers entiers dont les maisons ne comportent qu'un rez-de-chaussée.

Dans la problématique de l'occupation des espaces, il est évident que la densité joue un rôle important. Elle conditionne en partie la prise de possession d'un lieu, son aspect, son caractère.

Aussi distingue-t-on grosso modo le centre des villes, qui est très compact, des secteurs périphériques, qui le sont moins, et des villages ruraux et autres zones de villas, dont la densité atteint des proportions très faibles.

Le taux d'utilisation du sol non seulement détermine dans une certaine mesure le type d'urbanisation, mais il influence encore le prix du terrain. Cet impact d'une règle d'aménagement sur l'économie lui confère souvent une importance démesurée et l'expose à des marchandages entre l'autorité qui la fixe et les particuliers, notamment les propriétaires des fonds.

Ces négociations font partie des démarches qu'implique l'urbanisation. Ceux qui les entreprennent doivent toutefois les circonscrire dans les limites de leur influence réelle sur le projet et ne pas considérer le rapport des surfaces planchers-terrain comme la panacée ou la clé de tous leurs problèmes.

Quelle influence a la densité sur le bien-être de l'habitant? Posée en ces termes, la question met en évidence le caractère philosophique de l'objectif auquel il convient de ne pas substituer les moyens de l'atteindre qui sont économiques, techniques et politiques (cette erreur méthodologique est fréquemment commise).

Trois variables — dont une ou deux peuvent successivement être prises comme paramètres — composent notamment l'équation de la relation énoncée ci-dessus, à savoir la *densité*, la *nature de l'individu*, le *temps*.

Chaque être humain apprécie à des moments différents de s'intégrer dans la foule, de la sentir proche ou de l'affronter, d'entretenir des relations sociales, de développer des contacts individuels ou de s'isoler dans la solitude.

Son cadre de vie doit, par conséquent, lui offrir la possibilité de satisfaire quotidiennement ces besoins divers.

Poussée à l'extrême, la densité à propos de laquelle nous venons de nous exprimer constitue un obstacle à l'une ou l'autre de ces aspirations. Ainsi, par exemple, dans un quartier très dense comme celui de «downtown» à Manhattan, le sentiment de solitude émane davantage de l'étouffement provoqué par la submersion à laquelle est soumise la personne, que de l'isolement physique. A l'inverse, dans le désert, où le coefficient d'occupation du sol est pratiquement nul, il est évident que l'humane éprouve quelque difficulté à prendre des bains de foule!

A l'image du village rural, le quartier urbain doit offrir à l'habitant la gamme complète de lieux propices à toutes les relations qu'il entretient quotidiennement et qui maintiennent son équilibre psychologique. Le non-respect de cette règle poléonomique entraîne des troubles dont souffrent non seulement les sujets les plus sensibles ou les plus fragiles, mais aussi ceux qui paraissent en bonne santé, parce qu'ils ont su développer, volontairement ou non, les mécanismes de défense qui les protègent plus ou moins efficacement et moyennant des concessions d'énergie d'importance et de nature diverses. L'analyse de ces anomalies nous entraînerait trop loin. D'autres, plus savants que nous, l'ont entreprise et tendent à démontrer que l'équilibre et l'harmonie de l'individu et de son cadre de vie sont intimement liés.

Il n'existe pas une densité idéale, garante du meilleur urbanisme. Car ce dernier dépend encore d'autres facteurs qualitatifs dont l'architecture n'est pas le moindre. En revanche, les excès en matière d'occupation du sol sont néfastes et dangereux pour la santé psychique, morale et physique des personnes. La délinquance, la dépression nerveuse, le surmenage en sont parmi les effets les plus courants et les plus déplorables.

La ville idéale que nous présentons dans cet ouvrage, comme une utopie, comporte des densités variant entre 0,8 et 2. Cette fourchette de coefficients se situe parmi ceux que l'on applique le plus couramment dans les quartiers suburbains : au-delà de ceux des villages ruraux et en deçà des taux qui régissent la plupart des villes du XIXe siècle et qui dépassent la mesure conditionnée par le rythme accéléré de la vie métropolitaine du XXe siècle.

Un rapport de surfaces inférieur à 0,8 implique un gaspillage du territoire urbain; au-delà de 2, il peut mettre en danger l'équilibre et la santé des personnes.

4.2.3. L'affectation et la prise de possession

Intentionnellement, nous confondons ce qui est à l'origine de toute construction avec ce qui en suit l'achèvement. Car la genèse de l'acte de bâtir implique une affectation à défaut de laquelle l'opération est sans objet et que perpétue la prise de possession.

Un bâtiment inoccupé devient très rapidement désaffecté. La manière dont les usagers l'utilisent en détermine l'affectation réelle en même temps qu'elle en justifie la fonctionnelle raison d'être. Les deux notions sont intimement liées; c'est pourquoi nous les réunissons sous le même titre.

Le constructeur souvent les confronte, car pour lui la seconde constitue la vérification de la première. Elle est la rétroaction de ce qu'il entreprend, en ce sens qu'elle révèle ce qui est adéquat et ce qui ne l'est pas. Elle indique dans quelle mesure l'offre est adaptée à la demande.

Cet examen a posteriori est d'autant plus nécessaire que dans la majorité des cas, les usagers du domaine bâti ne le réalisent pas. Non seulement l'habitant ne construit pas son logement, par exemple, mais il ne participe guère aux décisions qui président à l'élaboration de ce dernier. Il exprime la demande qu'il adapte ensuite à l'offre et, inversement, les producteurs de celle-ci tentent de la rendre propre aux besoins plus ou moins bien formulés.

L'aménagement de la ville obéit ainsi en partie aux lois du marché. Le demandeur prend possession de ce que d'autres lui proposent, qu'il le loue ou qu'il l'achète.

Beaucoup de recherches et d'expériences sociologiques sont tentées qui visent à faire davantage participer l'usager aux choix et décisions qui orientent la conception du domaine bâti. A l'évidence, pour le bien de la ville et de tous les citadins, cette tendance devrait être très largement encouragée et développée.

Mais quel qu'en soit l'avenir, si elle se confirme, elle ne progressera que lentement et ponctuellement. Aussi, pour illustrer l'affectation d'une «alvéole communautaire» selon le principe de mixité, avons-nous étudié d'abord deux exemples distincts. L'un s'inspire du schème ordonnateur et relève d'un type de promotions immobilières aujourd'hui courantes, qu'entreprend une société publique ou privée à destination de tiers usagers. L'échelle de chaque opération est relativement grande. L'autre plan, plus licencieux, résulte d'un scénario qui laisse davantage l'initiative à chaque habitant et à chaque personne implantée sur les lieux pour y vivre ou y développer une ou plusieurs activités. Un troisième plan d'alvéole concrétise les deux principes ci-dessus énoncés, en les combinant.[41]

---

41 L'ordonnance et les affectations conférées aux plans présentés aux figures 34 à 39 ont été choisies arbitrairement à titre d'illustration.

Fig. 34 et 35
Plan d'une commune
Tracé en toile d'araignée
- découpage parcellaire spontané ;
- affectations libres au gré des usagers ;
- combinaison de l'ordonnance volumétrique des espaces publics avec une architecture licencieuse ;
- rues radioconcentriques ou en ceintures desservant les bâtiments en surface et au sous-sol ;
- agglomération distante des nuisances du trafic dont elle est séparée par une ceinture verte composée de parcs publics et de terrains de sport ;
- noyau central principalement affecté aux établissements publics.

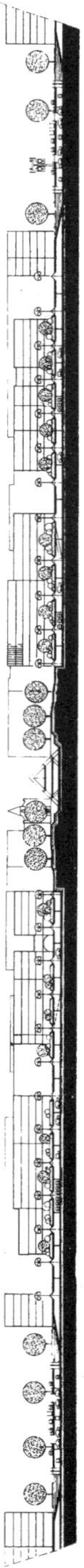

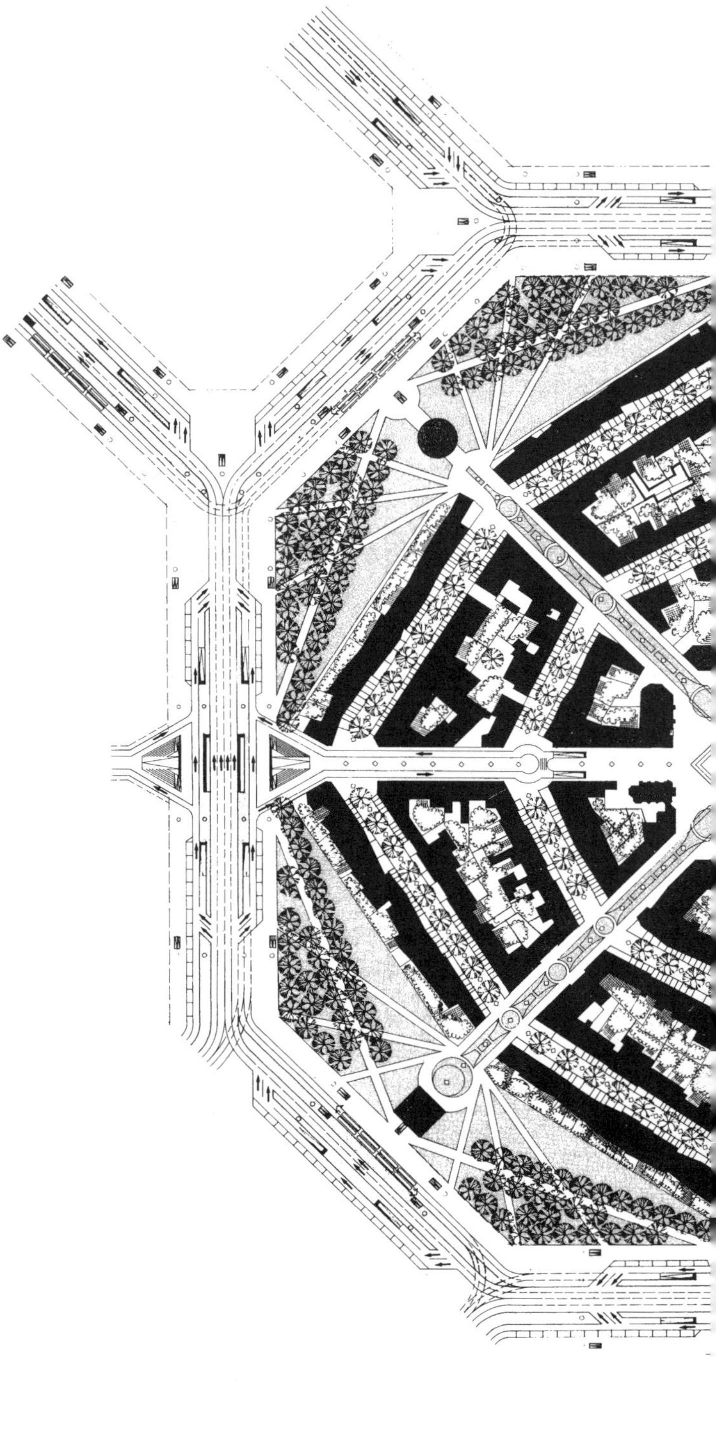

10m 30m 50m 100m
20m 40m

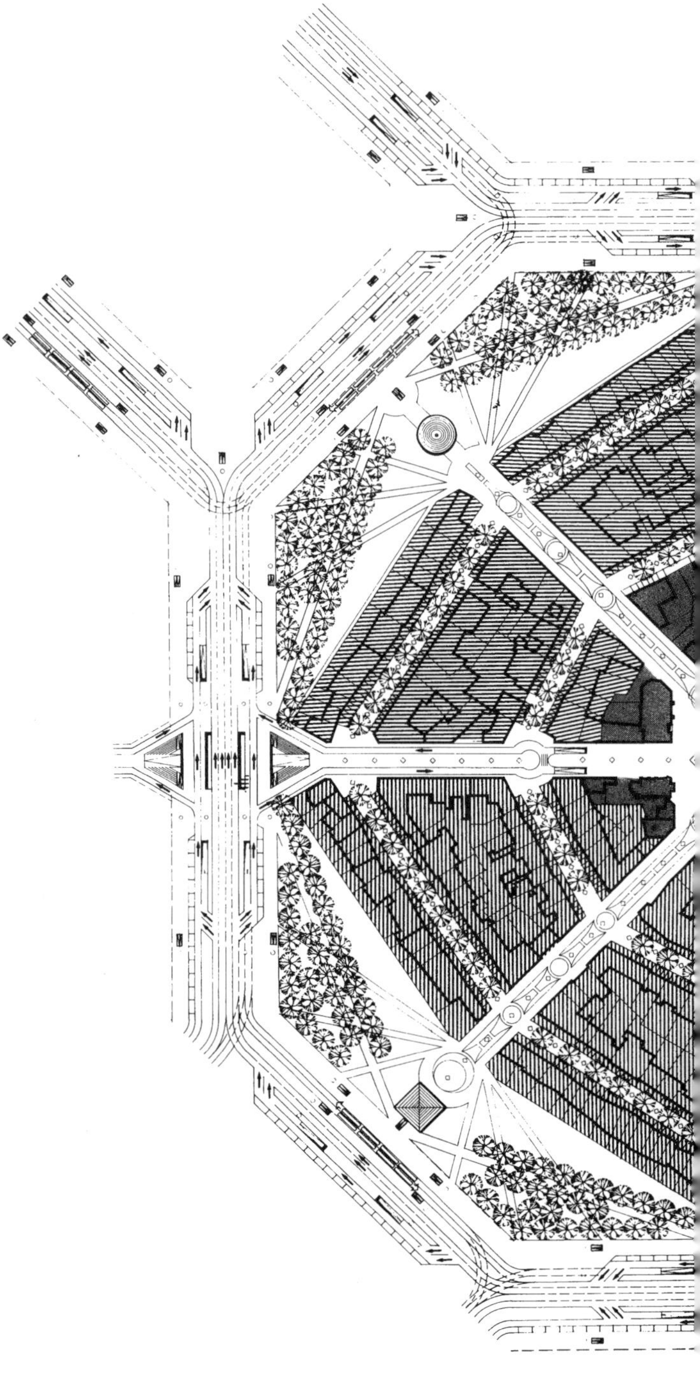

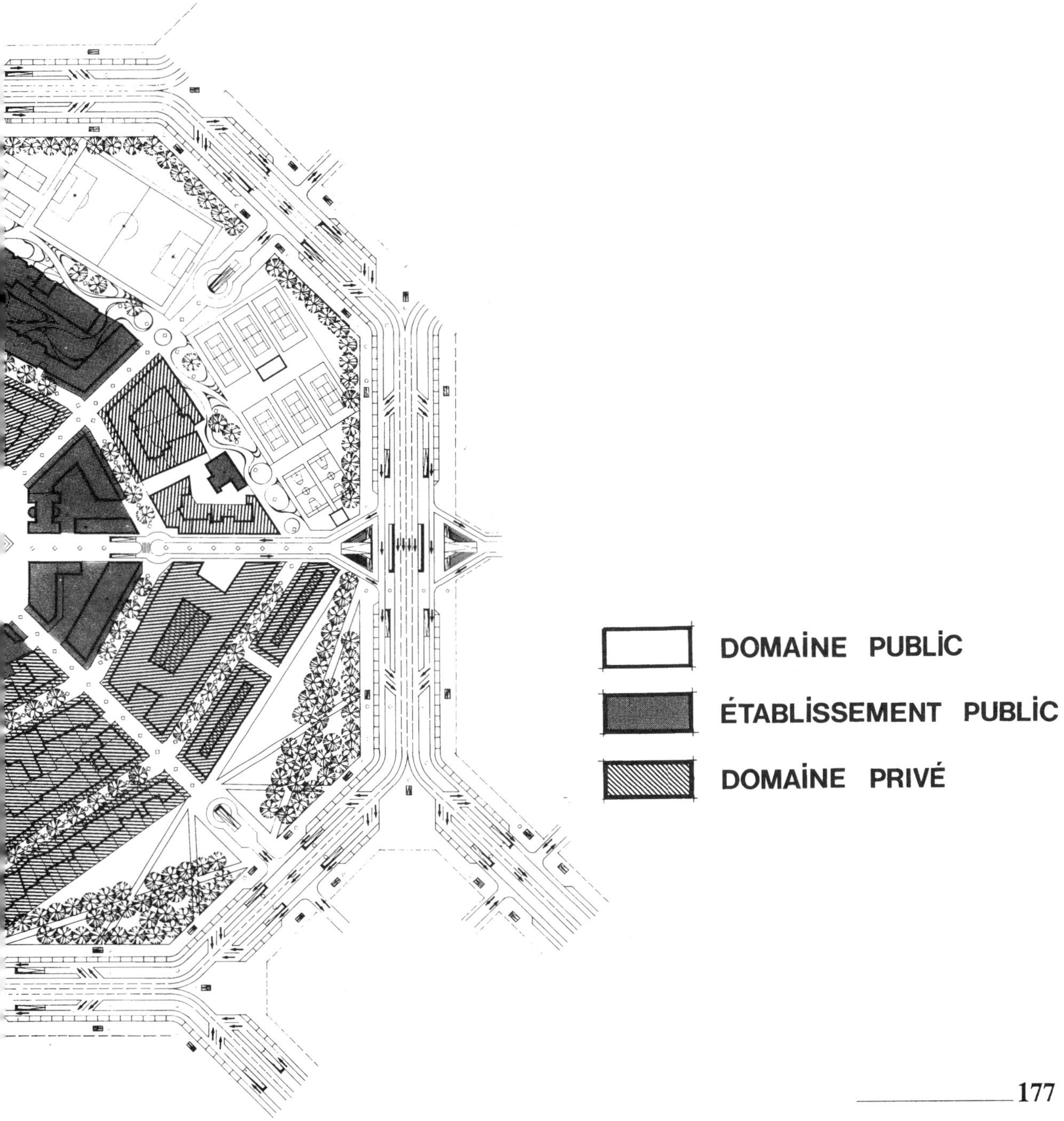
DOMAINE PUBLIC
ÉTABLISSEMENT PUBLIC
DOMAINE PRIVÉ

Fig. 36 et 37
Plan d'une commune
Tracé en couronne
- — découpage parcellaire ordonné dès l'origine ou après remaniement ;
- — couronne périphérique dont les bâtiments, principalement affectés aux activités commerciales que favorise la proximité des voies de circulation, constituent un rempart contre les nuisances de ces dernières ;
- — deuxième couronne de bâtiments principalement affectés à l'habitation ;
- — rue en ceinture desservant les constructions en surface et au sous-sol (ordonnance prescrite) ;
- — deuxième ceinture, intérieure, constituée de parcs publics et de terrains de sport ;
- — noyau central affecté aux établissements publics.

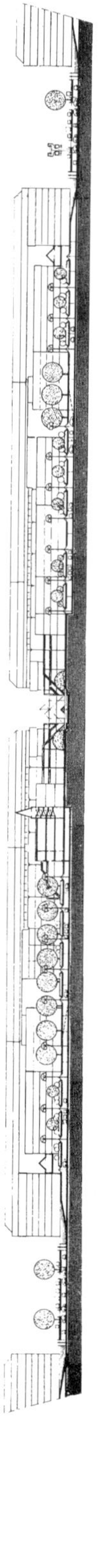

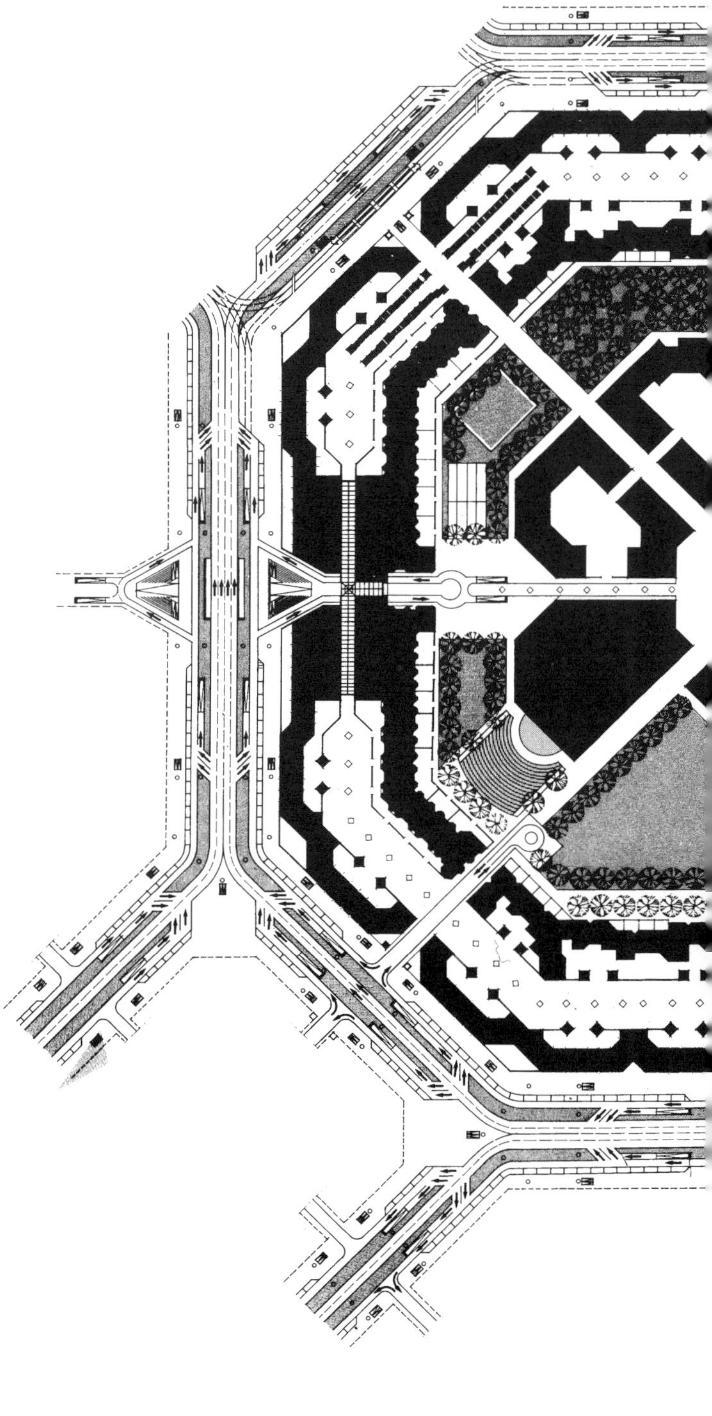

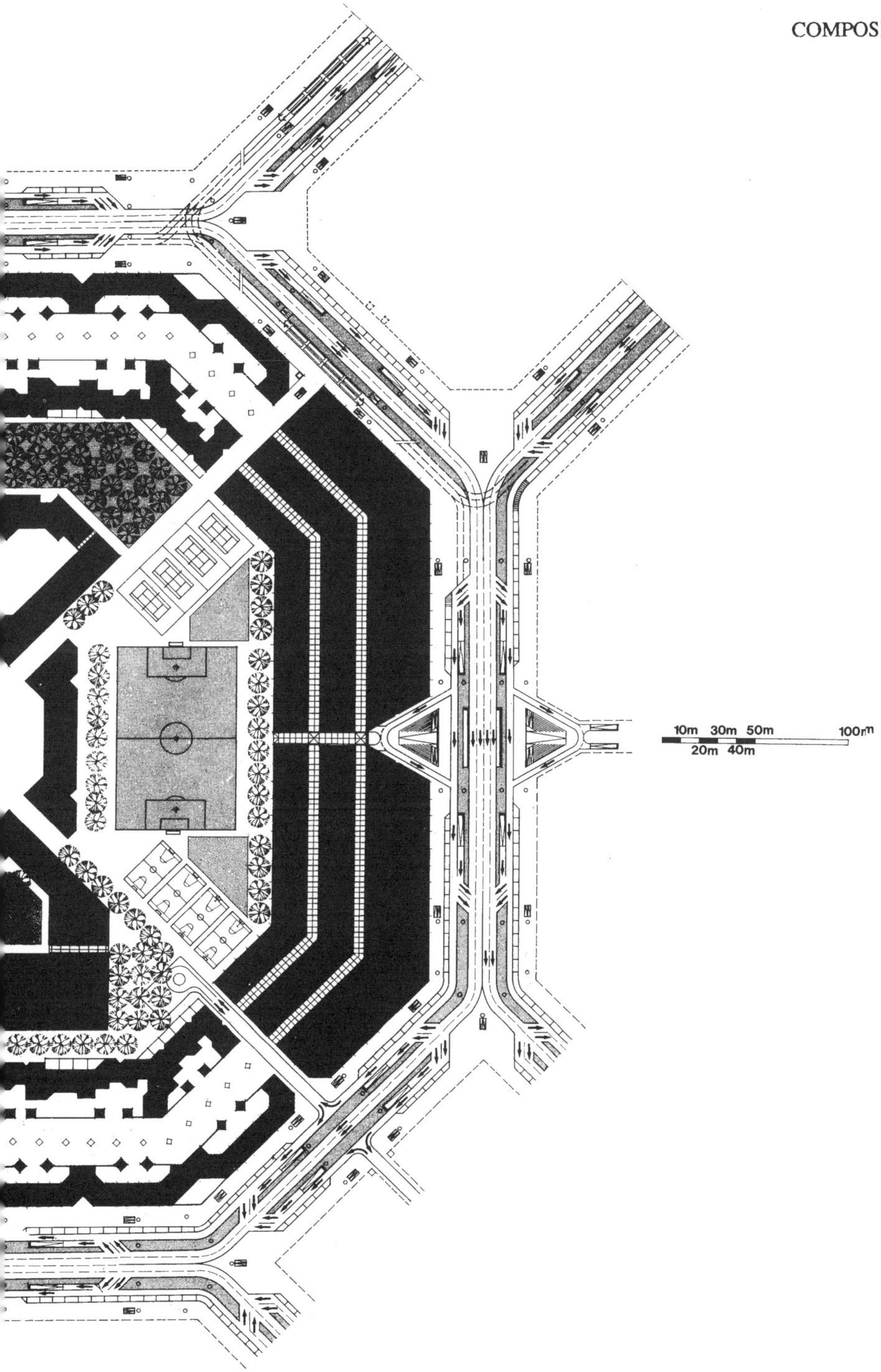
10m 30m 50m 100m
20m 40m

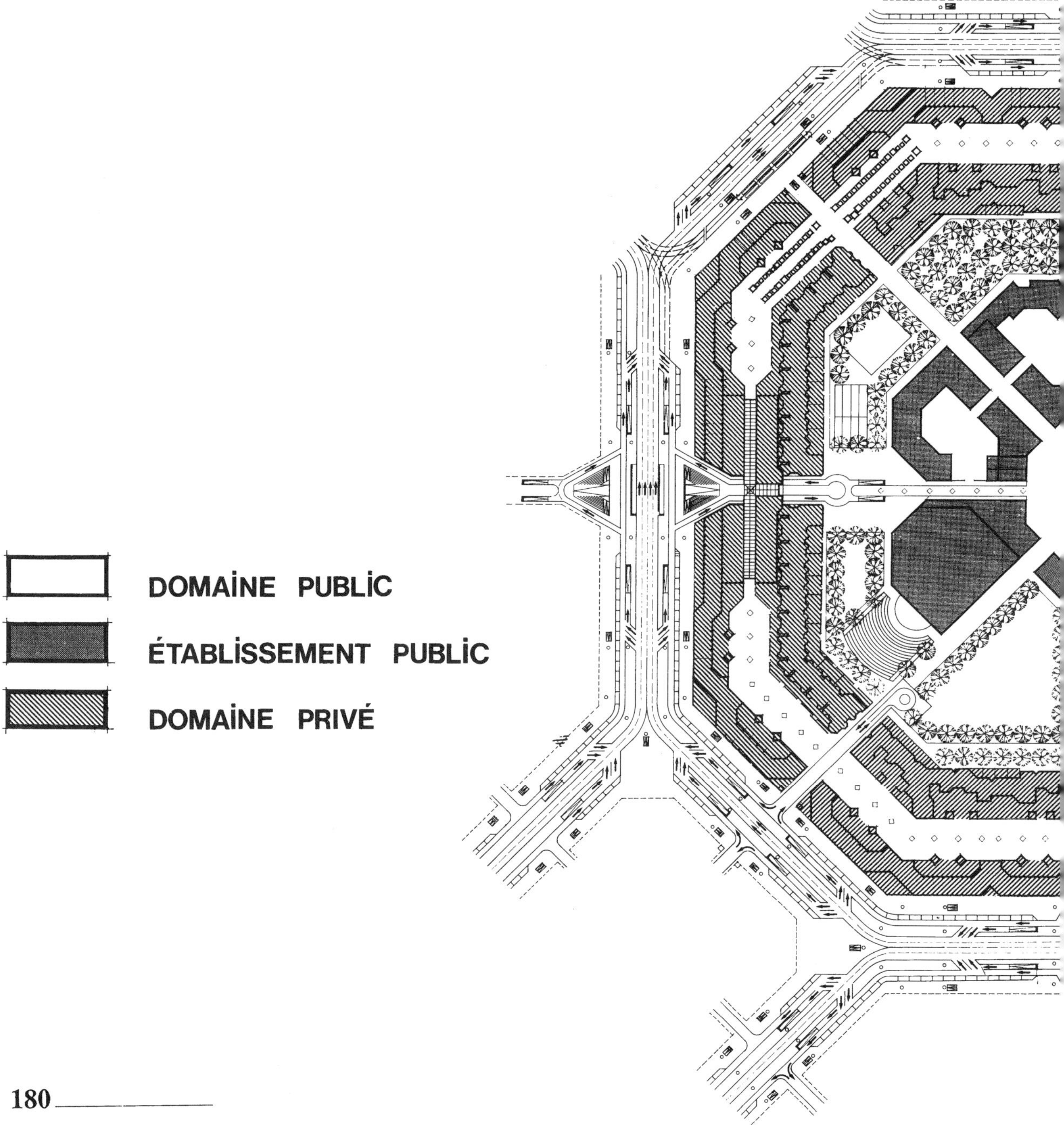
DOMAINE PUBLIC
ÉTABLISSEMENT PUBLIC
DOMAINE PRIVÉ

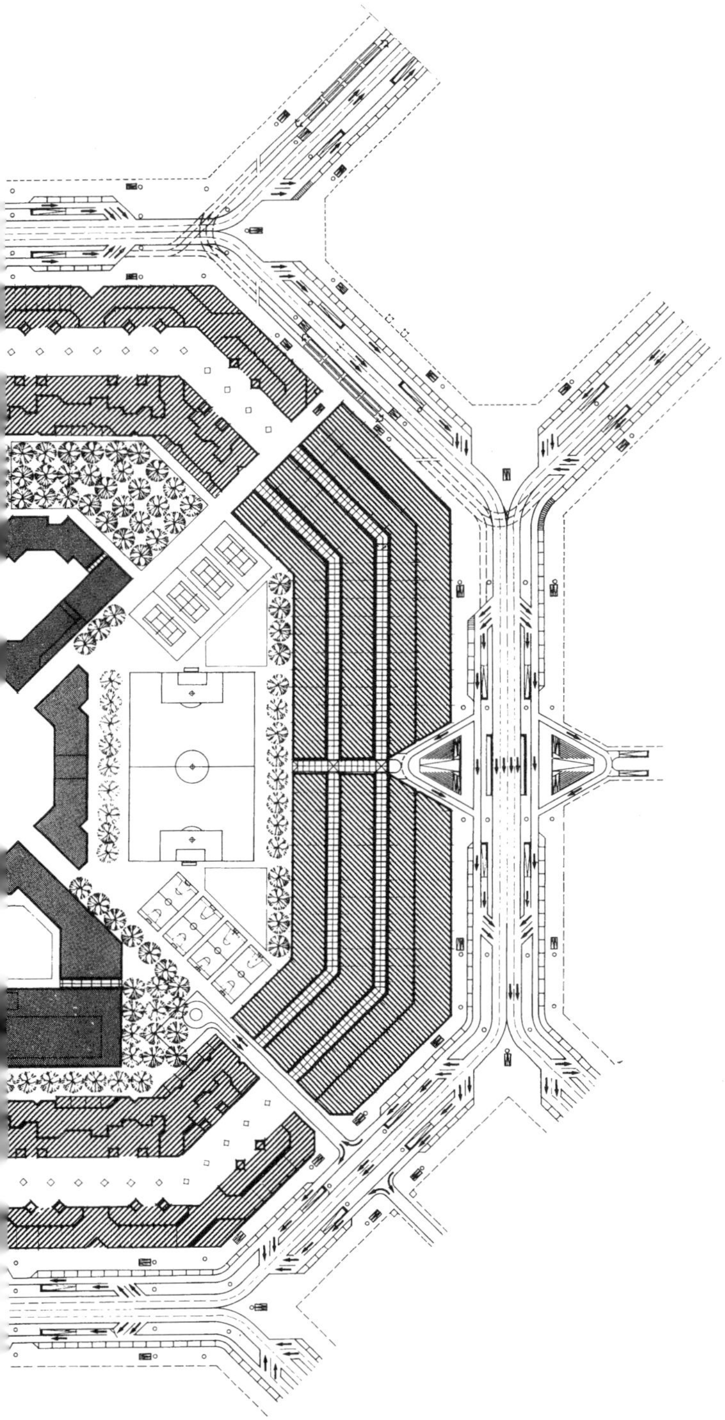

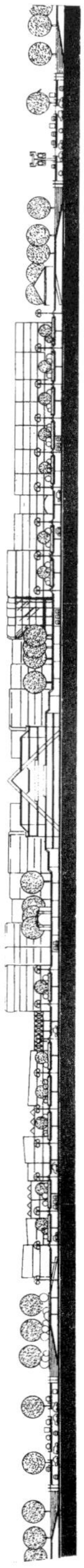

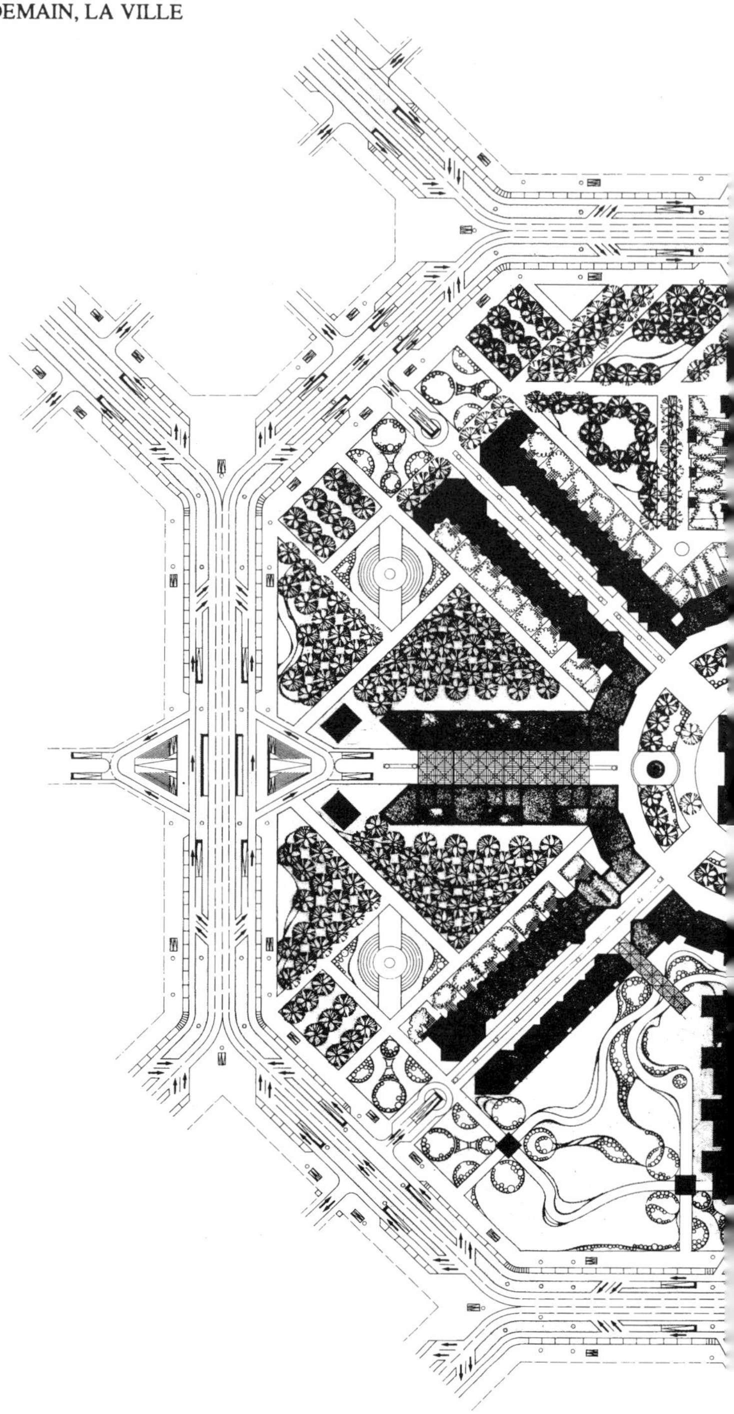

Fig. 38 et 39
Plan d'une commune
Tracé en étoile
- — découpage parcellaire tantôt ordonné, tantôt spontané ;
- — affectations libres, au gré des usagers, ou imposées ;
- — rues radioconcentriques desservant les bâtiments en surface et au sous-sol ; ordonnance volumétrique, architecture parfois licencieuse ;
- — pénétrantes vertes séparant l'agglomération des zones de nuisances ;
- — noyau central principalement affecté aux établissements publics.

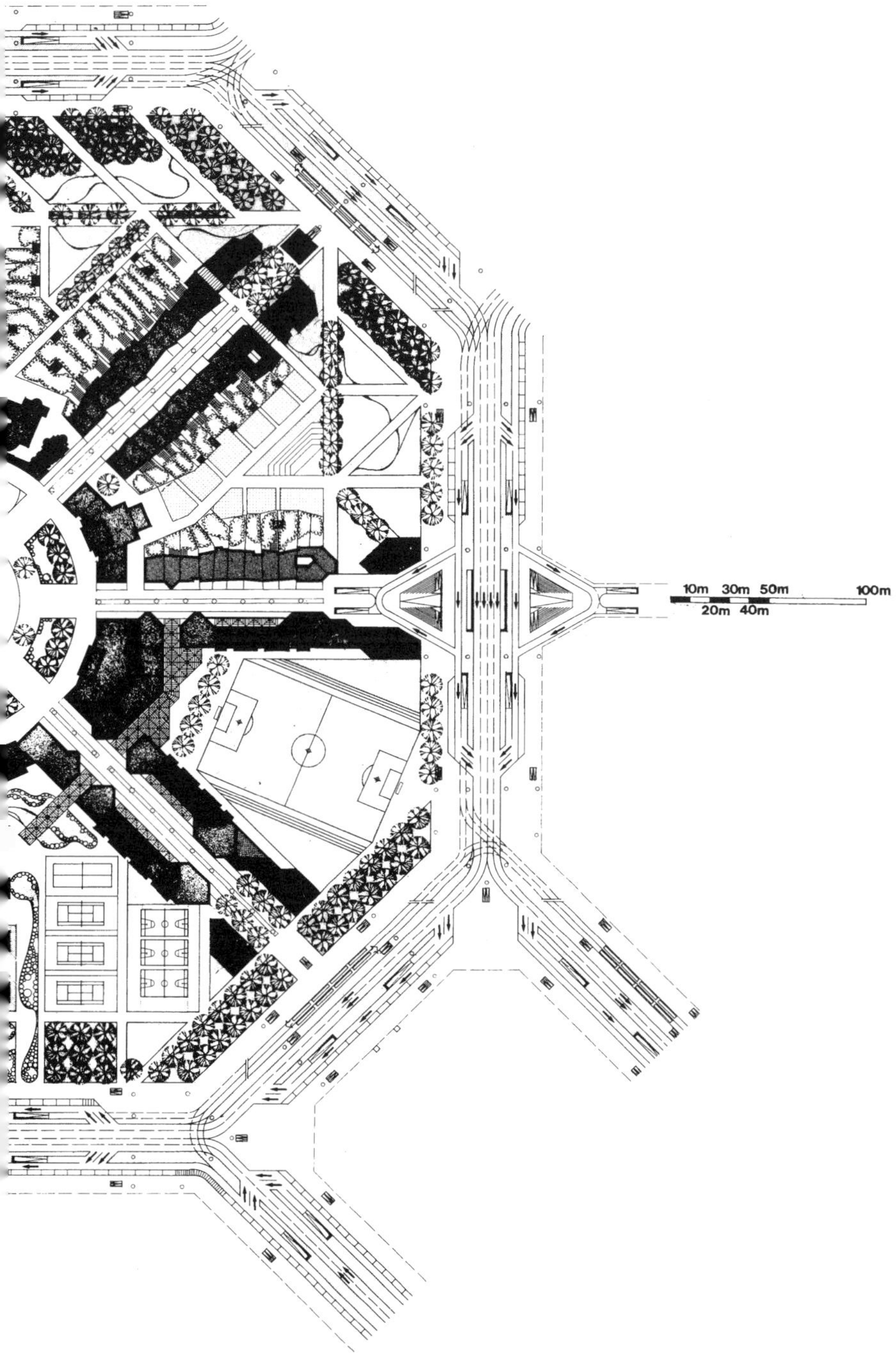
10m 30m 50m 100m
20m 40m

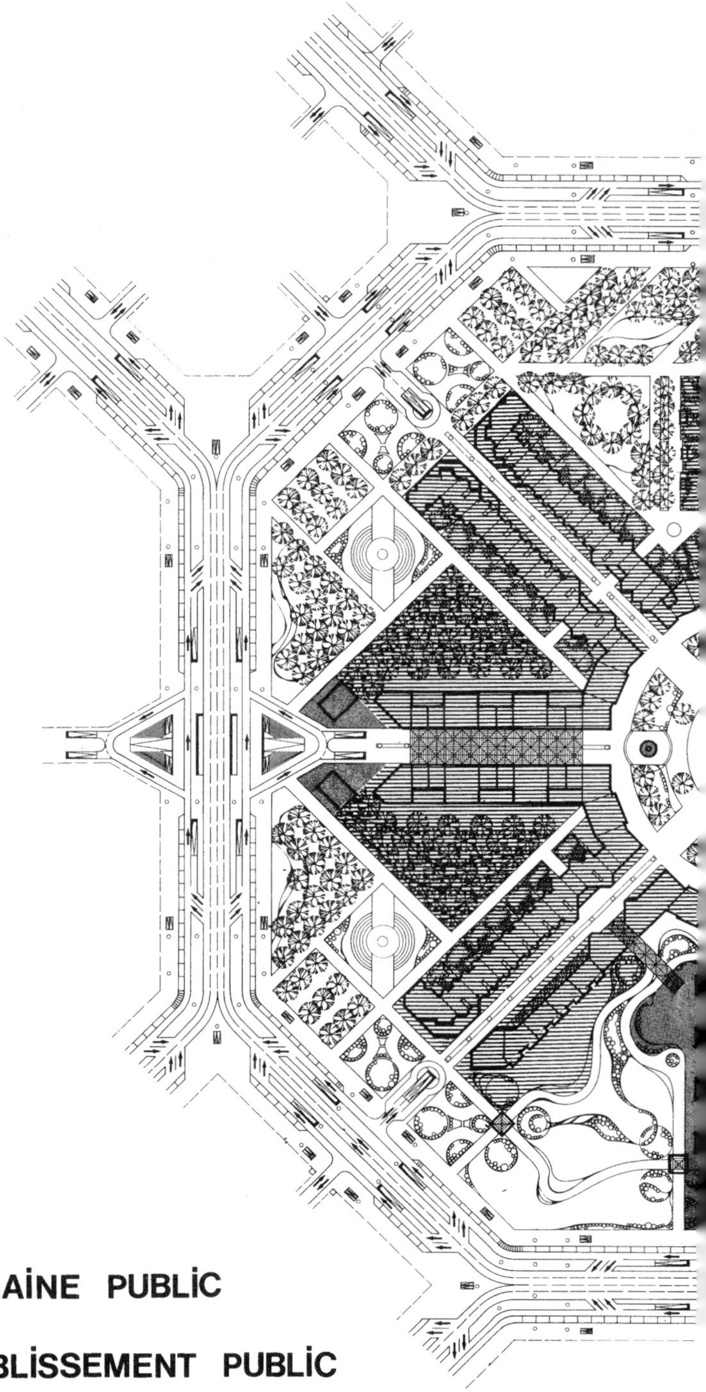

DOMAINE PUBLIC

ÉTABLISSEMENT PUBLIC

DOMAINE PRIVÉ

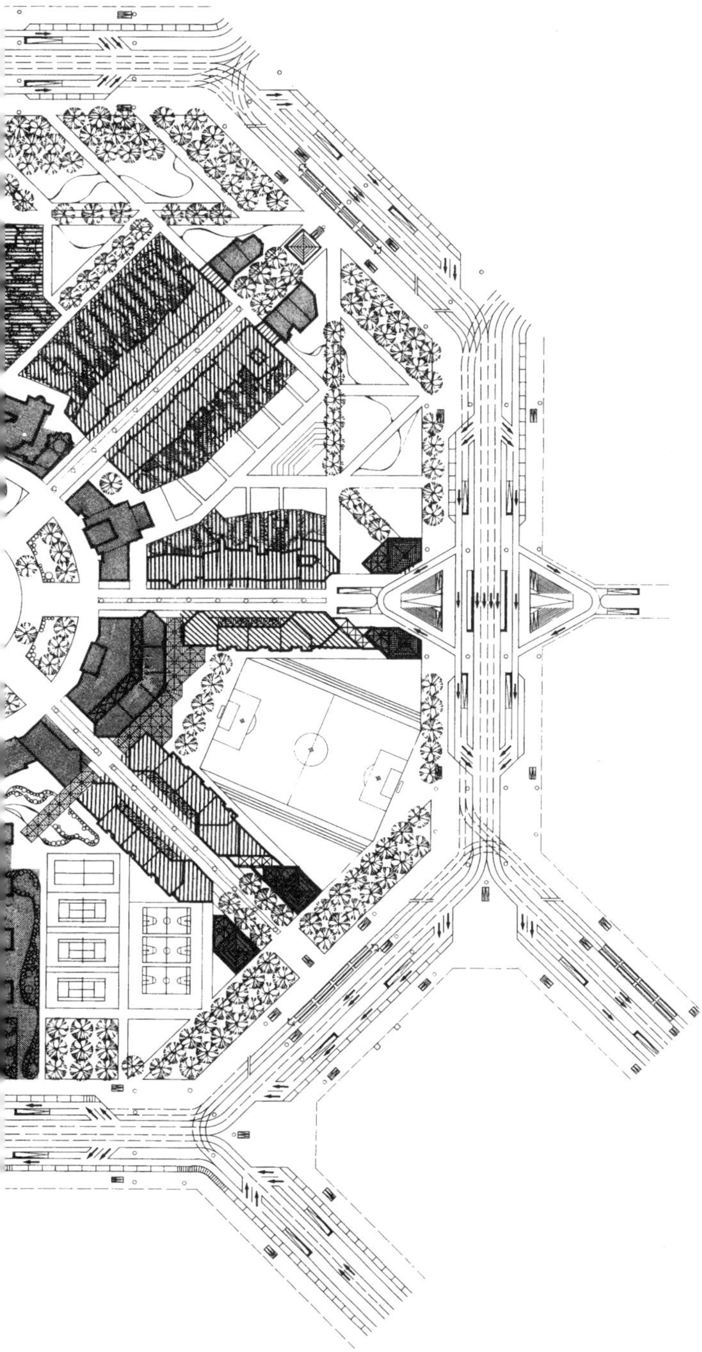

A l'évidence, chaque réalisation est à la mesure de son maître d'ouvrage. Dans l'un et l'autre des cas brièvement décrits ci-dessus, la micro-commune compte 6 à 10 000 habitants. Elle peut accueillir jusqu'à 15 000 usagers. Au-delà de ces nombres, non seulement la gestion publique, mais la communauté en substance échappe à une trop forte proportion de ses membres.

L'alvéole comprend tous les équipements publics à sa mesure, tels que les établissements cultuels, l'administration communale, des bâtiments culturels, des installations de sports, les écoles enfantines et primaires, un dispensaire, des parcs et jardins, les services d'entretien et tous les espaces extérieurs propres aux rencontres et à la détente. Un centre commercial, un marché, des boutiques et de nombreux commerces complètent le tout.

Les autres équipements, ceux qui concernent une plus grande communauté de personnes, sont répartis dans la ville. Ils comptent notamment :

— les bâtiments cultuels supra-paroissiaux (église épiscopale, temple œcuménique, etc.);
— l'administration publique fédérale de la région urbaine;
— les théâtres, salles de concert, opéra, musées et autres établissements culturels à l'échelle d'une population nombreuse;
— les hôpitaux cantonaux et régionaux;
— les collèges et autres institutions de l'enseignement secondaire;
— l'université et ses facultés;
— les stations de chemin de fer, gares routières, aérogares, etc.;
— les installations des transports publics urbains;
— les grands stades et autres installations de sports;
— de vastes parcs publics;
— les secteurs d'activité, de production ou d'entreposage à nuisances ou encombrement;
— les équipements de service, adductions, assainissement;
— etc.

Le programme ainsi ébauché est purement illustratif. Ses connotations concrètes posent la question de la *répartition* et de l'*enchaînement* des espaces, que nous replaçons à l'échelle de l'homme et de son environnement immédiat. Mais préalablement il convient de préciser le sens que nous donnons au mot «espace».

Claude Raffestin lui préfère souvent, non sans raison, la notion de territoire. Elle est reprise en éthologie. Cette science nous apprend la manière dont certaines espèces d'animaux — presque toutes — fixent les limites de leur territoire. Ainsi, même le chien, en dépit d'atavismes résultant de sa servilité maintes fois millénaire, entoure-t-il le secteur qu'il s'attribue pour subsister, d'une barrière olfactive qu'il trace avec son urine.

C'est de cette parcellisation que chaque être vivant confectionne pour assurer sa survie ou sa liberté de mouvements qu'il est question. L'humane paraît ne pas échapper à ce genre de prise de possession instinctive. Ses manières de se distancer, de dimensionner son cadre de vie, de le subdiviser en plusieurs catégories, de le partager avec d'autres, le conduisent à fixer les règles de répartition qui conditionnent la coexistence de plusieurs sujets groupés, leur coopération communautaire, leur organisation sociale.

C'est en ville que ce conditionnement est le plus complexe, car le rapport entre le nombre d'usagers et le terrain disponible y est le plus restreint. Le découpage au sein de la région urbaine s'avère donc plus délicat et nécessite une attention particulière.

Nous avons vu précédemment, sous le titre de la communication, que l'on peut, comme le suggère Edward T. Hall, distinguer les espaces en fonction des relations intimes, personnelles, sociales ou publiques auxquelles ils sont attribués et pour lesquelles ils sont conçus.

Si l'on retient cette division de l'affectation comme règle de répartition du territoire, reste posée la question de l'enchaînement des portions ainsi constituées et des rapports qui les lient spatio-temporellement.

Ainsi, en matière d'habitation, par exemple, quelle affectation relationnelle doit-on attribuer à chaque pièce : chambre à coucher, salon, cuisine, aux locaux communs tels que paliers, hall, vestibule, aux abords immédiats des bâtiments et aux surfaces accessibles au public? Quelle forme et quelles dimensions donner aux communications qui attachent entre elles les diverses parties de ce puzzle?

Ces questions, l'architecte zélé se les pose généralement sans le savoir comme monsieur Jourdain parlait en prose. En revanche, nous constatons qu'il n'y apporte que rarement des réponses qui se prêtent parfaitement à l'exercice ambigu des relations, tantôt intimes et isolées, tantôt de contact, entre les humanes.

Nous illustrons ce qui vient d'être dit par des cas d'espèce. Ainsi nous attachons-nous, par exemple, au logement urbain le plus courant et, par conséquent, le plus apte à servir de modèle.

Partant d'un lieu qui fixe les distances intimes et casuellement personnelles, telle la chambre à coucher, examinons de quelle manière ce lieu est tantôt isolé tantôt plus ou moins ouvert sur d'autres espaces. Lorsque nous conditionnons la pièce au sommeil, nous la coupons de la lumière extérieure et, autant que possible, du bruit. A cet égard, l'ambiguïté subsiste entre la nécessité de laisser la fenêtre ouverte, pour aérer le local par mesure d'hygiène, et le besoin de la fermer, pour se prémunir du bruit, parfois des odeurs provenant du dehors.

Hormis le dimensionnement, la disposition, l'aménagement et l'éclairage du lieu qui devraient faire l'objet d'une étude en soi, nous nous posons aussi la question des relations de la chambre avec les espaces qui la jouxtent lorsqu'elle se prête aux activités personnelles plutôt qu'intimes. Le contact avec la pièce voisine, quelle qu'elle soit, ne peut-il s'établir autrement qu'à travers une paroi, par l'intermédiaire d'un couloir étroit, ou le long de la façade, par un balcon, s'il existe, ou par les fenêtres ouvertes auxquelles les occupants doivent se pencher pour se voir?

Ces interrogations conduisent à concevoir et introduire dans chaque logement ce que nous appelons des «espaces relais». Ils ont pour fonction essentielle tantôt de séparer les pièces, de les isoler de leur entourage immédiat, tantôt de les ouvrir à ce dernier, de les introduire

Fig. 40 (page précédente) et 41 (ci-contre)
Plan d'étage courant d'un immeuble locatif

Deux appartements de 4 et 5 pièces (cuisine incluse) comportant une surface brute de 24.8 m² de plancher par pièce et répondant à un programme d'habitation à loyer modéré (HLM) dans un pays d'Europe occidentale dont le niveau de vie est relativement élevé.

Caractéristiques chiffrées :

Surface brute de plancher totale	223.2 m²
Surface brute de plancher par pièce	24.8 m²
Surface nette des pièces de séjour	90.2 m²
Surface nette des chambres et vérandas	66.8 m²
Total des surfaces nettes utiles habitables	157.0 m²
Rapport entre surfaces nettes et surface brute	70.3 %
Nombre de locaux sanitaires y compris les cuisines	7
Nombre de gaines verticales	3
Développement des façades	environ 37.0 m

Description des espaces-relais, visuels ou physiques :

le palier P	relai entre l'ascenseur, le square à l'extérieur et les parties les plus communautaires des appartements;
le hall H	relai entre le palier, le salon, la cuisine, les locaux sanitaires et les chambres par les antichambres ;
le salon S	relai entre le hall, la salle à manger, le balcon et le square à l'extérieur ;
le balcon B	relai entre le salon, la salle à manger et le square ;
la salle à manger SM	relai entre le salon, la cuisine et le balcon ;
la cuisine C	relai entre la salle à manger, le hall et un local sanitaire par une antichambre ;
les antichambres	relais entre 3 ou 4 pièces ou locaux ;
les chambres CH1 et CH2	relais entre une antichambre, la véranda et l'extérieur ;
la chambre CH3	relai entre l'extérieur, le hall et un local sanitaire par une antichambre ;
la véranda V	relai entre la chambre 1, la chambre 2 et l'extérieur.

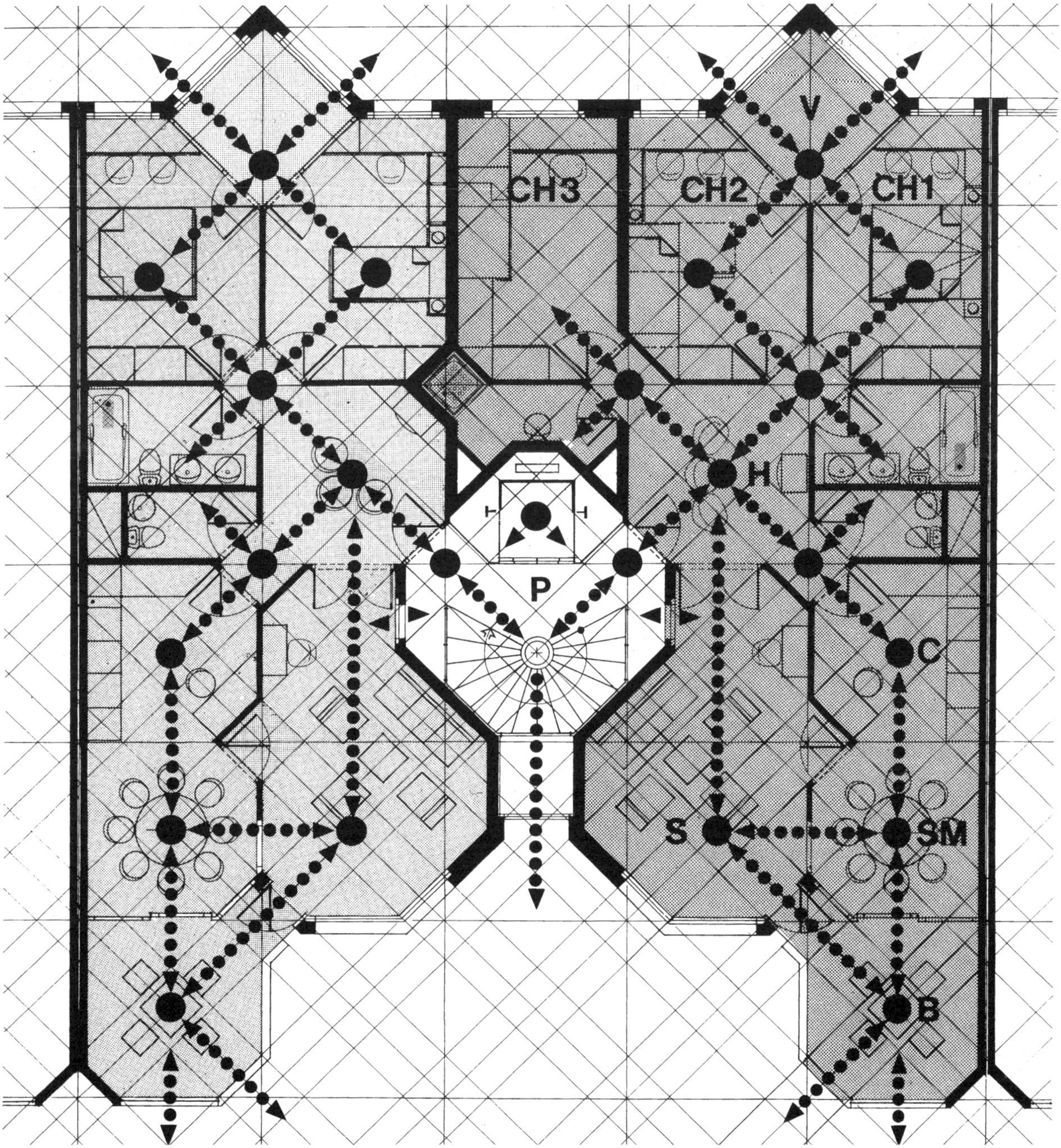
CH3
CH2
CH1
V
H
P
C
S
SM
B

les unes dans les autres et de les relier à l'extérieur sans risquer de violer leur intimité.

Ainsi les façades qui donnent sur des rues bruyantes comportent-elles des vérandas ou sortes de «bow-windows», sur lesquelles s'ouvrent plusieurs locaux. Non seulement elles sont le tampon nécessaire entre le cadre intime et l'extérieur public, mais elles constituent le relai qui favorise les relations personnelles entre les habitants de chaque pièce. De ce relai, le couloir de distribution intérieure de l'appartement peut aussi tenir le rôle. Mais son habituelle exiguïté, sa disposition et son traitement peu attrayants en font un piètre objet de liaison.

Le moindre élargissement, même accidentel, devant les portes de deux chambres qui s'ouvrent non plus frontalement sur un corridor, mais en se faisant face comme pour inviter l'occupant de l'une à rendre visite à celui de l'autre, suffit à modifier l'esprit d'un volume banal de distribution. De couloir ennuyeux il devient le palier des relations interpersonnelles (fig. 40 et 41).

Nous développons une réflexion de même nature à propos des espaces du logement affectés aux relations personnelles et sociales relativement aux lieux communs de distribution et aux abords des bâtiments. La cuisine, le salon et le vestibule d'un appartement sont le plus couramment dépourvus de toute possibilité de contact avec le palier, l'escalier et l'ascenseur de l'immeuble dont ils font partie.

Par ailleurs, on peut déplorer que ces volumes de circulation soient presque toujours «aveugles» et fermés. L'usager passe de son logement à la rue à travers un «boyau» sans vie, sans vue, sans attrait autre que l'éclat casuel d'un matériau qui se veut flatteur, ou quelques astuces de l'architecte qui sait arranger sans déranger. Mais tous les subterfuges ne font que masquer une lacune fondamentale. Celle qui a trait non pas à l'aspect des choses, mais aux relations sociales que les humanes entretiennent, qui les font vivre et sans lesquelles ils ne font que subsister.

Ainsi que nous l'avons dit précédemment, les parties les moins intimes des appartements, comme le vestibule, la cuisine, le séjour, devraient comporter une fenêtre ouvrant sur le palier d'étage, facilitant l'échange ne serait-ce que d'un coup d'œil ou d'un signe. Que l'habitant sache qu'un tel entre ou sort de chez lui. Que ce dernier note, en déambulant, que tel voisin est présent à son domicile. Qu'ils échangent fugitivement un geste, quelques mots, ces informations apparemment ténues qui entretiennent, qui confortent les rapports de voisinage.

Le palier et l'escalier, éclairés de lumière naturelle, devraient aussi laisser échapper le regard vers l'extérieur, lui permettre de voir le temps qu'il fait, les passants, les personnes qui stationnent dehors ou les enfants qui jouent.

Dans le même ordre d'idées, nous avons suggéré que les ascenseurs soient largement vitrés et que les surfaces de circulation soient conçues et traitées comme des lieux de rencontres et d'échanges.

Les espaces extérieurs sont le plus souvent publics jusqu'à la porte d'entrée de l'immeuble. On passe ainsi brusquement du hall de ce dernier à la rue. Un jardin, une cour d'accès, un square attribués à un ou plusieurs bâtiments sont des lieux de transition en plein air propices aux relations personnelles, sociales et non publiques, relatives à un groupe d'habitations. Ils contribuent à intégrer les usagers à leur cadre de vie, leur en facilite la prise de possession en enrichissant leur processus d'identification d'un objet supplémentaire d'attachement affectif.

Nous proposons, chaque fois que cela est possible, d'attribuer une partie des espaces extérieurs à cette fonction sociologique essentielle et de les traiter en conséquence.

Les garages à vélos, buanderies d'immeuble, locaux de bricolage et autres pièces communes doivent être ouverts sur ces lieux à l'animation desquels ils contribuent. Les uns valorisent ainsi les autres et réciproquement.

Sans nous étendre enfin sur le rôle sublimant des espaces publics, à propos desquels nous nous sommes du reste exprimé sous le titre de la communication, nous en rappelons, en la soulignant, la vocation à la fois politique, sociale, humaniste, que conditionnent non seulement les structures de même nature, mais aussi *la qualité de l'architecture.*

Lorsque nous évoquons au fil de ce livre les réussites dans ce domaine, nous répétons, à l'instar de Mario Botta, qu'*on ne peut améliorer le bien-être de l'humane sans traiter son cadre de vie* avec le plus grand soin, la plus grande attention et tout l'art qu'il est possible d'y consacrer.

A ce propos, nous renvoyons le lecteur à ce que nous avons écrit sous le titre de la poïèsis et, plus particulièrement, à propos de son cadre sémiologique (fig. 4).

Exemple d'application ergonomique

Encore sous le titre de l'affectation et de la prise de possession, nous présentons ci-après et pour terminer, l'exemple d'un lieu de travail conçu à l'appui de considérations ergonomiques se rapportant au tertiaire (et au quaternaire).

L'ergonomie, qui est l'étude de l'organisation rationnelle du travail, concilie intrinsèquement l'affectation et la prise de possession. C'est pourquoi, dans le cas que nous présentons ici, nous nous sommes attaché à lier la conception du bâtiment aux considérations les plus récentes en cette matière.

Cette ultime démonstration se rapporte au domaine d'activité qui non seulement est le plus répandu, mais qui ne cesse de croître.

Pour être complet, nous ne pouvons nous borner à nous étendre sur la question de l'habitation, comme nous venons de le faire, sans traiter au moins l'un des autres cadres les plus usuels de l'activité quotidienne : le bâtiment d'administration.

A cette fin, nous décrivons succinctement un important immeuble conçu et réalisé non seulement en cherchant à rendre les conditions de travail optimales, mais en tentant également de concilier dans le même édifice par son concept, le programme, l'économie au sens large et une interprétation de l'architecture.

Le programme comporte notamment un millier de bureaux cloisonnés, dont les 90 % doivent chacun couvrir la même surface utile. La demande exige que ces unités répondent aux règles les plus éprouvées de l'ergonomie. Parmi les conditions énoncées figurent de nombreuses considérations relatives à l'économie potentielle du projet au sens large, ainsi qu'aux nombreuses mesures à prendre en matière de sécurité.

Quant à l'architecture, il est souhaité qu'elle soit «digne» de la société commanditaire, ce qui ouvre la porte à toute interprétation!

L'étude conceptuelle du plan comporte la comparaison d'abord d'une dizaine, puis de quatre, et enfin de deux solutions, les bureaux étant en postulat disposés de part et d'autre d'un couloir central.

Voici les quatre pénultièmes variantes considérées (fig. 42) :

Fig. 42

1 Plan rectangulaire à culs-de-sac

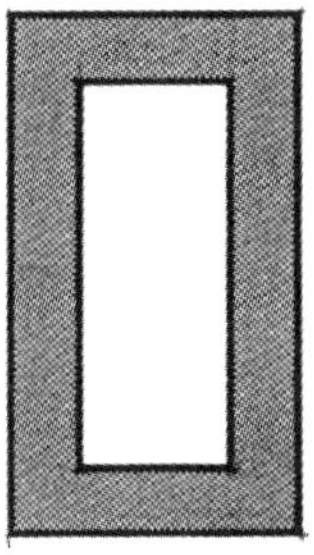

2 Plan rectangulaire en couronne

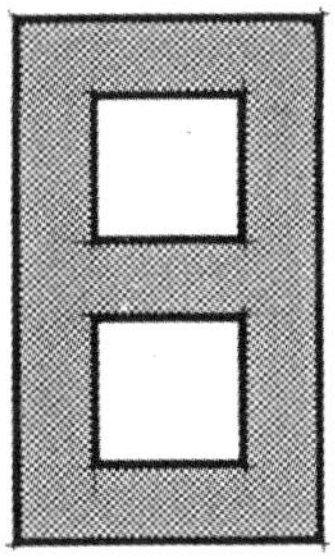

3 Plan carré à couronnes

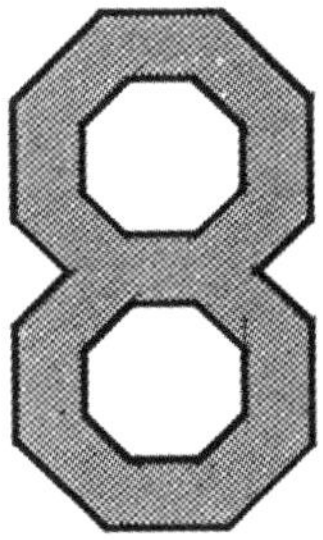

4 Plan octogonal à couronnes

Il serait fastidieux de relater ici tous les détails de la comparaison qui aboutit à un très net avantage en faveur du plan octogonal, à l'issue d'une analyse de quelque vingt-cinq points, tels que la surface des planchers relativement à celle des façades, la distance intégrée d'un bureau à tous les autres, le nombre des pièces d'angle, les surfaces aveugles, la longueur des couloirs, etc.

Voici, en résumé, l'essentiel de la conclusion du rapport qui décrit la recherche :

... Plus le plan d'un bâtiment — en couronne ou non — s'approche du cercle, plus il est compact et, par conséquent, économique du point de vue dimensionnel.

Ainsi, le carré vaut mieux que le rectangle, l'octogone vaut mieux que le carré, et le cercle vaut mieux que l'octogone.

Mais le cercle présente d'autres inconvénients du fait qu'il s'adapte mal à l'orthogonalité dont le caractère universel permet toutes les adaptations, qu'il s'agisse de la structure, des éléments de construction ou du mobilier.

Par ailleurs, l'octogone est, parmi les différents polygones — hormis le carré —, celui qui s'approche le plus de ladite orthogonalité qui se prête à la plupart des adéquations...(fig. 43)

En ce qui concerne le bureau proprement dit, nous l'avons étudié de pair avec le mobilier. Car on ne peut dissocier ce dernier du lieu de travail, dont il est l'outil qui doit répondre à la fois aux critères fonctionnels, ergonomiques et esthétiques.

L'utilisation de plus en plus intensive d'un (80 % des cas), voire de deux (60 % des cas) terminaux d'ordinateur, avec écran et clavier, dans chaque bureau implique de leur réserver une position privilégiée dans la pièce.

Le mobilier que nous avons conçu crée les conditions de travail optimales à l'écran et répond, notamment, aux divers critères énoncés par les caisses d'assurance dans une brochure intitulée *Le travail à l'écran de visualisation.* Ainsi, par exemple :

— les fenêtres ne se situent pas dans le champ visuel de l'opérateur

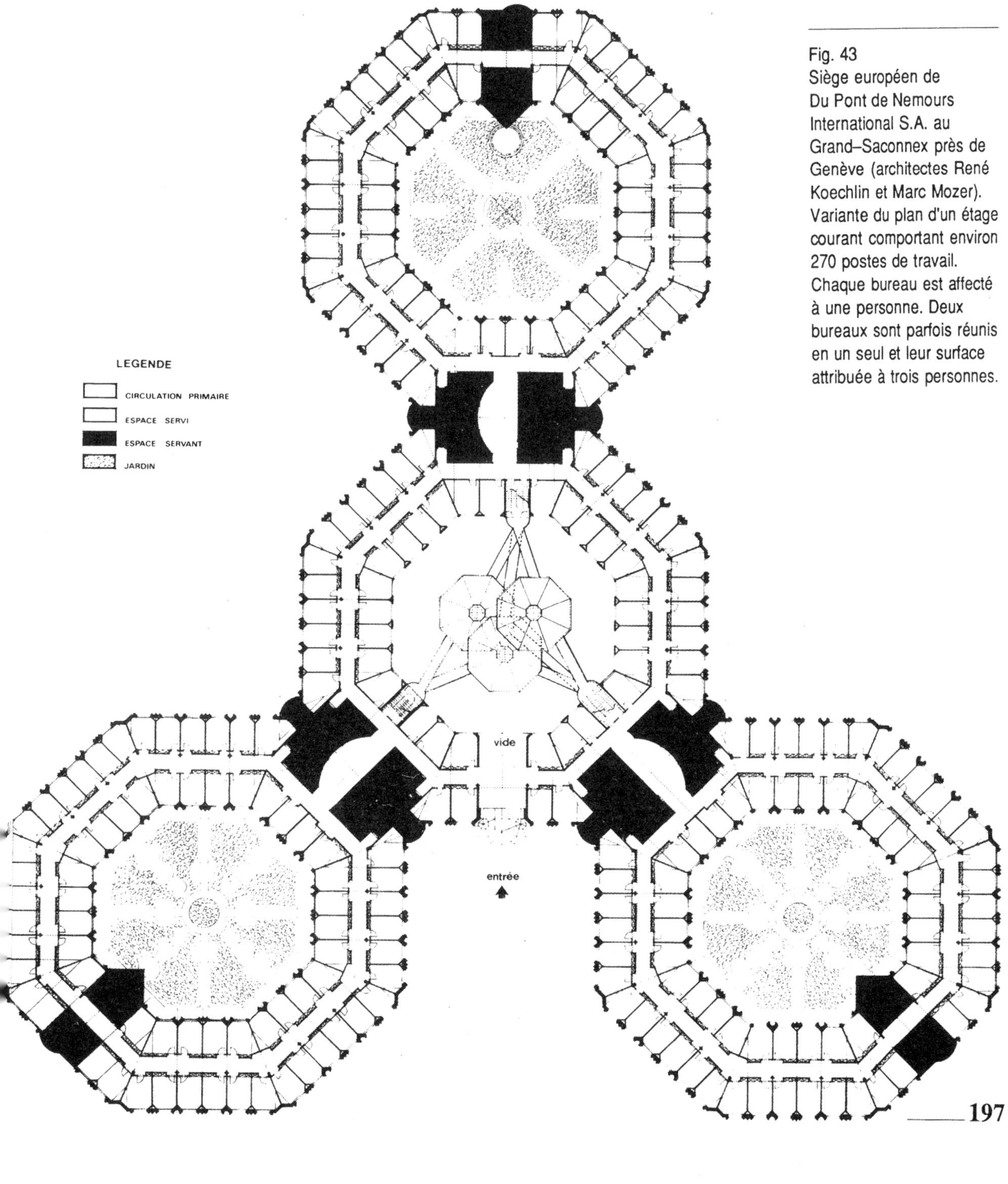

Fig. 43
Siège européen de Du Pont de Nemours International S.A. au Grand–Saconnex près de Genève (architectes René Koechlin et Marc Mozer). Variante du plan d'un étage courant comportant environ 270 postes de travail. Chaque bureau est affecté à une personne. Deux bureaux sont parfois réunis en un seul et leur surface attribuée à trois personnes.

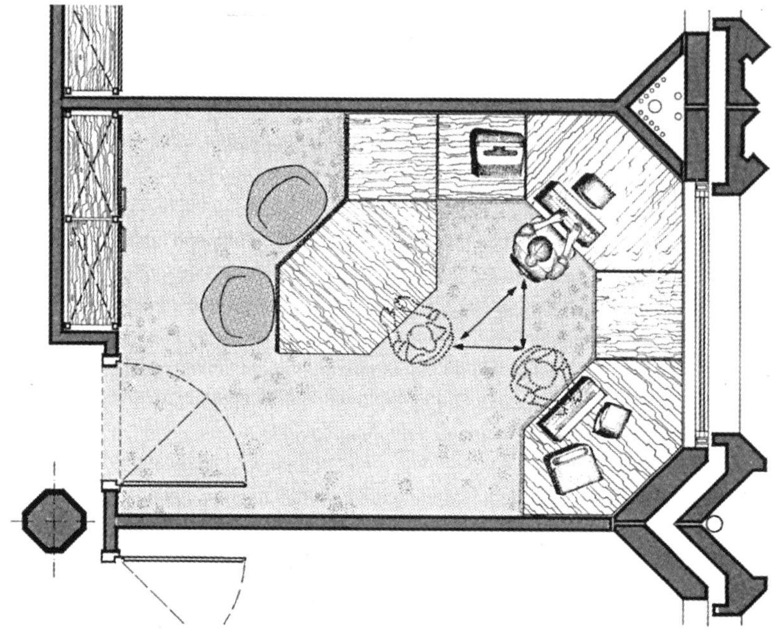

Fig. 44
Etude ergonomique d'un bureau et de son mobilier (brevet international 1987)

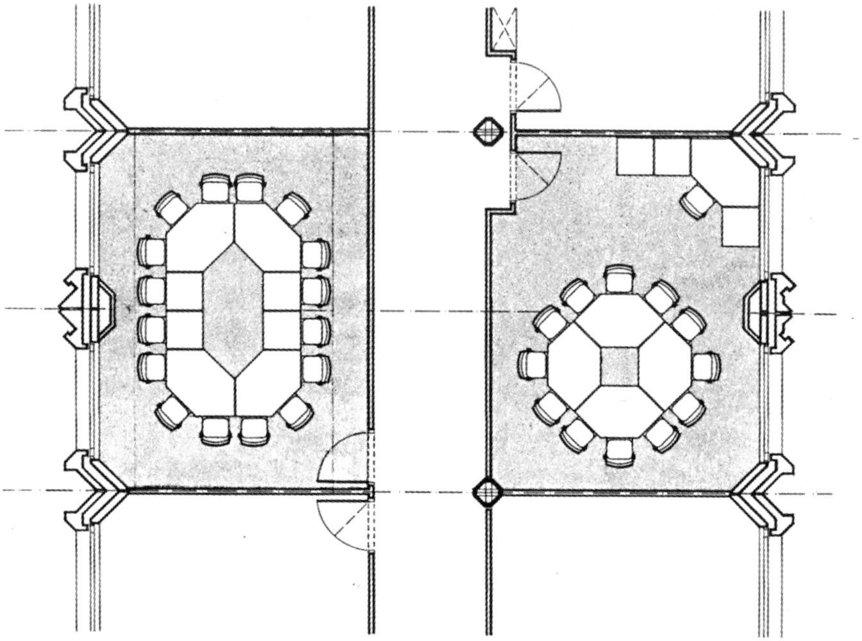

Fig. 45
Disposition du mobilier pour réunions ou conférences

et ne se reflètent pas dans la surface de l'écran;

— la paroi derrière ce dernier est relativement sombre, parce qu'à contre-jour;

— la profondeur du plateau de travail, égale ou supérieure à 90 cm, permet la juxtaposition du clavier et de l'écran;

— la longueur et la forme du plateau se prêtent aux meilleures dispositions possibles du clavier et du porte-documents; sa hauteur est réglable entre 68 et 82 cm;

— la disposition des meubles en plan est variable selon les besoins. Elle offre à l'usager plusieurs postes ou positions de travail, auxquels il accède en pivotant sur son siège, sans déplacer ce dernier;

— etc.

(Voir fig. 44 et 45)

❖ ❖ ❖

L'ouvrage s'achève intentionnellement sur un détail qui le ramène à l'échelle d'un humane, et sur l'affectation et la prise de possession des lieux, car elles motivent l'architecture. Issues des besoins qu'elles expriment, elles constituent la seule justification de la ville et de ses bâtiments. A défaut de cela, la nature reprend ses droits et la cité disparaît inexorablement, ne laissant que quelques traces : ruines sans occupants, poussières emportées par les vents.

On peut, dans ce domaine, développer maintes théories, présenter une infinité d'exemples. L'expérience montre qu'il est vain de fixer une affectation de façon rigide et que chaque usager prend différemment possession d'un même lieu.

L'affectation motive la réalisation d'un projet. Elle lui confère le caractère de son architecture. Si celle-ci est de qualité, la construction a des chances de survivre au-delà du terme de son utilité. A défaut, elle disparaît peu après.

❖ ❖ ❖

Parmi les lacunes que comporte ce livre figure le chapitre qui traite de l'application de la théorie et de ses utopies aux quelques cas concrets dont nous entreprenons actuellement l'étude. Elle fera l'objet d'un autre ouvrage.

CONCLUSION

La conclusion d'un livre qui traite d'un sujet aussi complexe devrait être une synthèse. Or, paradoxalement, la difficulté de cet exercice provient précisément de l'extrême diversité de la matière. Plus le domaine est vaste, plus les investigations dont il est l'objet demandent à leur issue qu'on les résume ou les condense en quelques lignes, qui permettent d'en saisir plus aisément le sens et la portée, pour autant qu'elles en aient! Mais le discours, par sa brièveté, risque alors de trahir la pensée qu'il traduit, d'effacer l'essentiel qui n'est pas l'enveloppe apparente du système que l'on veut expliquer, mais la somme complexe de ses composantes et leurs interactions.

C'est pourquoi le lecteur nous pardonnera les lacunes que comporte cette conclusion et qui, pour certaines, sont aussi celles du livre. Car ce dernier est également une synthèse, ou du moins c'est ce que nous avons voulu qu'il soit.

Nous n'aurions du reste pu en écrire un autre, plus spécialisé. Car l'architecte que nous sommes est un généraliste. Et comme tel, il ne sait rien sur tout, à l'inverse du spécialiste qui sait tout sur rien, pour reprendre la boutade bien connue.

Des diverses sortes de sciences que rapporte Thomas Kuhn[42], à sa-

42 Thomas S. KUHN, *La Structure des révolutions scientifiques*, Paris, Flammarion, 1983.

voir normale, paradigmatique et, implicitement, matricielle, cette dernière, de nature complexe et pluridisciplinaire requiert de nombreux efforts de synthèse. Elle est, de ce fait, moins exacte, plus sujette à modifications, plus fragile. Car non seulement elle subit ses propres fluctuations, mais elle est encore soumise aux changements de chacune de ses composantes.

Ainsi en est-il de la poléonomie. Le présent ouvrage en révèle la complexité, en esquisse la trame et décrit succinctement les règles qui la régissent et qui, pour l'essentiel, appartiennent aux sciences humaines ou à celles qui leur sont proches et qui traitent du comportement des espèces vivantes ou de l'écologie, par exemple.

Nous avons voulu dire, pour commencer, que ceux qui font la ville doivent être d'abord ceux qui l'habitent. Le résultat est à leur image. Mais la qualité de celui-ci dépend essentiellement de la manière dont les acteurs, les décorateurs et les metteurs en scène organisent et structurent leur société.

La Charte d'Athènes, qui depuis quarante ans inspire l'élaboration et le développement du domaine bâti, promeut un urbanisme de technocrates, l'urbanisme de gens qui conçoivent et gèrent la ville comme une usine de l'époque industrielle : avec la rationalité de la machine, sans place pour l'imaginaire. On a voulu planifier le territoire à l'image de la production de masse issue des collectivités anonymes.

Contre cet autoritarisme totalitaire, l'humane s'est soulevé. De cette révolution structurale et culturelle, les événements de 1968 sont les symptômes les plus récents ou les plus évidents. Ils reflètent, notamment, de chacun le désir profond de s'exprimer, de prendre part à la vie de la communauté, de participer aux décisions politiques qui président à l'élaboration et au développement des activités sociales, économiques et culturelles de la société à laquelle il appartient.

Le citoyen de la métropole de demain ne se contentera pas des consignes du prince, pas plus qu'il n'acceptera qu'on lui impose un cadre de vie dont il ne peut s'accommoder. Il exigera que l'on remplace l'autorité technocratique, fruit de la révolution industrielle, par une structure démocratique du type de celle que nous avons décrite dans ce livre.

Cette dernière, nous l'avons vu, ne saurait se borner à la seule délégation du pouvoir, telle qu'elle se pratique dans la plupart des républiques.

La constitution visée, de type fédéraliste, doit préserver du citoyen le droit d'intervenir en tous temps dans les affaires publiques. L'initiative et le référendum sont les moyens connus de respecter ce droit que le développement des télécommunications et de l'information rend plus accessible.

La deuxième condition essentielle à laquelle nous nous sommes attaché a trait à la «poïèsis», en tant que capacité de s'adapter aux conditions nouvelles, au sens psychologique. C'est aussi la faculté d'innover, de créer de toutes pièces, d'inventer de nouveaux problèmes, des besoins sans précédents qui rendent nécessaires d'autres recherches.

Cette condition implique à l'évidence de faire appel davantage aux savants et aux artistes — au sens le plus large — qu'aux bureaucrates et autres technocrates.

De même qu'à la Renaissance, les humanistes, les philosophes, les maîtres d'œuvres et tous les penseurs ont orienté la société dans les expressions qui en sont issues, le contexte historique, dans lequel nous nous trouvons aujourd'hui et nous trouverons dans un proche avenir, nous enjoint à nous en remettre davantage aux compétences scientifiques et poïétiques qu'à l'autorité trompeuse des routiniers du savoir-faire et du profit. Car de ces derniers, nous n'obtiendrons jamais que du «déjà vu» et de la paperasse.

Les autres, en revanche, apportent les lumières d'une réflexion en profondeur, les nouveautés qu'exige l'adaptation permanente de l'humane aux perpétuels changements que lui imposent ses propres conditions de survie.

De ces orientations fondamentales dépend l'avenir non seulement des villes et de leurs habitants, mais de l'humanité entière.

Les solutions formelles que nous proposons sont davantage des suggestions qu'une réponse péremptoire aux problèmes que nous avons tenté de poser en les formulant tant bien que mal dans ce livre.

Nous avons essayé de démontrer que l'on doit et que l'on peut, moyennant diverses adaptations structurales, formelles et conceptuelles, non seulement élaborer et développer le domaine bâti, mais encore aménager l'ensemble du territoire selon des principes et des règles d'urbanisation mieux adaptées aux aspirations de nos contemporains que les planifications autoritaires qu'inspire la Charte d'Athènes.

A cette fin, nous suggérons de mélanger les activités que l'humane accomplit quotidiennement plutôt que de les cloisonner. Pour atteindre cet objectif sans provoquer le chaos, il est nécessaire de conférer à la ville l'ordonnance qui en assure la cohérence ou la simple cohésion.

Cet ordre, à la fois plus simple, plus complexe et plus subtil que celui qui émane de la division du territoire en zones d'affectations spécifiques, implique d'autres interventions préalables non moins autoritaires, mais consenties dans la mesure où la structure politique impose la consultation populaire. Le développement de l'électronique et des télécommunications rendra celle-ci plus aisée, moins coûteuse et plus fréquente. Elle n'en sera que plus efficace.

En termes de systémique, il s'agit de fabriquer et de mettre en place l'instrument des boucles de rétroaction dont la lecture et l'interprétation exigent que l'on en apprenne le langage et le sens.

Lorsque nous serons capables de connaître à tous moments, en toutes circonstances et sans efforts démesurés, l'opinion de la base, d'en saisir la signification, et dès lors que nous accorderons plus d'audience, de crédit et de pouvoir aux créateurs, tant en matière de connaissance que de beauté[43] — autrement dit, aux humanistes, aux savants et aux artistes —, nous posséderons la structure ou les agents qui assurent le fonctionnement optimal du système autorégulé que constitue la ville.

43 La beauté est ici prise en tant qu'objectif sublimant l'action et son résultat.

L'amplitude et l'importance casuelles des boucles de rétroaction, leur portée apparente et réelle doivent être déchiffrées, comprises et largement diffusées avant que soit entamé le processus correctif-créatif qu'elles engendrent.

Toutes ces considérations sont théoriques et utopiques. Mais le Contrat social aussi paraissait irréaliste aux contemporains de Louis XV.

Il appartient au philosophe de décrire le possible et ses facteurs. Sans cette présentation préalable, révélatrice, la société n'aurait jamais progressé. Se serait-elle bornée à s'adapter, comme celle des Papous ou des Pygmées?

Cette comparaison n'est pas scientifique. Nous savons qu'adaptation et progrès non seulement ne s'opposent pas nécessairement, mais peuvent converger. Car l'évolution que l'humane poursuit à travers son histoire est une perpétuelle accoutumance que jalonnent ses innombrables remises en question.

BIBLIOGRAPHIE

ARBER Werner, BUTOR Michel, CROZIER Michel, DUPUY René Jean, MORIN Edgar, THOM René, *Ordre et désordre,* XXIXes Rencontres internationales de Genève, Neuchâtel, La Baconnière, 1983.

ASHBY W. Ross, *Introduction à la cybernétique,* Paris, Dunod, 1958.

ATLAN Henri, *Entre le cristal et la fumée,* Paris, Seuil, 1972.

BANFIELDS Edward C., *Political Influence,* New York, The Free Press, 1964.

BASSAND Michel, BRULHARDT Marie Claude, *Mobilité spatiale,* Saint-Saphorin (Suisse), Georgi, 1978.

BASSAND Michel, HAINARD François, *Dynamique socio-culturelle régionale,* Lausanne, Presses Polytechniques Romandes, 1985.

BASSAND Michel, BRIDEL Laurent, DECOPPET Alain, FUCHS Eric, GRAND-JEAN Marcel, GSTEIGER Manfred, GUTZWILLER Félix, MAYSTRE Lucien Y., STRAUBLE Antonio, *L'Homme dans la ville,* Lausanne, Payot, 1984.

BATESON Gregory, *Vers une écologie de l'esprit,* Paris, Seuil, 1977.

BENEVOLO Leonardo, *Aux sources de l'urbanisme moderne,* Paris, Horizons de France, 1972.

BOUDON Philippe, *Richelieu, Ville Nouvelle* Essai

d'architecturologie, Paris, Dunod, 1978

BUNGE Mario, *Epistémologie,* Paris, Maloine, 1983.

CELLERIER Guy, *Introduction à la cybernétique,* cfr Archives Jean Piaget, Université de Genève, 1972.

DAHL Robert A., *Who governs? Democracy and Power in an American city,* New Haven, Yale University Press, 1961.

DURKHEIM Emile, *Les Formes élémentaires de la vie religieuse,* Paris, Presses Universitaires de France, 1979.

ELSTEIN Rochell, JORDY William, TWOMBLY Robert, de WIT Wim, van ZANTEN David, *Louis Sullivan, the function of ornament,* New York — London, Chicago Historical Society, The Saint Louis Art Museum, W.W. Norton & Company, 1986.

FORRESTER Jay William, *Urban Dynamics,* Cambridge, Massachusetts, The MIT Press, 7e édition, 1984.

GOFFMANN Erwing, *Behavior in Public Places,* New York, The Free Press, 1963.

—, *Relations in Public,* New York, Basic Books, 1971.

GREMION P., *La structuration du pouvoir au niveau départemental,* Paris, Groupe de sociologie des organisations, 1969;

GRUBER Howard E., *Darwin on man. A psychological Study of Scientific Creativity,* Chicago, The University of Chicago Press, 1981.

GUBLER Jacques, *Nationalisme et internationalisme dans l'architecture moderne de la Suisse,* Lausanne, L'Age d'Homme, 1975.

HALL Edward T., *The Silent Language,* New York, Garden City Doubleday, 1959. Trad. franç. : *Le Langage silencieux,* Paris, Marne, 1973.

—, *Proxemics — The Study of Man's spacial relations,* New York, International Universities Press, 1963.

—, *The Hidden Dimension,* 1971. Trad. franç. : *La Dimension cachée,* Paris, Seuil, 1978.

—, *Fourth dimension in Architecture. The Impact of Building on Man's Behavior,* Santa Fe, New Mexico, Sunstore Press, 1975.

—, *Beyond Culture*. Trad. franç. : *Au-delà de la culture*, Paris, Seuil, 1979.

HUNTER Floyd, *Community, Power, Structure*, Chapel Hill, University of North Carolina Press, 1952.

JENCKS Charles, *The Language of Post Modern Architecture*, New York, Rizzoli Int. Pub. Inc., 1984.

—, *Jings of Infinite Space*, London, Academy Editions, 1983.

KELLER Rolf, *Bauen als Umweltzerstörung*, Zürich, Verlag für Architectur Artemis, 1976.

KUHN Thomas S., *La Structure des révolutions scientifiques*, Paris, Flammarion, 1983.

LABORIT Henri, *L'homme et la ville*, Paris, Flammarion, 1971.

LE CORBUSIER (Charles-Edouard JEANNERET, dit), *La Charte d'Athènes*, coll. «Points», Paris, Editions de Minuit, 1957.

—, *Quand les cathédrales étaient blanches*, Paris, G. Grès & Cie, Paris, 1925 (épuisé).

—, *Vers une architecture*, Paris, G. Grès & Cie, 1925 (épuisé).

MONOD Jacques, *Le hasard et la nécessité*, Paris, Seuil, 1970.

NORBERG-SCHULZ Christian, *La signification dans l'architecture occidentale*, Bruxelles, Pierre Mardaga, 1977.

PRIETO Luis J., *Pertinence et pratique*, Paris, Editions de Minuit, 1975.

RAFFESTIN Claude, *Pour une géographie du pouvoir*, Paris, Librairies techniques (LITEC), 1980.

de ROSNAY Joël, *Le Macroscope*, Paris, Seuil, 1966.

ROSSI Aldo, BRAGHIERI Gianni, *Aldo Rossi*, coll. «Studio Paperback», Zürich, Verlag für Architektur Artemis, 1984.

ROSTAND Jean, *Nouvelles pensées d'un biologiste*, Paris, Stock, 1947.

TAFURI Manfredo, *Projet et utopie*, Paris, Dunod, 1979.

VENTURI Robert, *De l'ambiguïté en architecture*, Paris, Dunod, 1976.

WATZLAWICK Paul, WEAKLAND John, RICHARD Fisch,

Changements, paradoxes et psychothérapie, Paris, Seuil, 1975.
WATZLAWICK Paul, BEAVIN Janet H., JACKSON Don, *Pragmatics of Human Communication,* 1972. Trad. franç. : *Une logique de la communication,* Paris, Seuil, 1979.
WINKIN Yves, *La nouvelle communication,* Paris, Seuil, 1981.
ZEVI Bruno, *Le langage moderne de l'architecture,* Paris, Dunod, 1981.

TABLE DES MATIÈRES